融媒体专题系列报道作品集

中共天津市委网信办 编

这是

ZHE SHI WO DE CUN

我的村

天津出版传媒集团

天津人民出版社

图书在版编目(CIP)数据

这是我的村:融媒体专题系列报道作品集/中共天津市委网信办编.--天津:天津人民出版社,2020.12

ISBN 978-7-201-16995-8

Ⅰ.①这… Ⅱ.①中… Ⅲ.①新闻报道—作品集—中国—当代 Ⅳ.① I253

中国版本图书馆 CIP 数据核字 (2020) 第 256610 号

这是我的村——融媒体专题系列报道作品集

ZHE SHI WO DE CUN——RONGMEITI ZHUANTI XILIE BAODAO ZUOPINJI

出　版	天津人民出版社
出版人	刘　庆
地　址	天津市和平区西康路 35 号康岳大厦
邮政编码	300051
邮购电话	(022)23332469
电子信箱	reader@tjrmcbs.com

责任编辑	周春玲　杨　芊
特约编辑	刘儒斌　陈　超　高雪纯　王韶云　王子瑞　刘　薇　周得华
封面设计	丁国明　博　扬
版式设计	许　愿

印　刷	北京盛通印刷股份有限公司
经　销	新华书店
开　本	787 毫米 ×1092 毫米　1/16
印　张	24.25
字　数	270 千字
印　数	5000 册
版次印次	2020 年 12 月第 1 版　2020 年 12 月第 1 次印刷
定　价	68.00 元

编辑委员会

小村庄　大文章

有一种责任叫使命，有一副担子要担当。出版这本书，就是天津网信人的使命与担当。

2020年初，在中共天津市委网信办的指导下，中国小康网天津频道联合天津市农业农村委及10个涉农区的宣传和网信部门，合作进行了"这是我的村"大型系列主题宣传报道活动。《这是我的村——融媒体专题系列报道作品集》的出版是上述活动的2.0版，是贯彻落实习近平总书记关于实施乡村振兴战略一系列重要论述的探索实践，是天津市2020年网上重大主题宣传和重大议题设置的成果展示，是新媒体、新平台、新语态与纸媒线上线下融合的有益尝试，是新闻报道与社会课题研究成果的有机结合。

一

波澜壮阔的时代，遨游蓝海的泳者有着明确的航标：

——实施乡村振兴战略，是党的十九大作出的重大决策部署，是决胜全面建成小康社会、全面建设社会主义现代化国家的重大历史任务，是新时代做好"三农"工作的总抓手。农业强不强、农村美不美、农民富不富，决定着全面小康社会的成色和社会主义现代化的质量。

——党的十九届五中全会公报和《中共中央关于制定国民经济和社会发展第十四个五年规划和二〇三五年远景目标的建议》，以及天津市委十一届九次全会决议和《中共天津市委关于制定天津市国民经济和社会发展第十四个五年规划和二〇三五年远景目标的建议》中，均单列专章部署安排，强调优先发展农业农村，全面推进乡村振兴，加快农业农村现代化。

——天津市没有国家层面上的贫困村、贫困户。市委、市政府紧密结合天津实际，采取倒排方式确定了1041个困难村，到2020年底，困难村要实现"三美四全五均等"的帮扶目标，要取得五项成果——村党组织组织力全面提升，村庄经济持续快速发展，农民收入取得新突破，基础设施条件得到切实改善，困难群体生活服务得到有效保障。

——按照中央宣传部、中央网信办关于开展全面建成小康社会"百城千县万村"调研活动的部署，为记录好、呈现好天津全面建成高质量小康社会这一伟大壮举的生动实践，我们坚持"小切口反映大主题"，聚焦乡村变化，选择了50个村作为报道、调研点，从历史高度记录党带领人民为实现全面建成小康社会和乡村振兴而奋斗的非凡进程。

《这是我的村——融媒体专题系列报道作品集》的出版，就是在这样的背景下完成的。

二

"脚底板下出新闻""与群众心连心""用群众语言、讲生动故事"，是天津网信人的泳姿——

本书有一个好的切入点，有力助推乡村振兴战略实施。作为《天津市2020年网上重大主题宣传和重大议题设置方案》中的"重头戏"，"这是我的村"网络主题活动聚焦典型人物，讲好典型故事，发挥典型引领示范作用，提升农民群众获得感、幸福感、安全感，凝聚并坚定广大农民和"三农"工作者参与乡村振兴的信心和决心。"产业兴旺、生态宜居、乡风文明、治理有效、生活富裕"20个字蕴含了美丽乡村建设一种理念的升华,一种质的提升。我们正是从这五个视角,走进"我的村"。

本书讲了50个"我的村"的故事,视角广阔、别开生面、真实生动。习近平总书记在中共十八届四中全会第二次全体会议上指出:"我们有本事做好中国的事情,还没有本事讲好中国的故事?我们应该有这个信心!"50个"我的村"的故事生动展现全面小康美好图景,充分彰显我党的初心使命,全面展示天津市贯彻落实习近平总书记重要论述和党中央决策部署,是全面建成高质量小康社会的扎实实践。在采访记录中,我们聚焦人民群众共建美好家园、共享幸福生活的生动实践,把笔头和镜头对准勤劳、智慧、勇敢的普通百姓,对准新时代的奋斗者、实干家、新农人,做到见人、见事、见精神。

本书是融媒体的结晶,是融媒体作品与纸媒的再融合。开展"百城千县万村"调研活动以来,中共天津市委网信办积极组织网上宣传。从8月初开始,按照调研成熟一个报道一个的原则,以多层次、多类型的呈现形式陆续推出报道,运用丰富的新闻手段、形式、方法,深化媒体融合,积极重构新型话语体系,用群众的语言、群众喜闻乐见的形式宣传科学理论、阐释方针政策、传播主流价值。本书的作品在全网展现的同时,许多篇章也在中央宣传部"学习强国"平台上转发,此刻又集纳转换成文字、图片、视频二维码的形式呈现给读者。

三

本书付梓之时,有几许感慨——

在广袤的津沽大地上,涌动着乡村振兴的热潮,特别是乡村的干部群众"决胜全面小康、振兴美丽乡村"的英雄气概,在激励着我们网信人。这片约1.2万平方公里的沃土,是新闻的富矿。

在发掘富矿的过程中，中国小康网天津频道的采编团队践行着"与时代同行，为人民抒写"的理念，不断增强脚力、眼力、脑力、笔力，讲好中国故事、天津故事，讲好"小村庄、大梦想"的奋斗故事。

天津市农业农村委在整体系列报道中，协调资源，供选题、推典型，起到了重要的把关定向作用。全市新一轮结对帮扶困难村工作驻村干部，以砥砺前行、滚石上山的精神取得显著成果和丰富经验，成为用之不竭的新闻素材。

天津市社科界学者服务基层，向实践学习，拜人民为师，举旗帜、聚民心、育新人、兴文化、展形象，他们上炕头、下地头，走进"我的村"，完成了卓有成果的调研报告。

天津市 10 个涉农区的宣传和网信部门积极组织、参与新闻报道及本书编撰工作，积极履行新时代宣传思想工作的使命职责，发挥了坚强的组织保障作用。

天津人民出版社在有限的时间内高质量地出版本书。当读者去阅读、回顾全面建成小康社会和乡村振兴这段历程时，那些喜人的变化与曾经的贫苦产生了强烈的对比。

用心用情去记录，感受发展脉动和最美乡愁，这是时代的印记。小村庄，大文章。

是为序。

2020 年冬

目 录
Contents

滨城篇

滨海新区突出绿色发展、聚集发展、向海发展理念，加快打造国际化创新型生态宜居滨海城市，实现了从绿起来到美起来的转变、从体量建设到精致修饰的转变、从以点带面到共建共享的转变，促进了城市社会效益和软实力双提升，激活了二次创业的内生动力。

李阿姨的幸福时光

——生态城季景峰阁社区滩涂变绿洲

深秋的天津，云淡风轻、天高日暖，叫人陶醉，令人流连。

清晨，家住中新天津生态城季景峰阁社区的李阿姨从睡梦中醒来，卧室和客厅的窗帘已经按照口令缓缓拉开。随着朝阳照进房间，李阿姨走进厨房开始制作精致早餐。"播放乐曲"——一声令下，连接手机音乐应用的智能家居管家随即开始播放美妙的轻音乐，李阿姨一天的"未来生活"就此开启。

时至中午，在通过智能家居管家获取到菜价、天气、新闻等资讯后，李阿姨计划前往附近公园和老姐妹聚会。选了一套好看衣服，出门，途经红色的智慧跑道，沿途摄像头通过人脸识别自动记录李阿姨的运动数据，通过热量消耗、运动速度等数据分析，为她提供了更好的健康指导。

智慧人车管理系统、高空抛物监视管理系统、智能社区感应灯……一天下来，社区里扑面而来的"黑科技"仿佛让人穿越时空，进入未来世界。

THIS IS MY HOMETOWN
这是我的村

生态城季景峰阁社区环境

可是谁又能想到，这里曾经是一片荒凉、苦涩的盐碱地，一度被人们称为"绿色植物的禁区"。

十几年前的这里，三分之一是废弃盐田，三分之一是盐碱荒地，三分之一是污水坑。经过多年不懈努力，如今，在中新天津生态城季景峰阁这样的智能社区里，绿树成荫、高楼林立、空气清新，智慧触角延伸到每个家庭的每个角落，居民真正享受到了智慧城市建设给生活带来的变化。

"这就是我向往的生活，这就是我充满科技感的'未来生活'。"李阿姨兴奋地说。

智慧应用场景开启居民便捷生活

走在中新天津生态城首个智慧小区——吉宝·季景峰阁社区中，脚踏着红色的、黄色的、绿色的落叶，仿佛置身于童话世界里。

无接触测温通道、智慧跑道、智慧人车管理系统……智能设施随处可见。

"小区建筑面积6.4万平方米，有372套住宅，共搭建了30个智慧应用场景，按照'内、中、外'三个空间维度，可实现智能邻里自治、智慧健康服务、智能安全环境、智慧和谐生态。"季景社区党总支书记兼居委会主任侯永琴介绍说。

对于社区安全来讲，社区进出人员、流动人员以及车辆数据采集和管控是关键。在季景峰阁社区入口处安装的智慧人车管理系统，会启动AI智能人车识别功能。"出门有时候忘了带门禁卡，现在在我们社区刷脸就行，戴着口罩也能识别，准确率非常高。"李阿姨对此特别满意。

记者转身看到，社区出入口还安装了无接触测温通道，可以自动检测体温。一旦发现疑似发热人员，会立即报警并记录相关数据，实现与公安系统的高效联动。"防控新冠肺炎疫情，社区防控工作尤为重要。人体热成像测温筛查与防疫大数据分析疫情防控系统，可以有效帮助疫情防控和社区管理。"侯永琴表示。

在社区内，像上述守护居民的智慧应用项目还有很多。在社区步道旁，一个配备晶板的长椅引人注意。"这个是自带Wi-Fi和感应充电的智能座椅，可以为居民提供Wi-Fi连接。听音乐、给手机充电、晚上照明，还可以通过AI智能语音助手互动。没事儿和它聊会儿天也挺好。"居民张洁表示。

在社区另一侧，智能分类垃圾箱可以通过刷脸扫码开箱，还设置了可回收垃圾回收积分系统，积分可在社区居民小程序中兑换垃圾袋、卷纸等物品，并与城市级管理平台形成数据联动。

"高空抛物"是社区治理的痛点和难点。为解决这一问题，社区楼宇下方安装了从下往上仰拍的高清探头，一旦有高空抛物行为，可准确追根溯源。系统也会将数据实时回传至生态城智慧城市运营中心，"城市大脑"会将接收到的情况立即反馈至执法部门，让科技为小区治理难题提供"解决方案"，赋能小区智慧化管理。

提到智慧小区给自己生活带来的改变，居民有说不完道不尽的话题。

"有一次遇到家里马桶没有水，直接通过智能音箱语音系统报修，不到半小时物业就打电话联系我，一会儿就有师傅来处理这个问题，很快速地就做出了反馈。"

2020年第四届世界智能大会期间，中新天津生态城针对智慧小区的建设，发布《中新天津生态城智慧小区建设导则》，将智慧小区分为五个星级，配套出台相应管理办法，让居民在家里就能感受到城市的"智慧"。

前沿技术打造新一代科技智慧党建服务

"戴上VR设备身临其境地'见证'和'参与'了党的历史，感觉很奇妙。""这种党课形式很不同，更有科技感、趣味性和互动性。"这些都是季景社区党员们参加完活动后，发自内心的真实感受。

能连接Wi-Fi和感应充电的智能座椅

"目前，季景社区党总支下设 6 个党支部，在册党员人数 135 人，在职党员报到人数 285 人。季景社区党组织以生态城'包容、奉献、参与、责任、共享'的社区理念为核心，根据基层党建工作的特点，运用数字虚拟人、"5G+VR"虚拟现实及"5G+VR"增强现实等前沿技术，助力打造全新智慧党建服务中心，党建服务内容更丰富立体，引领新一代科技智慧党建。"侯永琴向中国小康网介绍道。

随着信息化时代的到来，党建信息化进程也在新形势下不断加快发展步伐，"科技赋能党建"已作为一种新常态，融入了基层党组织活动的方方面面。

走进党建室了解到，智慧党建室面积 95 平方米，于 2020 年 6 月正式向党员和群众开放。党建室分为 6 个区域：党总支一览架构图、智能交互式体验区、党群风采展示区、共建治理示范区、学习阅读区、党建制度宣传区。通过打造"线上 + 线下"互相融合促进的智慧党建阵地和党建知识学习应用新模式，充分发挥党员先锋模范作用，做到听民意、解民忧、办实事，全心全意服务社区居民。

"我们是以'党建地图''天津市党的基层组织建设信息系统'和'滨海新区云度智慧党建'等信息化手段实现党员注册管理。'三会一课'、在职党员志愿服务等事项都是在线上完成。"侯永琴表示。

智能化、专业化，季景社区党组织不断探索"互联网 + 党建"的新模式，真正成为群众的"主心骨"，凝聚起"美好家园，共同缔造"的强大合力。

盐碱地上崛起 "生态智慧之城"

2007 年以前，站在中新天津生态城的土地上放眼望去，尽是盐碱荒地、污染水坑、废弃盐田纵横交错的"生态禁区"，寸草不生、人烟稀少。多少人对这片荒芜的盐碱地丧失信心，多少人手执嫩苗，却无心栽植……

世上无难事，只怕有心人。多年来，滨海新区通过持之以恒的科技创新和积极探索，深耕盐滩绿化实践，破解了盐滩绿化这一世界性难题。

如今，驱车在中新天津生态城，高大的风力发电机矗立在蓟运河口，不远处就是郊野公园静湖。秋意渐浓，多彩静谧，宛若一幅水墨画。国家动漫园、生态科技园、社区中心等一大批项目拔地而起；华谊兄弟、博纳影业、光线传媒、聚美优品等一批业内翘楚在此聚集，源源不断的人气催生了大量生活需求，超市、商业街、游乐园数量不断增加，中新天津生态城已从"不毛之地"蜕变成充满科技感、绿意盎然的"未来城市"。

"很早的时候，这里是一片滩涂芦苇地，而且是盐碱地，当时真想象不到有一天可以变成这么宜居的地方。"在李阿姨看来，中新天津生态城从一片盐碱滩涂蜕变成绿意盎然、宜业宜居的智慧新城，向世界展示了一个典型的生态城市样本，而生态城季景峰阁社区，已成为让她依赖且热爱的家园。

撰文 摄影 摄像／杜敏

从"盆景"变"风景"

——古林街工农村生态宜居侧记

芦苇荡和"空无一人"的盐碱地，这是滨海新区古林街工农村在20世纪90年代留给很多人的第一印象。那些美丽的风景从盆景中才能寻到。

深秋的清晨，我们踏入村内小区，一棵棵红桦尽现眼前，小区道路坚硬平坦，干净宽敞的小区广场上，男女老少在健身器材处锻炼。

近年来，工农村以改善农村环境为契机，以农村"生态建设"为切入点，因地制宜，探索适宜治理模式，不断提高农村环境治理水平，增强农村群众的获得感和幸福感。

生态振兴 把"盆景"变"风景"

"天气好的时候喜欢带着小孙子来广场走走。广场没治理之前，这里只是一片空地，没有现在的足球场和乒乓球场，老人没地方晒太阳。"带小孙

古林街工农村社区实景

子来散步的刘大爷说，现在广场周围铺设石子小路，边上架起了长凳，中心位置建造凉亭，居民散步特别舒适。

这些年，在村"两委"班子和村民的共同努力下，工农村被评为"全国绿色小康村""全国绿化达标村"，他们励志从一个"看不见的农村"打造成一个人们"看不够的农村"。

一阵凄凄寒风迎面袭来，即将入冬，冬季供热是事关村民们切身利益的重大民生工作。如何确保人民群众温暖过冬？工农村党支部书记、村主任代士龙这里有答案："之前，工农村小区在冬季供热上是自己烧锅炉供热，成本高、危险系数大。供热管道于2019年12月底搭建完成，现在工农村已将居住小区的整体供热切换至天津市滨海新区供热集团有限公司。"

"冬天小区供暖再也不用自己烧锅炉了，成本低还安全。"

提到供暖问题，村民的脸上更是笑开了花："年底就可以集中供暖啦！"

据代士龙介绍，目前，工农村不仅完成了电力切改工程，还实现了居民用水和商业用水分离。过去用水要7.9元/立方米，现在降到了4.9元/立方米；

电价也从 0.87 元／度降到了 0.51 元／度。

高效治村　垃圾分类有"妙招"

"秋天的村子里，随手拍到的都是风景。"附近的村民王奶奶一直举着手机不停变换角度，她边拍照边感慨，绿水青山的美丽家乡，看不够也拍不够。

村容村貌提升了，村庄的精神文明建设不能落下。村委会统筹安排了各项工作，与法治宣传活动结合起来，播放各类宣传片、开展"我们的节日"系列活动、"垃圾分类家庭趣味运动会"等宣传培训活动。

陈敬肖是一名大学生村官，现在是工农村党支部副书记。

据她回忆："村里没治理之前，谁要是路过有垃圾桶的地方，隔着二里地就捂着鼻子呛跑了。"

想要解决垃圾问题，做好农村垃圾分类，得立足农村实情，多想些接地气的好招。工农村是滨海新区唯一一个垃圾分类的农村试点，有专人管理并帮助村民进行垃圾分类。垃圾分类督导员王建霞介绍，志愿者们每天早晨

工农村社区垃圾分类处

7~9 点定时定点收厨余垃圾，由小区内的居民带着分好的厨余垃圾和积分卡（前期绑定在手机微信上）投放在定时定点投放处（工农村居委会西边绿色架子）。志愿者们为正确投放的居民扫卡并积分，投放一次积 10 分，一天只能投放一次。

居民积极配合垃圾分类，积分也越来越多。前期，用 30 积分给居民兑换生活用品大礼包，居民也可以在手机积分商城里面换购简单的生活用品。

提升实力　向"高精尖"产业发展

20 世纪 90 年代，工农村本着壮大集体经济实力、提高村民生活水平的初衷，依托工农村的地理优势和荒地资源，规划建立 1500 亩的工业园区，总资产约 20 亿元，引入周边国有企业。

"在企业用工方面，村里和企业协商，优先招聘本村村民。"代士龙介绍说，很多企业来村里招工，现在已经没人再务农了。工业园区解决了大量村民就业问题，村集体经济发达，2019 年村集体经营性收入达 377 万元，同比增长了 7.71%。

未来，工农村工业园区会积极吸引更多"高精尖"企业入驻，提升工业园区的整体实力。"园区还有 400 亩闲置土地，我们最近正在和京东冷食链谈合作，准备建京东生鲜冷库。"代士龙信心满满地说，项目投资 2 亿元，明年有望启动，这对村里来说将是一次全新的尝试。

撰文 摄影 摄像 / 李丹凝 杜敏 张海洋

乡村振兴的"样板间"

——中塘镇刘塘庄村掠影

曾经的这个村庄，村集体经济负债累累、人居环境脏乱差，是村民都想逃离、社会秩序极不稳定的"乱"村。

"能给孩子这样的居住环境，我很欣慰，也为此感到很幸福。我们的生活越来越好了！"讲到现在的生活，家住滨海新区中塘镇刘塘庄村栖凤北里小区的居民张女士忍不住笑了起来。

和人们印象中的村庄相比，这里没有土路、没有水沟，也没有破旧的平房，更看不到各家自养的牛羊猪；林立的高层居民楼、绿树掩映的平坦道路、干净宽敞的社区广场、开放的新时代文明实践站……欣欣向荣的美丽景观，令人心旷神怡。

刘塘庄村位于天津市滨海新区中塘镇河西片区，所辖区域面积为7000余亩，其中耕地面积4100余亩，现常住居民1911人，672户。如今，刘塘

中塘镇刘塘庄村栖凤北里住宅小区空中实景

庄村以"三抓三促"治理模式推动乡村振兴，夯实工业基础、注重民生建设、狠抓精神文明，已发展成村集体收入 142 万元，村民人均收入达到 2.9 万元的富裕村。

从村民想逃离的贫困村到心向往之的"天津市文明村镇""全国农村幸福社区"，刘塘庄村究竟有哪些"过人之处"？近日，中国小康网走进刘塘庄村，带你一探究竟。

党群共治——党建引领创新举措

由负债累累到家家富裕，刘塘庄村党群服务中心墙上这一项项荣誉，凝聚着村里几届"两委"班子的心血和汗水。

"当前村'两委'班子共 8 人，不仅有经验丰富的老同志，还有年轻的'90 后'。二十多年来，村'两委'班子始终坚持'一日一议一沟通'制度，每天早晨 8 点是每日例会时间，沟通一天的工作和需要解决的重点问题；每周末召开村'两委'联席会，纪检监察工作联络站成员、村监会成员全程参与，进行一周财务收支汇报、票据会签、工作汇报、重要事项决策，以及理论政策学习，提高思想政治素养和工作透明度。"刘塘庄村党总支书记、专职党务工作者邢学介绍说。

小区的健身广场上，很多居民在这里锻炼、玩耍。70 岁的志愿者楼门长赵大爷每天早晚都要到健身广场周围巡视一遍，收集群众意见，查看有没有设施损坏等问题，并及时沟通村委会人员。在刘塘庄村，像赵大爷这样热心的志愿者楼门长还有很多。

"刘塘庄村栖凤北里小区共有村民 3000 多人，人员构成较为复杂，仅靠村'两委'班子实现精细化管理难度较大。从 2018 年开始，刘塘庄村开始探索'党群共治'的新路子，将居住小区按照居民区、商业街等功能区域划分为 5 个责任区，由村'两委'班子成员担任责任区长，在下设的住宅责任区内，每一栋楼选 1~2 名党员、村民代表或有威望的群众担任楼栋长，每个单元内选择 1 名党员、村民代表或有威望的群众担任楼门长，形成'责任区长—楼栋长—楼门长'三级网络，动员村民、群众成为村庄管理的有机单元。"邢学表示，"'党群共治'是刘塘庄村践行党建引领基层治理的创新举措。"

工业园区——农业经营新型体系

"倒退二十几年，我们村收入低、环境差。"冯树春是刘塘庄村党总支副书记，也是村委会的"老人"，谈及往事他感慨万千。在 20 世纪 90 年代，刘塘庄村的村办企业陆续破产，集体经济负债累累。

1997 年，新的村领导班子上任。面对村里的种种问题和矛盾，村党总支从村民关注的焦点问题入手，最终还清了村集体企业破产欠下的村民工资。

2012年，刘塘庄村开始探索部分土地流转试点工作，动员村民将1500亩土地交给村委会统一管理，当年村民土地收入较往年提高20%。冯树春介绍说："这个方法很有效。2013年11月，村里成立了栖凤专业农业种植合作社，全体村民与村委会签订了土地承包经营权流转协议。全村3300亩耕地全部流转到合作社之后，因时因地制宜种植青饲、小麦、大豆等多种农作物，通过全方位实现机械化、规模化、集约化经营，合作社收入稳步提升，村民土地收入逐年提高。除了农业，工业上我们也是下足了功夫。"

据介绍，刘塘庄村累计投入资金近2000万元，以最快速度完成测绘、规划、场地平整、主干道路建设等，积极建设中塘镇日嘉工业园区，搭建招商引资、发展经济、增加收入的更大平台。海阔天平公司、力拓公司、汇源食品厂等8家企业在园区落户，投资近2.4亿元，为经济发展注入了强大活力。目前，园区内共有14家企业，成为拉动经济增长、促进村民就业的重要引擎。

刘塘庄村种植业工作现场

楼房建设——幸福感、满足感提升

"这简直和市区高档社区的环境一样啊！"这是大家走进刘塘庄村说得最多的话。

2003 至 2006 年，刘塘庄村党总支积极筹集资金，推进楼房化建设，经过三年努力，建成住宅小区面积 70000 平方米，多层住宅楼 18 幢，全村 90% 以上的村民都住进楼房。

"我们村一点儿不比城市小区差，你瞅这楼房、这广场多漂亮！"60 多岁的张大爷自打搬进楼房，每天都乐呵呵的，他直言"过上了城里人的生活"。

为进一步实现小区规范管理，刘塘庄村全方位改善基础设施，完成公路修建、道路硬化、公厕修建、污水管网升级等重点工程，安装监控摄像头 64 处，配备监控设备 8 套，做到全覆盖、无死角，有效维护治安稳定。"除此之外，我们先后建成了党群服务中心、便民服务站、新时代文明实践站、新时代文明实践广场、图书馆、'半边天'家园、青年之家等各种服务、活动场所，全方位满足村民需要。"

村民住得舒服，生活得富裕。刘塘庄村又制订了十项村民福利待遇标准，涉及医疗保险、大病救助、单亲家庭救助、老党员救助、困难户救助、退役军人慰问、入学补助等方面，覆盖学生、老人、老党员、退役军人、特困户等全体村民，村民幸福感、满足感不断提升。

文明实践——通往村民心坎的钥匙

村民过上了好日子、住上了新房子，刘塘庄村将提升村民文明素养、建设精神文化家园纳入发展规划。

在小区健身广场尽头的一栋三层建筑上，用红字醒目标着"刘塘庄村新时代文明实践站"。2019年4月，天津市新时代文明实践中心试点推广工作正式启动，刘塘庄村作为滨海新区唯一的市级试点村，在整合现有服务资源的基础上，率先建成刘塘庄村新时代文明实践站，积极倡导文化文明先行。"新时代文明实践站将打造成全新的公共服务新载体，成为党的宣传阵地、新时代乡风文明的建设基地、老百姓的文化园地、公共服务的便民惠民基地。"邢学介绍说。

依托新时代文明实践站，刘塘庄村成立栖凤农业种植服务队、栖凤企业互助服务队、巾帼志愿服务队、青年"心连心"志愿服务队、村民宣传服务队等20支志愿服务队伍，让党的理论政策以润物细无声的方式融入村民生活。

除了志愿服务队伍，刘塘庄村的"栖凤舞蹈队""凤鸣合唱团"等文艺团队更是远近闻名，吸引了众多村民参与其中。每逢节假日或庆典活动，这些文艺队伍精心编排节目，为村民带去精彩的表演，既传播了文明风尚，又把村民的心通过文化的纽带凝聚在一起。

撰文 摄影 摄像 / 杜敏 李丹凝 张海洋

微信扫描看视频

海滨街联盟村

美乡村"颜" 塑振兴"魂"
——海滨街联盟村"向美而行"之实践

"你看，这健身广场设施完善，是村民最喜欢来的地方。

"你看，这居民楼的外墙我们正在重新粉刷，这次人居环境整治工作是全方位的。

"你看，我们的新时代文明实践站，经常会开展文明实践志愿服务活动，打通了文明实践服务群众的'最后一公里'。"

......

在滨海新区海滨街联盟村前往党群服务中心的路上，联盟村党总支书记王绍山如数家珍地介绍道。

改善农村人居环境是建设美丽乡村、乡村振兴战略的重要组成部分。近年来，联盟村在大力开展人居环境治理、改善农村居民生产生活条件等方面先行先试。曾经土地稀缺、环境不堪的移民村，如今已经变成拥有 380 户村民，总人口 1036 人，2019 年村民人均收入约 2.8 万元的"小康村"。近日，

滨海新区海滨街联盟村党群服务中心

中国小康网走进这个全国文明村镇，找寻"向美而行"的联盟村经验。

治根清源——高标准建设宜居环境

宽阔平坦的路面、错落有致的民宅、宽敞气派的欧式建筑风格的文化广场……走进海滨街联盟村，总让人以为是置身于哪个城市之中。可谁也不曾想到，过去的联盟村是个典型的贫困村，土地盐碱、环境恶劣，村民靠天吃饭。

"联盟村是一个移民村，村民来自四面八方。20 世纪八九十年代，由于土地稀缺、地质较差、产权不明、观念落后，经济发展不振，村里的生活条件差。1996 年，我担任了党总支书记，想着先改变一下村里的环境。"王绍山介绍说，"当时目的只有一个，让村民都过上舒坦的日子。"

如今走进联盟村，全村正在进行人居环境整治工作。有的施工人员正在粉刷居民楼的外墙立面；有的施工人员正在测算距离，选取地埋式化粪池的精确位置；有的施工人员正在清除杂物……每一处施工现场都在紧锣密鼓地推动着工作。"目前，村里人居环境整治工作包括建筑外立面粉刷、新修 1 万多平方米的柏油路面，对雨排污排进行分离，并为每户建一个水冲式厕所，改变村民每天只能去公共卫生间的现状。此外，还有对东干渠进行护坡硬化、安装护栏等工作。"王绍山说。

"村里天天说，环境治理是为了让咱百姓生活更舒服，政府能为百姓投入大量资金，咱必须得自觉改变不良习惯。"联盟村的村民将这一切看在眼里，记在心里，落实到行动上。现在，村民都会自觉把家里的垃圾倒入村里设置的垃圾桶里。

"厕所革命"——让村民不再为"方便"烦心

小康不小康，厕所是一桩。

农村改厕是人居环境整治"三大革命"中的一环。为了提升村民生活质量，不让村民再为"方便"烦心，联盟村高度重视农村"厕所革命"工作。该村统筹安排，细化分工，落实具体责任人，紧盯户厕改造任务，让"厕所革命"

联盟村人居环境改造工程，施工人员正在进行厕所改造

惠及更多村民。

"这次人居环境整治工作是全方位的，整治后将使人们无论是出行还是居住的品质均得到一次提升。"王绍山表示。

"现在俺们村的环境一点儿不比城里差。"村民赵大爷在联盟村住了几十年，见证了村里人居环境翻天覆地的变化，谈起现在的生活环境，颇感自豪："垃圾入桶、厕所水冲，白天屋里唱歌，晚上广场跳舞。闲暇的时候我也拍段抖音夸夸俺们村的新变化。"

产业为基——构筑新时代"四梁八柱"

生活环境好了，产业环境也在不断提升。如今在联盟村，一座座现代化厂房拔地而起，在这之前，联盟村还是产业单一的农业村。

近年来，联盟村以村为盘、企为棋，推行全村经济"一盘棋"、产业培育"一体化"的发展模式，打造了占地2400亩的联盟工业园区，让村民进工厂、当工人，不仅实现了村民就地就近充分就业，而且吸引了千余名外来

联盟村丰富的党建活动

务工人员。

"特别是近几年，村'两委'班子、园区企业联手用好政策优势、盘活自身优势、挖掘发展优势，以'双万双服'工作为契机，帮助解决企业诸多困难，实现企业扩规模、扩产能、扩市场，助力提高产品价值和市场占有率。推动工业园区水网、路网、管网、气网、通信网等'七网联建'，进一步提高项目承载力和招商吸引力。"

如今，联盟村背靠油田，走工业化强村之路，以第三产业富民。联盟村工业园现已入驻企业 38 家，被列为区级示范工业园区。2019 年，联盟村集体收入 510 万元，村民人均收入约 2.8 万元，成为远近闻名的"小康村"。"未来，我们计划带动周边村庄，再次将产业振兴的版图扩大。"王绍山欣喜地说。

文明为魂——培植新时代"乡风底蕴"

"现在我们村闲暇时间都在搞文体活动，文化生活可丰富了。"村民王大娘兴奋地指着正在跳广场舞的阿姨们说。

联盟村文体活动之广场舞

在这个宽阔、干净的文化广场上，每天早晚，老年秧歌队伴着铿锵的锣鼓一展舞姿，太极拳、太极扇、太极剑队更是你方唱罢我登场。

"丰富多彩的文体活动充实了村民的业余文化生活，加强了精神文明建设。"王绍山介绍说，"联盟村先后成立了篮球队、秧歌队、太极拳队、辣妈街舞队、老年合唱团、书法协会和摄影协会等组织。每年 9 月，我们都会举办篮球联赛，大港、沧州的很多球队都会积极参加。"

作为滨海新区新时代文明实践站试点之一，联盟村新时代文明实践站充分运用现有的党群服务中心职能，整合党员活动中心、青少年活动阵地、妇女之家、半边天家园、红白理事会等阵地和资源，通过宣讲道德模范、修订村规民约、展示文明成果等方式，组建文明实践站志愿服务队伍，全面打造阵地建设，营造文明氛围，常态化开展文明实践志愿服务活动，打通了文明实践服务群众的"最后一公里"。

望得见山、看得见水、记得住乡愁。

如今，"法治＋德治＋乡治＋共治"的新时代乡村治理方式，已经在联盟村生根发芽、开花结果。联盟村探索完善党建引领、产业兴旺、文明宜居、治理现代的"一核多元"乡村治理体系，为滨海新区农村发展闯出了新路、做出了示范。

撰文 摄影 摄像／杜敏

乡愁是什么？

——杨家泊镇付庄村人居环境整治侧记

乡愁是什么？

有人说："乡愁是我和我的村庄以及村庄的所有故事，乡愁是我的肉体和灵魂的源头。"

"这一年，为了提升村庄颜值，村里进行了人居环境大整治，曾经遗失的乡愁又回来了。"用滨海新区杨家泊镇付庄村赵大爷的话来说，"望得见山，看得见水，田园盛景，庭院错落，这就是乡愁。"

乡村，承载着无数人的乡愁，更关系着广大农民群众的获得感、幸福感、安全感。如何让承载乡愁的"老家"更清洁，更宜居？付庄村在农村人居环境整治行动中给出了答案。

付庄村人居环境随拍

统筹谋划 —— 村容村貌靓起来

"垃圾靠风刮，污水靠蒸发；家里现代化，屋外脏乱差。"一直以来，农村人居环境是个薄弱环节。

位于滨海新区汉沽东北部的杨家泊镇付庄村，在 1976 年大地震之后，随着时间推移，大大小小的坑塘遍布村庄各处，逐渐演变成污水坑塘，严重影响着村内环境卫生，也成为村内急需解决的老大难问题。"这污水坑塘周围扔着不少垃圾，一到夏天蚊蝇乱飞，气味刺鼻难闻。"提到过去坑塘的情景，村民仍历历在目。

2018 年 1 月，《农村人居环境整治三年行动方案》发布。2020 年，正值三年行动方案实施收官之年，金秋 9 月，付庄村"两委"以壮士断腕的决心，对照"五边"清整范围和"六无"清整要求，对村内垃圾、堆物、坑塘、旱厕等问题制定具体整改方案，勠力同心，真抓实干，对全村各处进行彻底整改，切实让村庄的人居环境上了一个台阶。

"每天天刚亮，付庄村'两委'成员便穿梭在村庄的大街小巷，带领村内党员、群众开展排查。为保障整治的彻底性，村'两委'建立健全监督机制，划定监督责任区，对村内环境卫生进行监督。不仅对主干街道进行清整，对背街小巷、卫生死角等区域也进行全方位整治。"付庄村党总支书记李鹏飞介绍说。

对村口及公交站牌治安岗亭周边路面进行整修；将东街坑塘填平，规划成了付庄村集市；村民院外分步安装围栏……通过人工、机械相配合的方式，结合村民合理诉求，付庄村从西街第一排开始层层推进，对村民人居环境进行分类、细致整治，包括对屋前屋后堆物、杂草、乱搭破旧围栏进行清除，以及对坑塘进行填埋或治理等。

付庄村排水干渠全长 19 公里，其主要功能是为全镇行洪和生态景观，主要汇入支流包括北排干、黑鱼沟、排水渠等，补水主要为生产生活排水和雨水。之前由于部分管网损坏严重，导致部分生活污水渗漏，不能通过管网收集进入污水处理站处理，渗漏的生活污水囤积，排入附近沟渠，导致村庄内存在黑臭水体、村庄生活污水排河口水质不达标。

如今，付庄村通过管网改造让污水有了出路。"我们科学规划污水管网，通过对生活污水及农村污水的处理，使得村里污水能够做到集中统一排放，降低污水随意排放所造成的环境污染，改善生态环境。同时，我们还加强了河长制责任落实，定期巡查付庄村排干以及村庄坑塘，发现问题及时整改。"李鹏飞表示。

阵阵的机械轰鸣声在村里响起，村里老旧厕所及各户旱厕在轰隆声中相继倒塌，付庄村人居环境整治每天都如火如荼地进行。截至目前，付庄村道路硬化、污水管网改造、饮水提质增效等工程已全部完成。

"厕所革命"—— 增强群众幸福感

"一个土坑两块砖，三尺土墙围四边。"这是过去农村厕所的真实写照。如今，"小厕所"连着"大民生"，一场农村"厕所革命"在全国展开。

2018 年 12 月，农业农村部、国家卫生健康委等 8 部门联合印发《关于推进农村"厕所革命"专项行动的指导意见》，明确了总体思路、任务目标、保障措施，梳理了农村改厕中存在或可能出现的问题等。2020 年正值"厕所革命"收官之年，付庄村认真贯彻落实各项决策部署，统筹做好农村"厕所革命"工作，稳步推进农村人居环境提档升级。

"过去，厕所环境脏乱差，臭味、异味、烟味、霉味混杂，反正上厕所时得捂着鼻子进。"村民刘大爷说，之前村民用的都是破旧的旱厕，不仅影响村容村貌，人居环境也受到了污染。现在，家家厕所入室，收拾得干净整洁；夏季不再蚊蝇丛生，冬季不再寒风刺"股"，外来串门的亲友也能"留得住"了。刘大爷说："以前没有室内厕所的时候，我的小孙女都不回来，现在她没事就来这边玩儿，也喜欢找爷爷了。"

推动农村改厕是一场革命，改变的是农民千百年来的传统习惯和生活方式，也是人居环境整治"三大革命"中的一环。付庄村将"厕所革命"作为人居环境整治的重要抓手，统筹安排，细化分工，落实具体责任人，紧盯户厕改造任务，全力推动厕所建设标准化、管理规范化，有效解决老旧厕所脏臭差等问题，全面改善人居环境质量。

光亮的瓷砖，洁净的坐便。截至目前，付庄村拆除旱厕 190 余个，同时科学设置公共厕所，计划提升公厕 5 座，新建公厕 1 座。通过"厕所革命"，切实提升了村民的生活质量，让村民不再为"方便"烦心。

生态宜居 —— 村民笑脸扬起来

如今的付庄村脏乱差不见了，有的是宽敞平坦的路面，错落有致的民房，村内文化活动室、日间照料中心、图书阅览室、健身广场等公共活动空间齐全完善。

为了使人居环境整治收到长久效果，付庄村不断完善细节，加大宣传力度，将维护环境内化为村民的自觉行动。同时，村"两委"研究制定了村规民约和环境整治长效管理机制，建立奖惩制度，鼓励党员、群众共整改、共维护，共同缔造美丽村庄。

实实在在看得见的变化得到了村民的高度赞扬。"好的惠农政策，我们必须支持，也会给予充分协助。村是大家的村，只有大家都努力，咱们的村才会越来越好。"村民刘大爷笑着说。

此次人居环境整治，付庄村投入大量资金，出动人力 2400 人次、翻斗车 15 辆、大钩机 1 台、小钩机 4 台、水钩机 1 台、铲车 1 台，对全村进行

付庄村人居环境随拍

地毯式排查整治，清运垃圾 60 余吨，填埋治理坑塘 17 处。

改善农村人居环境只有起点，没有终点。

接下来，付庄村将建立长效机制，把人居环境整治工作做细、做稳、做久、做精，让村民享受到干净整洁的村庄环境，建立生态美、风貌美、环境美、风尚美、生活美的美丽乡村，奋力书写天蓝、地绿、水清、人和的最美"乡愁"。

撰文 摄影 摄像 / 杜敏

南大门里干了啥？

——滨海新区小王庄镇"双战"见闻录

　　春发枝头芽，田间备耕忙。一早，在天津市滨海新区小王庄镇陈寨庄村的农田里，整地深松工作正在全面铺开。"在镇政府的指导下，我们一手抓防疫，一手抓春耕，做到疫情防控和春耕备耕两不误。"正在田间进行土地作业的村民告诉记者。

蔬菜大棚，丰收在望

　　疫情防控不容懈怠，农业生产更不等人。天津市滨海新区小王庄镇地处滨海新区南大门，辖区占地 130 平方公里，是新区农业重镇。为了春季农业生产和疫情防控两手抓两不误，该镇坚持"双战"并举，在筑牢疫情防线坚

村民抢抓时间采摘大棚蔬菜

决做好"外防输入、内防反弹"的基础上，紧盯民计民生目标，抓好全镇春季农业生产，确保 2020 年粮食等重要农产品增产保收。

随着天气逐渐回暖，连日来，小王庄镇各村田间地头呈现出一派忙碌的春耕生产景象。在南抛庄村桃园里，果农们戴着防护口罩，在园内忙着修剪桃树枝，镇农技人员在一旁为果农耐心讲解桃树修枝技术。而在刘岗庄村蔬菜大棚内，记者看到，一排排蔬菜整齐排列，棚里的芹菜、生菜、大蒜、菠菜等长势喜人，村民正撸起袖子抢抓时间进行采摘。"大棚蔬菜种植可以避免低温寒潮，加快植物生长速度，有助于提早上市。今后，我们鼓励有条件的地方都搞大棚种植，多种反季节蔬菜，增加村民的收入。"镇农技负责人王冬向记者介绍。

而在该镇天津盛博源农作物种植专业合作社的大棚内也是一派生机勃勃的景象。该合作社负责人告诉记者，目前，疫情对合作社的生产影响不大。在种植中遇到困难时，镇里专业技术人员也会及时来到棚里对工作人员进行手把手指导，平时他们也会利用电话、微信、天津农技网和益农信息社等方式进行交流沟通，真正做到防疫、种植两不误。

建立网络平台拓展销路

刘岗庄村专职党务工作者郑亚楠是一名"90后"，连日来，除了忙着疫情防控工作，他还抽空帮村里的菜农找蔬菜销售渠道。虽然来村里只有一年多的时间，但小小年纪的他就为村民搭建起蔬菜网络销售平台，大大拓展了大棚蔬菜的销售渠道。近日，他还尝试与中国农业大学建立合作关系，希望借助高校平台促进蔬菜大棚的发展。

"当前除了保障疫情防控期间居民的'菜篮子'外，我们还得往长远看，未来村里蔬菜大棚的发展方向更要提前规划，要真正做到战'疫'、生产两不误。"郑亚楠告诉记者，除了拓展销路外，他对蔬菜大棚还有下一步规划，即进一步规范农户的生产、经营、销售流程，着手建立大棚基地的农产品品牌，同时还要提升农产品对外销售的物流水平，探索农户与大棚合作社更高效的合作机制等等。

蔬菜大棚内一派生机勃勃

坚守疫情 防控第一线

老百姓的"菜篮子"不愁了，疫情防控也不容小视。小王庄镇的干部、党员、群众纷纷主动拿起红袖标、戴上口罩，走上街头、冲上一线，在疫情防控期间筑起一道"爱"的防护墙。

"麻烦您老再往左边挪1米，特殊时期都理解一下，谢谢老人家！"在小王庄镇丽景路菜市场附近，该村巾帼志愿服务队成员孙永芬一边劝导着各位摊主与其他摊位保持安全距离，一边搬着货品帮助摊主挪动摊位。

出于安全防控和方便管理的原则，小王庄镇鼓励果蔬类商户在辖区丽景路菜市场外的露天平地上进行售卖。丽景路菜市场位于小王庄镇东北角，紧邻居民区翰锦园小区，菜市场外侧有大面积露天平地，是商户分散售卖的"绝佳位置"。钱圈村"接管"丽景路菜市场后，安排本村巾帼志愿服务队进行值守，并制定了特殊时期的露天菜市场管理措施。

"大家都挺配合的，我们的工作也不难做。" 钱圈村党支部书记刘守江

巾帼志愿服务队在疫情防控期间筑起一道"爱"的防护墙

向记者介绍道，"现在天气好了，好多商户都出摊了，尤其是在中午 11 点到下午 2 点左右，最多时能有接近 20 户。"

随着前来出摊的商户越来越多，钱圈村加大了疫情防控力度，确保每个商户的摊位相隔 1.5 米以上，并固定商户位置；对商户每日检测体温两次，对买家进行详细信息登记。

统筹作战，确保民计民生

小王庄镇党委书记刘志利介绍，为了确保防疫、春耕两不误，小王庄镇制定了疫情"两点一线"、分时下地、专人专棚防控措施。鼓励菜农响应号召抢种快收，组织辖区内刘岗庄、李官庄、农场三个实施农业合作社及时复工，主动对接超市和周边批发市场，引导种植大户将在棚的西红柿、芹菜、油菜、莜麦菜、甘蓝、香葱及草莓第一时间上市供应，预计 2~6 月可累计供应蔬菜水果 600 余吨，有效保障市民"菜篮子"供应，确保价格平稳，达到市民预期。

设施农业种植户抢种速生叶菜

　　此外，该镇还出台奖励扶持措施，镇政府拿出 10 万元财政资金作为定向补助，引导设施农业种植户抢种速生叶菜，第一时间完成倒茬种植。目前，生菜、莜麦菜、菠菜、芹菜等已陆续抢种，预计 3 月份可增加蔬菜供应 40 余吨。

撰文／侯砚

图片 视频／天津市滨海新区小王庄镇提供

乡村画卷靓秋颜

——茶淀街道孟家瞿村"变身记"

面朝黄土背朝天曾是孟家瞿村村民世世代代的生活写照。从靠天靠地吃饭到努力奋斗过上小康生活，这背后承载了村"两委"班子的智慧、勇气，村民们的魄力、毅力。

如今，孟家瞿村里的柏油路宽阔笔直，从村南头延伸到村北头，路两旁是各具特色的房屋，房前屋后栽种着绿化植被，显得干净、自然，一幅美丽的乡村画卷展现在大众视野中。近年来，孟家瞿村将开展"三美""四全""五均等"等工作作为落脚点，走出一条产业兴旺、生态宜居、乡风文明、治理有效的乡村振兴路。

走上平坦路，"三美"在行动

走进"村庄美"的孟家瞿村，只见白墙红瓦的房屋错落有致，道路笔直平坦，生活井然有序。说起村子的巨大变化，正在村子里遛弯儿的曹大爷感受最深。

"从前这条街脏乱差，空气也不好，遇上刮风下雨，路上都是泥，出门买菜都不方便。现在村里统一修了路，出门尽是干净路，晚上去健身广场溜达也有路灯，可是方便了。"曹大爷脸上写满了对现在生活的满意。

目前，孟家鄥村"六化"建设基本结束，完成主干路硬化面积为8752平方米，主干路硬化率为100%；完成里巷路硬化面积为21900平方米，硬化率为100%；完成LED路灯安装218套；垃圾处理无害化率达到100%。完成650平方米健身广场的修建及宣传栏、宣传橱窗等建设工作，有线电视、网络入村基本全覆盖。

"你看现在这河，过去里面都是臭水、黑水、污水，就更不可能有鱼了。"滨海新区茶淀街道孟家鄥村党总支书记、村级河长国连军带我们来到了村中的一条河道旁，河水很清，站在水边能清晰看到水中的小鱼成群结队地游来游去。

孟家鄥村河道实景

原来村里沟渠的水又脏又臭，河道内漂浮着绿苔和垃圾，怎么做好"环境美"成了国连军面临的一道难题。他们采取了一系列措施：发现问题及时整改，为防止边坡受冲刷，在原有基础上修缮护坡、加固河堤。"我们成立小组，除了河长、组长的巡视管理，还要'点到点、人到人'，落实人员责任制，各河段发现问题及时清理，保证沟渠水质长期保持良好状态。"国连军说这样的措施比较有效。

通过大排查、大治理、大提升行动、入河排污口专项排查整治行动，经过三年努力，垃圾围河、侵占岸线等问题大幅减少，河湖水环境面貌焕然一新。

基于"乡村美""环境美"行动的开展，完成"乡风美"工作任务至关重要。孟家瞿村党总支认真贯彻茶淀街工委部署要求，积极开展"两学一做""三会一课"主题教育活动，孟家瞿村"五好党支部"创建工作已经完成。积极开展社会主义核心价值观宣传教育活动；制定并完善村规民约；有文化设施、场地、队伍，定期开展文化活动，"文明村庄"创建标准已经达到。

村"两委"班子换届以来，孟家瞿村治安防范工作严密；人口服务管理工作扎实有效；矛盾纠纷事件能够得到有效控制和化解；村庄秩序良好；治安防范力量健全；基层基础设施建设完善，达到"平安村庄"创建标准。

产业全覆盖，彻底拔穷根

"今年的收成不错，这几天打电话来订购的客户很多，我们都快忙不过来了。"于大姐动作娴熟地打包着一箱箱葡萄。近几年，于大姐家的葡萄由于粒大味甜，吸引了周边很多客户前来购买。于大姐两口子就靠着种地买了车，盖了新房。

国连军介绍："从2018年起，孟家瞿村引进了葡萄、樱桃等新品种，采取'支部＋合作社＋农户'措施，积极探索形成了'支部带动、协会运作、农户参与'的农业产业经济发展模式。"

鼓励、引导农民与科技人员、企业、协会、合作社、银行建立共担风险、共享利益的"多赢"运行机制，通过资源整合、优势互补、有机融合、良性互动，培育一批"中心农户"和"骨干农民"，2020年建成1~2个以本村特色优势产业为基础的示范点基地。

同时，为了适应市场经济和农业产业化发展的新要求，因地制宜地依托土地资源优势，搞活集体经营增收，开发新型资源特色增收，孟家鄅村建立了一套规范有效的村级集体经济管理制度，形成了一个符合实际、行之有效的村级集体经济运行机制，营造出抢抓机遇、大干快上的村级集体经济发展势头，力争年内集体经济纯收入比上一年提高20万元以上，夯实了为村民办实事、办好事的物质基础。

盘活"资产增收"，优先保障就业。孟家鄅村共有50人参加街道组织的就业培训班，涉及汽修、制冷、电工等专业，通过培训工作为部分人解决了就业问题。"如果学一门技术，找一份固定工作，就能有稳定的收入，家里的状况就会逐步好转。"这不仅是村民陈欣一家的期待，也是许多农户家庭的期盼。

同时，孟家鄅村目前已完成户厕改造418户，完成新建公共水冲厕所4座，实现了全覆盖，达到创建标准。

撰文 摄影 摄像／李丹凝 杜敏

东丽篇

改善农村人居环境，建设美丽宜居乡村是实施乡村振兴战略的一项重要任务。东丽区坚持规划先行、以人为本的导向，遵循城镇建设的规律，投入真金白银，通过城市化建设和城市更新改造，彻底完成农村向城市转型，实现人居环境和城市风貌整体提升。

微信扫描看视频

华明街胡张庄村

老百姓的心儿醉了
——华明街胡张庄村的葡萄熟了

"芦苇荡、盐碱地、土坯房，有女不嫁胡张庄……"

一个被称为天津"北大荒"的落后村庄，如今将葡萄藤化为村民"摇钱树"，年人均纯收入从 2000 余元激增到 2.8 万余元，彻底摆脱窘迫境地，实现华丽转身。

一块名不见经传的盐碱地，如今通过合理规划、盘活资源，成为京津"绿肺"，集农业"双创"、文化体验、养老休闲等功能为一体的"胡张庄乡村振兴示范性项目"。

一位平凡岗位上的共产党员——杨宝玲，带领千余名农民积极投身乡村振兴，成为全国巾帼建功标兵。

如今的胡张庄村，充分发挥现有葡萄产业的品牌优势，大力发展特色农业，加快推进生态屏障区建设，努力实现生态效益和经济效益双丰收。人口城镇化、农业现代化、服务均等化……透过胡张庄村发展的变化，我们看到

胡张庄村葡萄大棚的葡萄正值成熟季

了天津市建成高质量小康社会的坚定步伐，也欣赏着乡村振兴描绘出的"三农"新天地。

葡萄园的觉醒——"三无村"化身"小康村"

7月盛夏，正是葡萄成熟时节。在天津市东丽区华明街胡张庄村的葡萄大棚里，一粒粒色泽鲜艳、饱满多汁的葡萄缀满枝头，晶莹剔透，让人垂涎欲滴。2000多亩的葡萄园中，果农们忙着采摘、分拣、装箱，脸上洋溢着丰收的喜悦。然而在40年前，这里还是一片盐碱地。

20世纪80年代，当地有一句俗话："芦苇荡、盐碱地、土坯房，有女不嫁胡张庄……"因为地处偏远，落后贫穷，农民靠天吃饭，年景不好，就没有了收入。1983年，山东籍的杨宝玲姻缘天注定地嫁入了胡张庄村。没有任何经验，没有学历文凭，凭着一腔热血，杨宝玲于2006年被选为村委会主任。然而，上任第一年，她就遇到了第一个大难题。

"胡张庄村三分之一的村民靠种葡萄为生，村里的土地是盐碱地，富含丰富的钾元素，种出来的葡萄口感好，特别甜。不过，当时村里2000多亩葡萄园里的葡萄都得了病，还没等采摘就自然裂开，大片果子烂在地里，看着村民们亲手砍掉葡萄藤，我心疼极了。"话语柔和、平易近人是杨宝玲给人的第一印象，"村民给我打电话，我愁得慌，他们的葡萄卖不出去，我也睡不着觉。后来，我挨个给认识的人打电话，连吃饭、睡觉都琢磨着葡萄的事儿。终于联系到山东张裕葡萄酒厂的负责人，他们答应帮忙收购一部分葡萄。"就这样，几百万斤的葡萄在杨宝玲的努力下销售一空，而原本在地头只能卖五六毛钱的葡萄被杨宝玲谈到7毛5一斤，村民看到了希望，种葡萄的积极性又提高了。

2008年，因为得到全村老少的认可，被称为"铁娘子"的杨宝玲当选胡张庄村党总支书记。她制定了胡张庄村的发展规划，抓住葡萄优势产业大力发展"一村一品"，建设农业生产用房、仓储库房和储藏冷

胡张庄田园综合体项目，打造农业、文旅、康养融合发展的"沽上田园"示范区

库，与葡萄酒企业建立营销网络，形成上下游产业链。在她的带领下，胡张庄村的葡萄销路越走越宽，年年卖出好价钱。截至目前，胡张庄村葡萄种植面积已扩大至 2000 余亩。依托政府资金扶持，2020 年，村里新建了 41 个每个占地 3 亩多的设施化葡萄大棚，可以防雹、防雨、防虫、防鸟啃食，改变了传统葡萄露天种植的方式；并且因为提早一个多月成熟上市，让葡萄身价倍增，过去卖三四元的葡萄，现在卖到七八块钱，供不应求。胡张庄村葡萄采摘园也被评为"天津市第二批 AA 级乡村旅游点"，在京津冀地区小有名气。一个曾经收入几近为零的"三无"村，发展成为集体年收入突破 500 万元、村民年人均纯收入 2.8 万多元的小康村。

"我们还将完善线上销售渠道，并和部分快递公司合作，进一步推广包括葡萄在内的特色农产品。市内六区的市民通过微信公众号或者抖音等平台下单，就可以吃到胡张庄村的葡萄了。"胡张庄村股份经济合作社党支部副书记李平表示。

市民正在胡张庄村采摘葡萄

盐碱地的逆袭——"沽上田园"兑现增收承诺

2017 年，中央正式提出乡村振兴战略。如何用好"乡村振兴"这把金钥匙，破解乡村发展症结，兑现对村民增收的承诺？在杨宝玲看来，胡张庄村大部分土地都处于生态屏障区，这既是挑战也是机遇，应该盘活现有优势资源，推动农业产业转型和融合发展。"借着 2018 年全国'两会'，我提出农村零散集体建设用地置换的建议，得到领导层的高度重视。对于发展，我们的初步设想是，土地置换是第一步，公私合营是第二步，转型发展是第三步，群众致富才是最终目标。所以，我们开始筹划打造农业'双创'、文化旅游、康养生态等农村新产业、新业态。"

盛夏的东丽湖，十几万只鸟儿在此栖息繁衍，四季花海美景沁人心脾。在其旁边，一个集康养、农创、文旅等功能于一体的"胡张庄乡村振兴示范性项目"正悄然规划。蓝图愈美，道路愈艰。接下来杨宝玲参加了不下 50 次会议，专门聘请中国乡村促进会、天津市农科院、天津市农学院等科研院所专家，对全村农业布局进行重新定位，制定了打造田园综合体的基本蓝图。针对有资源无资金的问题，她几经辗转、多方洽谈，与一家大型国企达成合作意向，确定了总体设计方案。通过积极协调属地区街和国土、规划、农业等部门，145 亩零散集体建设用地指标完成置换手续；41 个葡萄大棚建设完成并已投入使用，葡萄可抢先一个月成熟上市，促进农民收入大幅提升。

"胡张庄村地处东丽区东北部，紧邻东丽湖旅游度假区，离中心城区和滨海新区不足 20 公里，拥有宁静高速和国际机场交通便利，地理位置优越。发展田园综合体项目，能够作为区域旅游板块补充，这既符合推进乡村振兴战略、建设绿色生态屏障区的政策要求，对于促进产业融合和农业增收增效也有着积极作用。田园综合体项目，将成为天津市绿色高质量发展的示范项目和新的发展增长极。"李平介绍说，截至目前，胡张庄村已与国开东方集团达成初步合作意向，预计投资6亿元，打造农业、文旅、康养融合发展的"沽上田园"示范区。同时，胡张庄村也已与河北省天津商会、北京供销E家、北大资源等多家机构或社会资本接洽。

乡愁的力量——源自胡张庄村的美好生活

胡张庄村的发展历程，是天津市乡村振兴的浓缩版。经过多年发展，现在的胡张庄人过上了城里人才有的生活，成为拥有"薪金、租金、股金、保障金"的"四金农民"。而他们所处的环境，不再是"北大荒"，而是拥有2000多亩葡萄种植园、3000亩养殖水面，基础设施配套完善，环境整洁、乡风文明，更与东丽湖旅游度假区隔河相望的绿色生态区。

杨宝玲坚信，在党和政府的惠民富民政策扶持下，"记得住乡愁"将成为子孙后代的宝贵财富。"可以自豪地说，我们摘掉了贫穷的帽子，挺直了腰板。只要是胡张庄人，考入大学有2000元奖励；适龄老人每人每月有2000元养老补贴；462名适龄群众全部纳入城镇居民养老保险；全体村民纳入城乡或城镇居民医疗保险；逝去老人的家属会一次性得到1000元丧葬补助；60岁以上老人的生日将获得赠送的蛋糕；重阳节、妇女节、春节等重大节日必会开展关怀慰问；村民每人每年享受到的福利高达5000元。"杨宝玲说。

盛夏的胡张庄村，葡萄熟了，村民腰包鼓了、心儿醉了，迈进最美乡村的步子更快了。

撰文／杜敏

微信扫描看视频

军粮城街道冬梅轩社区

"村改居"的变迁

——军粮城街道冬梅轩社区见闻

　　"面朝黄土背朝天，之前我们这几个村都是靠种地为生，生活很艰辛。现在我们住进新房，每个月领着稳定的退休金，日子过得是越来越舒心。"东丽区原李家台村村民告诉记者，他和老伴儿两个人现在每个月都能领到"土地换社保"的养老金，对于未来的生活，这对老夫妻一点儿都不愁。

　　随着津郊城市化进程的全面铺开，"村改居"应运而生。"村改居"后，村民变成了家庭户，过上了城里人的生活，东丽区军粮城街道冬梅轩社区便是"村改居"的典型。昔日的农民扔下锄头，从平房搬进楼房，从村民变成居民，居住环境和身份瞬间转变了，而生活习惯和思维方式却难改，这给社区管理带来了困难和挑战。经过五年的摸索和努力，冬梅轩社区"村改居"终于成功转型，实现华丽转身。

冬梅轩社区景观

村民变成居民，树立新风尚

初冬 11 月，中国小康网来到冬梅轩社区时，只见活动室里热闹非凡，居民们正在看书、下棋、画国画……"每天活动室都是这样爆满。"冬梅轩社区党委书记周秀红笑着说。

冬梅轩社区是还迁社区，东至军粮城大街，西至富贵路，南至李台道，北至兴业道，涵盖冬梅轩小区、夏荷轩小区、秋棠轩小区，原为东丽区的刘台新村。

2015 年春天，军粮城街道苗街、魏王庄、北旺、后台、李家台、杨台、东垄等村 3000 多户还迁村民搬入小区。崭新的高楼、干净优美的小区环境让居民住着很舒适。然而不久后，让社区头疼的一系列问题接踵而至。

刚刚入住后的村民虽然感受到居住条件变好了，但是大家还保留着住平房时的习惯，这给社区工作增添了不少难度。周秀红说："当时，社区工作最大的困难就是居民不理解，比如很多居民的农用工具虽然不用了，但是不舍得扔，都堆放在楼道里；冬天各家各户的大白菜也都堆放在楼道里；一些养宠物的居民，不习惯给宠物戴牵引绳；还有一些居民占用公共绿地种起了蔬菜……"

最严重的问题还有不讲卫生和公德，随地吐痰、垃圾随手扔，小孩随地大小便，宠物粪便不清理，高空抛物，以及花坛里的花被随意采摘、草坪被肆意践踏……不仅如此，很多老年人还有捡拾废品的习惯，大量可燃物堆积在楼道里，存在极大的安全隐患。

网格员志愿者，助力"村改居"

居民生活习惯没改变，邻里矛盾不断，自社区成立以来，每天都有上门寻求帮助和诉苦的居民，社区工作人员忙得不可开交。

为了解决问题，社区党委、物管单位等多次探讨解决方案。社区成立了由网格员和志愿者组成的服务队，每天负责"环保卫生""敬老助残""文化宣传""民事调解""治安巡逻"等大事小情。

志愿者沿街捡拾绿化带内、小区内、道路两旁的垃圾，帮忙清理楼道杂物。浩浩荡荡几十人的队伍常引来居民拍照、叫好。志愿者的行为感染着居民，大家的环保意识在潜移默化中增强。

周秀红告诉记者，很多居民住惯了独门独院，集体观念不强，所以社区工作者就需要定期不断地提醒居民，不要将抹布等不易溶解的物品倒进便池，以免造成下水道堵塞；电动车和自行车要停放在车棚里，不要随意摆放在楼道里影响通行；停水时打开的水龙头要及时关闭，防止来水时家中无人把楼下淹了……通过一次次提醒，居民的生活习惯日益改变。

目前，冬梅轩社区共有志愿者560人，成立了8支志愿服务队伍，其中包括党员、团员、巾帼志愿者、青年志愿者、环保志愿者、平安志愿者、科技志愿者等。为了更好地发扬志愿服务的精神，社区建立健全了志愿服务活动"付出、积累、回报"的长效机制，每次志愿服务活动后进行积分累计，每月为志愿者们兑换心仪的物品，激励志愿者参与更多的志愿服务，不断提升志愿者的获得感、价值感，激发社区新活力。

群众事无小事，做精准服务

"住了一辈子土坯房，搬到冬梅轩后，连城里人都说我们农村人也享福了。"2015 年就还迁到这儿来的郭大爷逢人就说。

五年来，通过社区工作人员、志愿者们和居民的沟通磨合，很多问题已经得以解决，居民也和社区工作者亲如一家。

"多亏了社区工作人员，帮我们解决了大问题。"家住东丽区冬梅轩小区的赵奶奶说。

原来，赵奶奶和老伴儿都年过八旬，腿脚不方便，下楼遛弯儿成了奢望。平时，老两口只能在屋里晒太阳，但从 2020 年开始，楼下的树已经长高，遮住了进屋的阳光，这可愁坏了老两口。"因为没办法下楼，窗前的树几乎成了我的一块'心病'。一次，社区网格员小蒋过来，我就跟她反映了一下，没想到，社区和物业真帮我们把遮挡阳光的树冠给砍了，阳光又重新照了进来。"

原来的村民搬进楼房，生活条件好了，但是，没地方晾衣服愁坏了大家。"原来在村里住平房，在院子里晾被子、晾衣服，觉得特别方便。搬进楼房，大家的习惯依然没改，好多居民在小区的树上绑一条绳子晾晒衣物，不仅影响美观，还给树木造成损伤。"周秀红表示。了解到大家的诉求后，2019 年，冬梅轩社区针对社区居民反映强烈的"晾衣难"问题，积极筹划，共建单位主动参与，在社区设置了15套晾衣竿作为试点，切实解决了群众最关心最直接的问题。

群众事无小事！2019年2月，冬梅轩社区正式启动网格化工作，社区党委把网格员队伍作为联系服务群众的重要依托。网格员们严格按照"一日双巡"工作要求，在巡查中发现、上报、排除隐患，截至目前，社区11个网格共巡查发现问题线索1685条，已办结1677条，办结率达99.5%。

感受民生温度，提升软实力

周秀红介绍，五年来，冬梅轩社区的居民"华丽转身"，社区的一系列工作也切实让居民感受到"民生温度"，小康路上，大家越走越有信心。

2019年9月，冬梅轩社区被列为垃圾分类试点社区，在社区大力宣传推动下，居民纷纷踊跃参与。社区建立了自行车棚，引导居民自觉将车辆停放在车棚内，有效缓解了自行车上楼问题。2019年，社区党群服务中心进行提

垃圾分类回收可积分兑换奖品

升改造，合理优化了各类活动阵地，为"创文"硬指标考核奠定基础。同时，社区党委组织开展"创建卫生城区，社区座椅翻新"、联合文艺演出、"参与垃圾分类，创建美丽社区"、"好婆婆好儿媳"评选、社区联欢晚会、"传扬家风"等一系列主题活动，社区网格员、楼栋长、"小巷"管家多方位宣传发动，形成了良好的创建氛围，促进了居民良好文明习惯的养成，逐步形成共建共治共享的社区治理新格局。

平日里，网格员们严格按照"一日双巡"工作要求，每天三小时行走在网格中，在巡查中发现、上报、排除隐患；"线上"为居民办理老年证、职业介绍、丧葬补贴、暖气报修、生育登记等服务事项，"线下"为社区居民提供房产证办理、网上购电、煤气购买、"健康码"下载、党费代收、网上预约挂号等代办服务，真正实现"让数据多跑路、让群众少跑腿"，群众幸福感、满意度进一步提升。

日常生活中，社区志愿者充分发挥示范引领作用，积极开展"创文"宣传和"创建卫生城区，社区座椅翻新"、"参与垃圾分类，创建美丽社区"、"好婆婆好儿媳"评选、社区联欢晚会、"传扬家风"、特殊群众就业服务等一系列主题活动。他们用实际行动带动并影响更多居民摒弃不文明习惯、抵制不文明陋习，倡导文明新风，在社区内形成人人争当"创文"工作宣传者、示范者、监督者和推动者的良好氛围，进一步提升创建全国文明城区"软实力"。

撰文／侯砚

图片 视频／天津市东丽区委网信办提供

西青篇

西青区位于天津市西南部，是天津四个环城区之一，地处中国沿海开放前沿的环渤海经济圈内。工业乡镇产业蓬勃发展，是中国乡镇企业百强区县之一，在全国排名第三十三位。文化历史悠久，是中国四大木版年画之一杨柳青年画的原产地，是清末爱国武术家、『精武大侠』霍元甲的故乡。

一村一画卷

——走进杨柳青镇白滩寺村

徽派风格的马头墙，白墙灰瓦的房屋雕镂精湛，门前栽种排排绿竹，墙角点缀一圈鹅卵青石。正午时分，西青区杨柳村镇白滩寺村的丰乐会农家乐的餐桌旁座无虚席。

"别看我这儿地方不大，平时吃饭要提前预订呢，节假日的生意更是好得不得了。"这家农家乐的经营者王敏笑得合不拢嘴。喜欢远离都市喧嚣的人们纷纷走进乡村，亲近自然，品尝可口的农家菜肴，摘果子、睡火炕，感受乡村生活的淳朴气息。

"而几年前，村里还是'脏乱差'。"王敏说，村子的变化要归功于生态文明小康村建设。

强导向——人居环境焕然一新

白滩寺村位于西青区杨柳青镇镇北，镇南距天津市区 24.5 公里。村南紧

杨柳青镇白滩寺村村貌实景

邻子牙河大堤，该村被规划为西青区子牙河、中亭河生态休闲农业经济带自然村之一。

从 2017 年开始，白滩寺村以自然村为基本单元，以农村垃圾处理、污水治理、"厕所革命"和村容村貌提升为主攻方向，大力推进人居环境整治示范村建设。

农村人居环境整治与农民生活息息相关。白滩寺村作为平房保留村，杨柳青镇进行统一规划，小城镇与新农村并轨建设，百年以上的历史村落都要完整保留下来，努力留住"乡愁"。白滩寺村党支部书记王广宇带领村"两委"班子经过三年攻坚，厕所入户了、供暖集中了、道路硬化了、绿色多了、路灯亮了，健身有了小广场……在村民眼中，他们的居住环境既中看又中用。正在自家门前晒太阳的张奶奶告诉我们："以前赶上下雪下雨的天气都不敢出门，生怕摔倒了。现在村里修了路，去哪儿都方便。"

"打造杨柳青镇人居环境整治示范村，让村民拥有一座'身边的公园'，切实有效提升村容村貌，确保打赢农村人居环境整治收官之战。严格落实好

'河长制'，深入推进河道、荒草治理。推进实施村内破旧公路提升改造计划，让破旧公路面貌一新，实现'户户通'，让村民出行更加便捷。"王广宇表示。

与此同时，村里生活智能化水平得到进一步提升，智慧安防监控系统覆盖全村，有效改善了村民生产生活条件，"六化""六有"工作圆满完成。

精施策——乡村气质别具匠心

"青青杨柳色，十里大河边。岸岸鱼虾市，帆帆米豆船。"明清时期，漕运勃兴，杨柳青成为京杭大运河上的重要枢纽码头。

凭借远近闻名的木版年画、清代民居建筑"石家大院"，2018 年，杨柳青镇入选"最美特色小城镇 50 强"；2019 年，杨柳青镇入选"中国民间文化艺术之乡"。

白滩寺村作为杨柳青镇的百年老村，"杨柳青十景"中的"白滩绩麻"，就出自这里。村子里一座老厂房，外墙做涂鸦，里面是剧场。2019 年 1 月，第四届"青春影像"全国大中学生原创视频作品大赛在此颁奖。

白滩寺村村民聊天实景

沿白滩寺村往西行2公里，至津同公路处，偌大的杨柳青庄园停车场人头攒动。"我们是从市里奔着杨柳青庄园来的，赶上周末和节假日，住宿要提前预订。"带着孩子来游玩的李女士告诉我们。

"得益于镇里的市场化改革政策，以农家院为突出特色，搞好农旅一体、农业观光。"王广宇说道。

农村人居环境整治是西青区落实乡村振兴战略的起手式，而打造农村产业是其工作的落脚点。白滩寺村从产业特色、文化传承、民俗民风等方面挖掘村庄个性，助力白滩寺村发挥绿色效应。坚持将农村人居环境整治与乡村振兴战略紧密结合，由"打造美丽乡村"向"带动农业产业和乡村旅游业发展"延伸，积极拓展整治效果。

兴产业——增加村集体收入

白滩寺村找准产业方向，立足资源优势，以晓春苗圃种植基地为依托，着力发展绿化养护产业，完善公司管理制度，提升村下属企业天津市御翔绿化工程有限公司和天津市御林伟业商贸有限公司的企业管理水平，增加公司营收。

搞好集体设施租赁服务，充分利用闲置厂房及其配套设施，结合文旅事业发展规划，研究制定闲置资产利用方案，实现资源多样化配置，增加村集体收入。

为此，白滩寺村将依托子牙河、中亭河生态休闲农业经济带，提升原有苗木产业，培育更多乡村旅游品牌和农业休闲项目，促进农业"接二连三"，切实将农村人居环境整治成果转化为农业增效、农民增收、农村增实力的生动实践。

撰文 摄影 摄像／李丹凝

新治理　新乡俗　新生活
——张家窝镇西闫庄村展新姿

　　每个月的第一天，西闫庄村村民议事大厅里都会挤满了人，好不热闹。村"两委"班子成员早早来到这里，接待反映情况的村民，商议解决问题的办法。

　　西青区张家窝镇西闫庄村地处天津市西南部，因粮食高产，是农业种植传统村庄。多年来，当地在以农业为依托谋新求变的同时，积极打造服务群众工作品牌、持续壮大集体经济，不断赋予流传百年的村规民约以新时代内涵，把乡村振兴理念活化融入村民生活中，乡村治理卓有成效，新乡俗蔚然成风。

基层治理有实招

　　"我每周都会利用业余时间在小区义务巡逻一次，碰到村民就会问一问，有问题提出来，大家一起想办法解决。"党员老王说。

　　西闫庄村党总支书记、村委会主任杨长庚介绍说："村民议事会制度建立之后，累计召开会议 55 期，畅通民情民意反映渠道，做到有场所、

西闫庄村村民议事大厅

有热线、有台账，切实解决群众的操心事、烦心事。建立'党员联系户'制度，全村五十多名党员承诺为群众办'微实事'63个，既发挥了党员的先锋模范作用，又让群众实实在在获益。"

2019年，西闫庄村率先实现了村规民约与法律法规"并轨"，通过了《西闫庄村规民约》《村民自治章程》及《红白喜事办理标准》等事项决议，以制度化管理推进殡葬改革，以丧事简办树立文明新风尚，赢得村民好评。

在农村，很多村民把红事白事看得比较重要，存在着攀比的心理，大操大办时有发生。

婚丧嫁娶是村民的大事，也是破除陋习、弘扬新风尚的最好突破口。

"短板"变"跳板"，缺点变"亮点"。西闫庄村专门设立红白理事会，统一红白事办理标准和流程，减少乃至杜绝乱贴喜字、祭祀烧纸等行为，由村党员干部直接进家服务，帮助村民安排事宜，达到服务群众和移风易俗双重效果。

产业兴村有妙招

93 岁的闫付申，是土生土长的西闫庄村人，一家四代生活在这片土地上。闫付申的曾孙毕业后，进入到村集体经营的公司上班。"一毕业就找到工作，同学们都很羡慕我。"小伙子很阳光。

2019 年 1 月，村里成立了天津睿博绿化工程有限责任公司，运营承揽绿化工程、苗木花卉种植销售、城市保洁服务等项目，并优先招录本村村民就业，实现村集体增收与村民增收同步。

过去，村集体收入主要来源于土地流转的固定资产租赁收入。产权制度改革完成后，该村党总支主动求变，聚焦绿色发展高质量发展，抢抓京津冀协同发展机遇，着力拓宽村集体收入渠道。

"今年，西闫庄村将全力加快集体经济转型升级，依托天津南站科技商务区建设，积极出资参股北京经纬恒润科技公司研发总部项目等有技术、有前景的科技公司，将 200 多亩土地资源转化为金融资本，进一步扩张集体产

西闫庄村村民在广场健身

业基本盘。"杨长庚说道。

目前，经营性收入和工资性收入在村民收入中占据很大一部分比重，尽快组织劳动力有序返岗，利用当地企业和工厂解决就业问题，有利于进一步稳定民心，促进经济又好又快发展。

村民幸福出连招

近年来，村"两委"班子牢固树立以人民为中心的思想，加大投入，出台了一系列惠民利民举措，使村民生活水平大幅提升，幸福指数节节攀升。

自 2015 年开始，西闫庄村实行村民住院就医三次报销制度，即在西青区给予二次报销的基础上，再报销 50%，进一步减轻村民就医压力。

在建立村民福利制度的同时，村集体每年给村民发放福利待遇每人超8000 元，还有面粉、大米、食用油等生活用品。建立扶贫助困奖学基金，营造崇文尚学的良好氛围。

每到村里老人过生日的时候，村干部上门为过生日老人送蛋糕，并认真听取老人对村里发展的意见建议。

同时，村里建立党员志愿者服务队，为村民解决力所能及的小问题，如帮助村民买水、买电、缴费，办理医保卡、老年卡等，在小事服务中赢得了民心。

2018 年 12 月 27 日完成产权制度改革工作任务，成立西闫庄村股份经济合作社，经济组织成员 764 人。在示范小城镇建设过程中，西闫庄村的农籍人口已经实现了养老保险的政策全覆盖，村民在达到退休年龄后，均可以享受每月 1000~2000 元的退休金。

生活在社会主义新农村的人们是幸福的，而西闫庄村百姓的生活比蜜还甜。

撰文 摄影 摄像 / 李丹凝 丁少亮

党建引领　为民办事

——中北镇中北斜村一瞥

新农村到底啥模样?

走进西青区中北镇中北斜村,你会深有感触。中北斜村东距天津西外环2公里,西靠104国道,因村紧靠南运河,自古便是连接天津市区与河北省东部地区的重要交通枢纽。

21世纪之初,由村党总支书记王海龙牵头,中北斜村建立了中北工业园区。2017年,园区不断加大招商引资力度,持续改善营商环境,依靠引进优质企业,充分发挥村集体优势,连续多年村集体年收入达4000万元以上。

这几年,中北斜村多次上榜"西青区文明村",2007年被评为"全国民主法治示范村"、2009 年被评为"全国先进村镇"、2017 年被评为"全国文明村镇"……

由于接二连三收获荣誉,中北斜村的名气直线上升。这亮眼的成绩单背后究竟有哪些"过人之处"? 近日,中国小康网走进中北斜村,带你一探究竟。

初心不改——加强党组织建设

走进中北斜村,给人感觉这里更像是一个规模较大、配套完善的综合性小区,新修的沥青路四通八达,小区正门矗立着一个巨大的火炬形雕塑,上面刻着"中北斜村党群服务中心"几个异常夺目的大字。

全村党员 67 名,村党总支书记王海龙亲自挂帅,成立"创文"领导小组,按照"谁主管、谁负责"的原则,实行目标责任制,层层分解任务,责任到人,确保有人抓、有人管、有人做、有落实,为"创文"工作的顺利开展提供组织保证。

"党总支坚持把政治标准放在首位,做好经常性发展党员工作,制定并

中北镇中北斜村村貌实景

落实发展党员年度计划，严格程序、严肃纪律，注重入党积极分子教育和培养，稳妥慎重处置不合格党员，保持党员队伍的先进性和纯洁性，监督党员切实履行义务；狠抓党员学习，认真落实'三会一课'制度。"王海龙表示。

利民为先——彰显服务者本色

"这里修得多漂亮，环境像在家一样。"60多岁的冯大爷每天都会来党群服务中心"打卡"，和几个老伙计下棋、打乒乓球，每天都笑呵呵的，他直言"过上了城里人的生活"。

中北斜村紧紧依托党群服务中心提升硬件设施，设置图书阅览室、书画室、健身房、乒乓球室、儿童快乐营地等活动场所，丰富村民精神文化生活，让群众在党群服务中心找到家的感觉。服务中心日均接待村民300人次，齐全的设备设施和干净整洁的活动环境赢得了村民的一致好评。

"出门不用带楼门钥匙，刷脸就行了！"冯大爷一脸的满足感。

"为进一步加强智慧社区管理，我们在小区入口及楼栋门前安装了具有

中北斜村党群服务中心实景

人脸识别功能的智慧门禁系统，整个系统与公安部门直接联网，需要用本人身份证以及人脸采集才能办理门禁'钥匙'，极大保障了小区居民的安全。"中北斜村专职党务工作者纪莹介绍道。

为了让村民住得更舒心，中北斜村全力织牢百姓安全网，同时在每栋楼的周围安装高清晰度的高空抛物监控系统，共计 36 处，全方位做到无死角。

全民参与——增强村民获得感

多谋民生之利，多办民生之事，多解民生之忧，中北斜村从一件件实事中让村民得到看得见、摸得着、感受得到的获得感。

2015 年 11 月底，中北斜村 7.5 万平方米的还迁楼分房工作顺利完成，村民搬进了宽敞明亮的大房子。村住宅楼配套有 570 个车位的地上地下车库、"中国梦"主题的文化阵地广场、塑胶跑道操场等。为方便老年人及残疾人出行，中北斜村修复人行道坑洼路面，改造多处坡道，严控车辆停放位置，提升夜间照明，让村民在日常生活中感受到实实在在的便利。

王海龙介绍，2019 年，中北斜村集体收入 5039 万元，村民人均收入 43630 元。村里每年要拿出 2000 余万元用于村民养老、社保、医疗、教育、节日慰问等各项村民福利待遇的支出，确保了老有所养、医有所保、学有所教，消除了村民的后顾之忧。在大力发展集体经济、打造富裕乡村的基础上，中北斜村认真贯彻落实各项惠民政策。

可以预见的是，中北斜村将继续坚持党建引领，为村民打造功能齐全、种类完善、生态宜居的村居文明家园。

撰文 摄影 摄像 / 李丹凝 丁少亮

乡愁浓浓　画韵悠悠

——李七庄街邓店村文化振兴素描

邓店村有一个"十月书画院"，远近闻名。这里的村民扛得起锄头、拿得起画笔，一家几代人人善丹青，素有"国画之村、国画之乡"的美誉。

这里隶属于西青区李七庄街，北临津涞公路，南倚丰产河，与天津市第三高教区相连。全村共有村民 600 余户、1600 多人，2004 年，村集体投资建成了邓店欣苑小区，从此改变了旧农村的面貌。

文化振兴是乡村振兴的铸魂工程。邓店村扎实做好乡村文化振兴工作，村民精神风貌明显改善，农村群众文化生活更加丰富，乡村社会文明程度进一步提升。

构建宜居乡村，绘制邓店风景

金风送爽，一丛火红。步入欣苑小区，广场的最前方摆放着一块靛青色的大石头，村民亲切地称它为"福祥石"，石头上的红色"福"字正是

李七庄街邓店村邓店欣苑小区实景

邓店人幸福美满的真实写照。

一年四季，每天清晨和晚饭后，广场上都会呈现出一派热闹的景象。有的村民在广场上跳舞健身、遛弯儿打拳、歌唱吹奏，有的在文化长廊话说家常。文化生活多姿多彩，人们的脸上都洋溢着快乐。

围绕着中心广场而建的是一条古色古香的文化长廊，廊中悬挂着400余幅村民的作品，既有挥洒飞扬的书法，也有栩栩如生的国画，每一位来访者都会被这里怡然自得的生活气息所吸引。

巧用文化资源，打造传播阵地

"几年前退休了，我的空闲时间也多了。去年报的书法班，练字一年多了，您看看怎么样。"赵奶奶一脸的谦虚。

"每到春节，村委会都会组织书画院的学员免费为全村村民写春联、送祝福。"赵奶奶说。

十月书画院成立于20世纪70年代末，前身是当年暂居邓店的山水书画家郑壬和先生开办的"邓店画班"，后更名为"邓店十月书画院"。正是此举将村民引领到了山水国画的艺术氛围中，当时不到千人的邓店村，学画的村民就有300余人，周边地区也有不少人慕名而来，学员遍布华北地区。

让乡村文化焕发生机，离不开赓续传承。

经过几十年的发展，邓店十月书画院的学员累计达几千人。村"两委"班子大力培养书画艺术接班人。书画院于2012年开办了少年儿童书画免费培训班，现有少年儿童学员200余人，此外还开办了中年妇女牡丹、老年书法培训班。

"近年来，书画院参加全国及天津市的书画展十余次，有大批画作获奖。2012年，在天津市农委、西青区委和天津市群众艺术馆及各级领导及众多的书画爱好者的支持下，天津市农民书画艺术研究会落户邓店村。同年，邓店村举办了天津市农民书画艺术展览。"邓店村党总支委员、村委会委员陈子有介绍说。

邓店村十月书画院实景

记忆里的故事，留得住的乡愁

"村史记忆馆"整体风格融合了古今建筑的特色，古朴、大气，典雅、亮丽。驻足馆内，仿佛"穿越"到那个时代。微缩泥雕真实还原了村子过去的生活场景，从房屋、石碾到家门口的参天大树，工匠们把每个细节做到极致。

"看见十字路口的那户人家了吗？以前我家就在那个位置，小时候我就坐在院子里，搬一个小马扎，听我奶奶讲村子里的故事。"陈子有指着沙盘西侧说道。在这个总面积不到 500 平方米的"村史记忆馆"中，承载了几代邓店人的记忆，也是村民心中难忘的一抹乡愁。

展厅布满旧时的农耕用具、乡土风情、民俗文化等照片，就是让子孙后代勿忘过去，珍惜现在的美好生活。

"未来几年的规划——打造'两路一水'经济带，依托津涞公路、秀川路、'千亩兰湖'的地理优势，修建 28 万平方米商业楼宇、44 万平方米高端住宅。打造邓店'千亩兰湖'生态休闲娱乐水上乐园，成为天津市西南板块的魅力明珠。"陈子有眼神坚定。

撰文 摄影 摄像／李丹凝 丁少亮

智能管理　智慧生活

——科技赋能精武镇付村

智慧生活是如何改变着"我的村"？可能会是你意想不到的。

在西青区精武镇付村，村民打开手机就能了解村党总支开展活动的情况和学习内容，打开电视就能看到社区党建、视频监控、"三务"公开等各类动态。网格管理、垃圾分类、养老送餐、文明实践等一系列的智能管理、智慧生活，正在逐步融入村民的生活中。

付村是西青区重点打造的"智慧社区"样板，2019年12月，智慧平台正式上线，而智慧平台的搭建可以使村党总支与村民之间进行零距离沟通。付村的智慧新生活，正在引领村民大步奔向安全、智慧、宜居的小康路。

智能监测，村民安心

"村里对我们这些老年人特别关心，不仅给我们发放了智能腕表，

精武镇付村村貌实景

它能量血压、测心率，还能给儿女们打电话，遇到紧急情况还可以报警，为我们的老年生活带来了方便。"村民邵玉荣指着手腕上的腕表说道。

近几年，付村陆续为村里65岁以上的合作社初始成员，免费发放一款以移动互联网技术为依托，集实时定位、健康监测、紧急求助等功能于一体的智能腕表。

"为确保每个老人能正确使用，在腕表发放之前，工作人员还给老人进行培训，讲解使用方法。该智能腕表不仅可以为百姓提供血压、心率监测等功能，最重要的是还兼顾一键求救、安全区域检测等功能，还可以设置'电子围栏'，通过后台可随时调出定位，防止老人走失。"付村党总支副书记刘伟表示。

不少老人家属告诉我们，一些患有老年痴呆症的佩戴者只要离开了"电子围栏"设定的范围，腕表就会自动报警，智慧平台可以显示对应的定位信息。智能腕表的一系列功能替老人的儿女们解决了很多问题，帮了大忙。

智慧管理，村民省心

在付村党群服务中心的电脑屏上，我们清晰地看到付村区域图，图中将全村分为 10 个网格区域，每个网格配备一名网格员。

"有一次去一位 80 岁老太太家里，发现厕所的管道跑水了，老太太腿脚不太方便，恰巧儿子又不在家，我就立即上报村委会，5 分钟之后就有相关负责人过来处理，当天上午就把问题解决了。"网格员魏丽琴说道。

"付村网格员在工作过程中要佩戴执法仪进行巡查并处理各种事件，包括部件维修、治安综合、环境改善、民事纠纷、腕表报警、智能垃圾桶等。付村网格员还有一项重要的工作，即每天入户 30 户，在入户过程中，村民可以向网格员提出意见，由网格员转达给党总支。"付村党群服务中心服务厅副主管葛洪双介绍道。

付村的老人安度晚年

付村党群服务中心智慧平台实景

从 2018 年开始，付村使用守望领域的人脸识别系统，智慧平台已与守望领域的数据库进行对接，能够更高效地进行流动人口的管理，进一步加强小区的安全防护工作。

"以前，许多居民把电动车停在楼道里，从楼上拉根电线下来充电，不仅很危险，还常常堵塞消防通道。"提起这个问题，付村党总支书记、村委会主任李成达连连摇头。

为了避免电动车在楼道充电引发火灾的事件发生，付村党总支在每个电梯里都安装了人工智能摄像头，在每栋楼前安装了充电桩，可以阻止电动车进入电梯，保证了居民楼的安全、整洁，也解决了电动车乱停乱放的问题。

智慧社区，村民舒心

近年来，付村实现了令人欣喜的转变：从无人统筹转为规范有序管理，从垃圾四处可见转为村貌风景如画。

"中国要美，农村必须美。"农村生活垃圾治理是农村生态文明建设的一项基础性工程，也是实施乡村振兴战略的重要内容之一。

自 2019 年起，付村按照《天津市生活垃圾分类指南》全面启动生活垃圾分类工作，垃圾分类投放正逐步成为村民的"新时尚"。

生活垃圾分为厨余垃圾、其他垃圾、可回收物、有害垃圾四类。付村根据村民的垃圾投放量，在每栋楼前都配备一台两分类垃圾桶，用于厨余垃圾和其他垃圾的投放，两个小区共 75 台。此外，两个小区各配备一台六分类垃圾桶，用于投放可回收物和有害垃圾。

今天，随着社会文明程度的不断提升、绿色环保理念日益深入人心，村民在日常生活中都自觉参与垃圾分类工作。

刘伟介绍，智能垃圾桶具有满桶报警、超重报警、超温报警等功能。为了更好地鼓励村民进行垃圾分类，付村实行了一户一个二维码的政策并建立了奖惩机制。垃圾分错了要扣个人的文明积分，全年无错可以参与付村年终"垃圾分类文明户"的抽奖活动，最高奖励是"三亚游"。

付村垃圾分类区实景

　　作为市级新时代文明实践站试点村，付村将新时代文明实践工作与智慧平台紧密结合，实现了新时代文明实践活动线上线下的无缝对接，呈现出"千家万户齐参与，文明之花处处开"的生动局面。

撰文 摄影 摄像 / 李丹凝 丁少亮

津南篇

津南区位于天津东南部，海河下游南岸，是环城四区之一。农业历史悠久，是驰名中外的小站稻的发源地，著名的『鱼米之乡』。现已形成以『一优三特』（优质小站稻、特色蔬菜、特色畜禽、特色水产品）为主导的农业生产结构。

文明树人　文化立村
——八里台镇西小站村的两个"文"

　　"一篙御河桃花汛，十里村纛玉粒香。小站稻米名世界，追问源头在何方。"小站稻，是天津农产品的金字招牌，也是中国知名的水稻品牌之一。拥有1000多年历史的小站稻，文化积淀深厚，是我国农耕文明的优秀结晶。那么，如果要追问小站稻产地源头在何方？答案是西小站村。

　　初到西小站村，眼见着水泥铺就的道路平整通达，村庄两侧道路旁新栽下的数千株白蜡树、桃花树整齐排列，守护着一方宁静。偶见或忙碌或悠闲的村民，处处透着西小站村的新农村风貌。

旧貌新颜——改造乡村人居环境

　　西小站村常住人口1549人，村域面积2000亩，其中耕地990亩，480亩源头小站稻，特色农业为高端水稻种植。曾经，这个村子是"人心散、产业弱、环境差"的另一幅图景。

西小站村新貌

作为处于津南区绿色生态屏障区内的美丽乡村示范点，西小站村近年来通过全面开展"美丽乡村"建设，全村基础设施实现"六化"，主干道路都修成了水泥路面，主干道两侧的辅路和里巷道路也进行了铺砖硬化，全村路面硬化率达到100%。

在进一步完善住房、交通、卫生、垃圾处理等公共服务设施的基础上，实现了乡村人居环境全面提升，村"两委"不遗余力，完成村自来水工程及污水工程，并大力改善村内环境卫生及推动户厕改造工程。

现在，村内的30余个垃圾池全部拆除，垃圾分类试行新的模式。牢牢把握"源头一分钟、中间一把尺、最后一公里"三个环节，分四区四人，每天三次入户查看监督垃圾分类情况，并负责收集垃圾投放到统一对应的垃圾桶内；建成镇垃圾分类示范村，对村内多年存在的垃圾堆物进行集中治理；村"两委"带头入户做村民思想工作，带头清理亲朋好友的堆物；集中人力利用一个月的时间，将全村死角、堆物全部清理干净。

"早年间村里喝的都是地下水，含氟量高，对身体不好，大伙儿一直盼着能喝上自来水。前几年通过市里帮扶组和村'两委'班子的努力，我们终于喝上了'甜水'！"村民李阿姨说。

西小站村积极响应天津市和津南区绿色高质量发展的总要求，将整个村庄作为一个公园来打造，计划依托"田—村—路"三重空间抓手，打造多层次旅游产品，发展"美丽经济"农田精耕细作，乡村林荫处处，庭院鸟语花香，营造富有诗情画意的"桃花巷、海棠林、樱花路、荷花塘、稻花香"大绿大美底色，同时完善乡村环境提升，百姓、游客、"新村民"享受绿色筑梦的"新西小站"田园生活。

文明树人——激发村庄内生动力

西小站村有优良的文化传统，但很长时间以来，因为部分村民缺乏责任心，邻里"冷漠"，存在懒散的心态，并且有些村民缺少改造家园、美化家园的积极性，致使村内环境质量较差，传统的民风发挥不出来。

聚沙成塔，集腋成裘。把人心聚起来，是村"两委"班子要解决的首

西小站村农旅运营项目一期工程正在建设中

施工人员正在为房屋外立面进行整修

要问题。他们先从自身抓起，严明班子纪律，增强班子党性修养，转变班子成员工作作风，狠抓队伍管理。对村委会成员进行更加细致的分工，设岗定责，同时建立群众反馈机制，督促村"两委"班子的言行。

2018 年底，西小站村"两委"班子达成共识，在全村推行多方面的村庄管理方式——积分制管理，在全镇创新开展农村积分制管理，将村民的行为表现转换成积分，通过积分兑换奖励的方式调动基层党员群众参与乡村振兴的积极性，推动形成人人参与的农村共建共治共享格局。

村党总支副书记辛世纪介绍，"行为银行"积分管理制度对于提升乡风文明，有效激励村民维护村规民约，形成自我约束、相互监督、共同进步的良好风尚，起到了积极的作用。

据了解，积分制管理是通过奖分和扣分对个人的行为及综合表现进行量化考核，发放统一定制的"行为银行"存折，以积分来衡量人的自我价值，反映和考核人的综合表现，然后再把各种物质待遇、福利与积分挂钩，并向高分人群倾斜，从而达到激励人的主观能动性，充分调动人的积极性的目的。

推行积分制管理的同时，积极推行传统文化教育，弘扬孝德，使村民素质有了很大提高，逐渐形成了良好的村风民风。西小站村党总支书记邢广伟说："我们将积分制管理模式与弘扬中华优秀传统文化相结合，用于村民村务管理工作中，有利于激发村民的善心爱心和乐于奉献的精神。"

积分制管理实施以来，极大地调动了全村党员群众参与乡村振兴的积极性和主动性。每个村民都成为西小站村基层治理的主要参与者和受益者，真正为西小站村的乡村振兴建设激发了新活力。

文化立村——挖掘乡村核心资源

走在西小站村内，家家户户门前都挂着不同的铭牌，除了各家的家训之外，"五星家庭""退役军人之家""共产党员家庭""村民代表户"等铭牌显示着住户的"身份与荣耀"。其中，"状元家庭"是最引人注目的。辛世纪说："西小站村是津南区出名的'状元村'，考上大学的学生很多。

西小站村家家户户门前都挂有铭牌，其中，"状元家庭"最受欢迎

哪家有孩子考上大学本科了，就可以悬挂'状元家庭'铭牌。2020 年，村里高考状元考了 670 多分。"

文化是乡村永续发展的基因，能够赋予乡村强大的生命力和凝聚力，通过物质文化、精神文化、制度文化、行为文化体系建设，构建邻里守望、诚信重礼、勤俭节约的文明乡村。

西小站村有着浓厚的文化底蕴。中华人民共和国成立后，村民辛勤劳作，种植水稻，成为远近闻名的鱼米之乡。为耕作期间自娱自乐，村文化名人范云先生创作了《挠秧号子》；为带领百姓歌唱新生活，村里排演了舞台剧《翻天覆地》，这两个作品曾获全国农民文艺最优秀作品。1954 年，这两部作品由该村西光剧团编排，赴北京怀仁堂演出，剧团受到中央领导同志亲切接见。

而今，西小站人把剧团文化与小站稻文化紧密结合，近年来举办的"稻香文化节"，吸引游客零距离体验农事。此外，他们还打造集葫芦烫画、瓷盘刻画、木版画、蛋雕等文化作品于一体的农耕文化长廊。其中，首次创作推出的由村民自编自导自演的百人大型实景剧《梦稻西小站》，开创了乡村原生态实景演出的先例。村民还自愿把自己的作品送到村里展示，利用村里的山墙进行整体"农民画"创作，并在村内电线杆上设计反映农村发展的农民画，美化细节空间。

红色文化、乡土文化、农耕文化、民俗文化、民艺文化、美食文化……西小站村历史文化资源优厚，未来发展空间潜力很大。近年来，村"两委"班子一直在思考如何将各种优势资源充分融入西小站村新的乡村振兴之路上来。实现壮大村民集体经济和村民致富，要重新梳理乡村肌理，重塑乡村空间，打造西小站村不可复制的文化基因，描绘西小站村乡村振兴发展的新蓝图。

农旅结合——推动外部资源整合

一直以来，小站稻种植业是西小站村的支柱产业。虽然只靠"一产"就可以摘掉"穷帽"，却离集体奔小康的目标相去甚远。因此，村"两委"班子转变思想，重新审视"无山、无水、无特色"的环境资源，走出去、请进来，积极与观世百年、海华宇泰、聚橙等策划运营团队，天津社科院、天津美术学院、河北工业大学、天津工业大学以及天津市非遗协会等院校、组织，开展广泛合作。计划以林、田、水、巷、村为依托，六大特色资源为引擎，集高标准品牌农业示范、乡土文化体验、田园特色乡居为一体的一二三产业融合，塑造天津全景式村域旅游艺匠村。通过绿色筑梦、文化立村、产业联动的路径，挖掘西小站文化内核，引领乡村旅游脱颖而出，做强文化特色品牌，突出西小站村乡村旅游的灵魂特质。

2020年以来，西小站村陆续打造西光剧社、观世"小人书"藏馆、农

葫芦烫画是西小站村挖掘文化内核的一个重要项目

民画展示墙、村史馆、风物馆五大核心点，优先打造桃花巷及"送军粮"之路。连点成线，以线带面，带动创新驱动，使新型业态快速发展形成立体化产业网。

西小站村将启动年货节、乡村桃花节、"我为革命送军粮"等特色活动，依托农田区域、乡村体验、艺术活动等载体，推出全时全季旅游节庆活动，推动一二三产业转型提升和创意融合，打造全年旅游目的地。

在村新时代文明实践站，西小站农旅运营项目负责人雒洋对中国小康网的我们说："西小站村正在以小站稻为核心，为其增加相关的农产品配套服务，如仓储、物流、农产品深加工；同时，通过田园风光引申出共享农庄、民宿、康养医疗等。目前，该项目已经进入施工阶段，一期工程主要是基础设施建设。"

西小站人，正在通过"政府主导＋企村共建"的模式，以都市型农业为依托，通过大力发展乡土文化衍生产业，推动农创、文创双发展；以展示乡土技艺串联各产业业态，构建乡土文化产业体系；以市场为导向，以三产带二产促一产，实现三产融合发展。通过社会共建及文化产业引入逐步实现文化产业发展，落地首个村落式文化产业园。如何讲好乡土的故事，西小站村的差异化发展正是最好题材。

撰文 摄影 摄像 / 吉宝刚 丁少亮

微信扫描看视频

北闸口镇前进村

点"绿"变"网红"

——逛一逛北闸口镇前进村

"土地平旷，屋舍俨然，有良田美池桑竹之属。阡陌交通，鸡犬相闻……"驱车从津港公路一个路口下行，一路向西，喧嚣渐远。东晋陶渊明《桃花源记》里描述的场景，随着一座小村庄的出现而浮现在眼前。夏天的时候，你会看到，路旁桃花竞放，池塘碧波荡漾，红房别具风情，让人恍若置身桃花源。

这里就是津南区北闸口镇前进村。经过村民不懈努力，该村成为市级美丽乡村和津南区的旅游试点村，户厕改造经验入选世界卫生组织的厕所革命典型案例，还被住房城乡建设部等部门评为改善农村人居环境示范村。

"我们实施了人居环境综合提升改造一期工程，对村口街景、道路管网、绿化美化等进行升级改造，还为村民的房屋免费加装了保温层，逐步形成了自然、质朴的乡村风光，村民的幸福感、获得感明显提高。"村党支部书记、村委会主任张国娟说。

很难想象，几年前，前进村还是另一番景象。党组织虚化弱化，村办

前进村新貌

企业无序布局、村容村貌脏乱差、村民收入增长缓慢，老百姓没了"精气神"。这个有着350多户、900多人的村子是村容村貌脏乱差、村集体经济薄弱的"后进村"。2017年，天津市政府研究室驻村帮扶工作组进驻后，立足村情实际，全力推进村庄建设，大力发展绿色产业，着力培育文明乡风，逐渐摸索出符合当地资源特色的绿色高质量发展之路。

颜值担当——改善环境为村庄"整容"

走进前进村精心打造的千亩生态园，占地30亩的池塘中，栈桥蜿蜒通向深处，古朴的水车承载着岁月的痕迹，旁边500亩稻田一望无际。谁能想到，这个荷塘曾经是一个蚊蝇乱飞、臭气四散的坑塘。

年逾古稀的赵西明大爷与几位老人在长亭里闲聊，老人们感叹道："现在在这儿站着，觉得心里特舒坦。"赵大爷说，这个坑塘过去一下雨就被灌得满满的，臭气四散，蚊蝇乱飞，还有随手丢弃的垃圾漂浮物，住在周围的村民苦不堪言。

2014 年 6 月，前进村启动美丽乡村建设工程，臭水坑的时代终结了。作为村民选出的"一肩挑"，村党支部书记、村委会主任张国娟，强班子、抓党建、办实事，先让党组织强起来，接下来就是改善人居环境，提升村民的幸福感。

"开始就想把垃圾清理干净，后来我们想，既然要治理，干脆就把它建得漂漂亮亮的。"张国娟说。于是，臭坑塘里沉积多年的淤泥被清除，栽种了荷花、睡莲等水生植物。从蚊蝇乱飞的臭坑塘到花香阵阵的荷花塘，前进村的人居环境发生了逆转。

一切按规划实施。村庄道路硬化、拆除违建、户厕改造、房屋修缮、农田改造等有序进行。在推进人居环境整治和村庄综合提升改造中，前进村探索出了"内外兼修"、由点到面逐渐拓展的治理方案。前进村，以俏丽的身姿展现在人们面前。

"厕所革命"——"一屋不扫何以扫天下"

"住进楼房，就能在家里上厕所，有暖气可以温暖过冬，还能喝上自来水……"这是年过花甲的高阿姨曾经的梦想。而今，这些梦想不仅成了现实，还改变了高阿姨的思想。不少村民都和高阿姨一样，从过去盼望着住楼房到现在更喜欢住在自家的院子里，因为"现在住着舒坦，不再想住楼房了"。

前进村在几年前农村户厕改造的基础上，采取"三格化粪池＋集中管网＋生态沉淀池"组合模式，对农村户厕进行升级改造，在道路硬化的同时铺设了 5400 余米地下污水管网，共建污水观察井 330 个、三格化粪池 230 个、生态沉淀池 1 个，有效保障了厕所正常使用，把每家每户的户外旱

垃圾坑塘变身休闲花园和健身广场

厕全部改为室内抽水马桶，出色地完成了"厕所革命"，并相继完成了煤改清洁能源和自来水入户工作。

岳跃臣是前进村特聘的带头"能人"，他告诉中国小康网："再好的方案，实施起来也离不开村民配合。厕所改造工程刚启动时就遇到了一些群众的抵触。"有的村民思想保守，不愿将室外厕所改为户内厕所，有的村民不愿在家中破土动工。岳跃臣就带着村干部挨家挨户做工作，并决定采取试点先行、以点带面的方式，通过打造样板，让配合改造的农户先行受益。渐渐地，村民看到了户厕改造带来的便利，纷纷变"要我改"为"我要改"，有效调动了村民参与配合厕改的积极性。

此外，前进村还让一些有技术的村民参与工程建设，这样一来村民既能亲眼看到户厕改造的过程，还能增加收入，进一步提高了对户厕改造的支持配合程度。"屋里有了水冲式厕所，比以前方便多了，借此机会，我还把家里重新粉刷了一遍，现在住着可舒坦了，再也不盼着非得住楼房了。"高阿姨高兴地说。

点绿成金——有绿色环境就有绿色产业

村庄美起来了，百姓日子更要富起来。乡村振兴，产业兴旺是关键。

村党支部带领全村党员深入学习，让"绿水青山就是金山银山"的理念植根思想深处。村"两委"班子和驻村帮扶组赴天津宁河、西青等地调研学习，把浙江安吉余村的发展经验作为生动教材。持续的宣传引导让越来越多的村民认识到，传统的发展模式已经无路可走，未来要想更好发展，只能是转变思想观念，走出一条生态优先、绿色高质量发展之路。

"从'捡到篮子里都是菜'到绿色优先、高质量发展，脑子里这个弯儿必须要转。双城之间绿色生态屏障区建设促使我们面临新的转型，出路就是要紧紧抓住生态屏障区建设这一重大历史发展机遇，实施乡村振兴战略，带领村民过上好日子。"张国娟说。

在发展绿色生态产业方面，前进村以种植优质生态水稻为载体，以乡村旅游为切入点，大力推进产业转型升级。

前进村村民入股的呈坎农业种植专业合作社与社会资本合作，打造千亩生态园。"过去，我们村就是小站稻核心产区，后来种粮食收入低、水质也不好了，地就承包给了外地人种棉花，这可把土地糟蹋了，地没了肥力，板结严重，基本上就荒废了。"村民赵树林说，"这几年村里改造了农田，灌溉沟渠也打通了，村里组建的合作社将耕地流转集中起来，恢复了小站稻的种植。看到这绿油油的一片，真叫人高兴。"据介绍，生态园内共种植高品质水稻500亩，2020年，又拿出150多亩地进行稻蟹混养，在30亩地的荷花塘里生态养殖河蟹，40多亩地的鱼塘里是自繁的野生鱼，津港高速桥两侧是200多亩的林地，种植了樱桃等经济林。

前进村还与天津旅游商会战略合作，与旅行社、专业旅游网、酒店等联手，聚焦周末亲子游和学生户外教学两类重点客户群体，线上线下同步发力，推出田野拾蛋、乡野垂钓、荷塘月色旗袍秀等旅游活动和稻田插秧、水田捕鱼、樱桃采摘等农事体验项目，逐步开发一分田、一畦地认种和小动物认养项目，丰富了乡村旅游品类。游客多了，村民的收入也增加了，一些村民还办起了餐馆、小酒馆和农家院。

杰懿农家院的叶春宏说："我开这个农家院，家里平时零花、给孩子的费用、奉养老人的钱都有了，比外出打工强很多。"据驻村帮扶组成员王鸿雷介绍，通过绿色转型，前进村的农民人均可支配收入较三年前增加了 4000 多元。

成为网红——文明村风吸引八方客来

在前进村村口，有明显的景观标识，丰富的绿植，还有大公鸡、小绵羊、蜗牛等动物摆件，成为一道亮丽的风景线，很多行人都会停下拍照留念，然后把一张张"打卡"照分享到了各自的微博、微信朋友圈。

前进村还用乡村彩绘扮靓村庄，在木栅栏围挡、废旧厂房和公共卫生间的墙面上，画上山水自然风光和鸡鸭牛羊等动物造型，形成别具一格、特色鲜明的乡村风貌，提升村庄品位档次。在不断提升硬件设施的同时，前进村高标准建设新时代文明实践站，设立了阅览室、科普室及多种活动室，通过组织开展一系列文明实践活动引领文明村风，为绿色高质量发展营造良好软环境，筑牢乡村振兴"绿色"根基。

村委会召集了村里 4 位 80 岁以上的老人梳理村庄发展历史，建设"村史馆·民俗文化馆"，留住乡愁和记忆。在精心设计的家风广场上的休闲花园，竖立起一个高 3 米、一笔写成的"家"字雕塑和体现家风的文字牌，潜移默化地引导村民注重家庭和睦，维护村庄和谐。同时，全村广泛开展"家风大家谈"活动，以淳朴家风孕育文明村风。村"两委"班子整理编制了前进村规章制度汇编和环境卫生倡议书，引导村民自觉改掉陈规陋习。在提升村庄"颜值"的同时，前进村不断丰富其精神"内涵"。

"我和你呀，你和我，一起来到前进村，前进村里风景好，多美妙……"演员韩会亮在他为前进村创作的 MV 中这样唱道。作为前进村的"新村民"，韩会亮自 2019 年 12 月份来到前进村，就被吸引住了。他租下民房，打造成精品特色小院，养殖观赏鱼锦鲤，吸引上百名文化界人士来到前进村参观休闲、进行文艺创作。他还把前进村作为创业平台，把文化生活带到农村。"一走进这里，我就被它吸引了。'世外桃源'原来就在我们的城郊。"韩会亮说。

村"两委"班子积极盘活前期闲置厂房和民房，提供创业空间。多名企业家与村里洽谈合作种植艾草等中草药，打造中医养生馆；还有的企业

前进村的稻田插秧、水田捕鱼等农事体验项目

家要合作打造乡村酒馆，开拓定制酒市场；非遗传承人开办绘画工作室，制陶工艺师建立茶器工作室，还有崖柏展览馆等，都在洽谈中。

除此之外，前进村发展的远景还吸引了"学霸"村干部，来自中山大学环境工程专业的硕士研究生徐海星，2020年离开收入颇丰的企业，报考天津市农村专职党务工作者，录取后来到前进村。他说，他将来会以在这里奉献过而自豪。

张国娟说，前进村正在成为"网红村"。

"新村民"韩会亮说："我们新村民要和老村民一同努力，推动一二三产业融合发展，助力前进村绿色高质量发展。"他的话，代表了很多人的心声。

撰文 摄影 摄像 / 吉宝刚 丁少亮

解密"津南第一村"
——小站镇东大站村的"四个致富密码"

　　这个村庄，有三大"怪"：外来务工人员一干 20 年不愿意走；姑娘嫁出去也不愿将户口迁离；村民即使得了重病也不会因病返贫。村里没有困难户，家家生活富足，人人安享快乐，处处一片祥和。

　　这就是天津市津南区小站镇东大站村，一个现有村民 592 户，户籍人口 1755 人的幸福村；一个拥有外来务工人员近 3000 人、村集体企业年产值 6 个亿、年利税 2000 万元、拥有全国驰名商标"力"字牌阀门的富裕村；一个曾获得"全国文明村""全国民主法治示范村"等百余项荣誉的光荣村。

　　因为早早脱贫致富实现集体小康，东大站村被称为"津南第一村"，中国小康网通过深入走访调研，力求解读他们的致富密码。

密码一：幸福——让每一位乡亲都能过上好日子

　　置身东大站村，干净整洁的小区、宽敞明亮的新居、活动中心内传出

东大站村住宅新貌

的欢声笑语、来往村民舒心的面容，无不展示着这个村庄"幸福的模样"。

"我跟老伴儿住着80多平方米的新楼房。我俩每月退休金加一起3000多元，生活很宽裕。米、面、油村里都免费发放，吃不完还能换钱。虽说老伴儿身体不太好，但是没有医疗负担，新农合报销后，村里还有大病报销兜底，自己基本不花钱，在这儿生活很安心！"年逾古稀的秦树生大爷谈起现在的生活，露出幸福的笑容。

已届古稀之年的翟洪臣大爷提到村里发放的各项福利，也是喜笑颜开，直竖大拇指。除了退休金外，他家每年还有企业股份分红、土地流转费，加起来有7000多元。旁边的村民王凤梅则算了这么一笔账："村里免费给我们上了城乡医疗保险，每年每人分土地补贴2000元、占地补贴1400元，孩子上幼儿园有幼儿补贴，上重点中学、高中、大学有上学补贴，每年给独生子女家庭储蓄1000元，每人每月能拿1300元退休金，每年1050元暖气补贴，村民丧葬费补贴5000元……"村民生老病死都有保障，横向到边、纵向到底，全体村民充分享受发展成果，全村人均年收入超过3万元。

安居，才能乐业。为解决村民住房这一最现实的问题，东大站村"两委"班子、党员代表、村民代表多次协商研究通过，争取镇政府支持，用原村阀门三厂的土地置换镇里商业用地，本村出资自建新住宅楼。2012年底，18栋高楼顺利建成，全村550户、1500多人喜迁新居。

"村里富了，就要给村民办实事、办好事，让每一位乡亲都过上好日子，这是我工作最大的动力。"村党总支书记王文祥说，自从村集体经济壮大后，他们便把为民谋福祉放在首位。

密码二：致富 —— 做强集体经济是乡村振兴的核心

改革开放前的东大站村，与无数个中国农村的村庄一样贫穷落后，温饱问题尚不能解决。当时的村党组织带头人龚义成、王孝杰等人对于村里的贫穷落后看在眼里急在心里，欲寻求摆脱贫穷的道路。

党的十一届三中全会后，农村的好政策使他们看到了发展的机会。他们深知东大站村如果仅凭农业、农村的第一产业发展只能填饱肚子，致富的难度很大。经过调研思考，他们与村班子成员共同研究，决定以村办五金厂为基础，发展村集体经济，向第二产业进军。

东大站村从一个只有30多人的小五金加工厂开始干起，提升阀门产品的质量，多方寻找销售渠道，迈出可喜的第一步。在改革开放初期，计划经济的痕迹处处都在，一个不被纳入国家统购统销计划的村办企业，产品销售问题是关键。王孝杰亲自带领销售骨干，带着自己生产的阀门产品千里迢迢到唐山推销，发扬艰苦奋斗、连续作战的精神，以真诚打动人心，终于叩开了国内市场的大门。用村专职党务干部胡亮的话说："当时，老村主任那就是一个兜里揣着窝头、一个麻袋里装着阀门，一步一步跑下来

东大站村村民新居

的市场啊！"

40多年来，东大站村村属企业从5万元建起的金属网车间，到第一个"力"字牌阀门，再到大站集团，企业滚雪球般不断发展壮大，已建成集阀门、水泥、油漆、金属网、仪表等于一体的大型集团，所属企业6家，职工2000余人，拥有几十项自主研发专利，产品远销国内外，"力"字阀门被评为全国驰名商标、天津市名牌产品。

企业在获得发展的同时，还积极承担社会责任，加大对生态环境保护的力度。集团所属阀门二厂耗巨资在排烟系统中加装环保装置，率先在大站集团完成了津南区首个冲天炉改造。如今，冲天炉吐出的不再是黑烟，而是没有污染成分的白烟。

"30多年来，我们的企业已经成长为集多种基建关联产品生产销售于一体的全国知名企业，集体经济总量增长超过2500倍，这是对村民福祉最大的保障。"村委会委员、大站集团副总经理胡富林告诉我们。

密码三：团队——有好政策还得有好的领导班子

东大站村的成长史就是中国改革开放 40 多年农村政策演进和变迁的发展史。东大站村之所以能够从过去一个贫穷落后村成为拥有上亿集体资产的先进村、富裕村、幸福村，得益于党的改革开放的好政策，摆脱了束缚农业、农村、农民的制度枷锁，给他们带来了发展的机遇。东大站村也正是踏准了改革开放的节奏，在起步阶段选择发展工业，办好村集体企业，抓住国际和国内的市场，依靠质量和价格优势赢得"第一桶金"。

然而，光有好政策，没有好的领导团队也是不够的。村民李二叔讲了句顺口溜："村民要想富，要有好支部；村里要想好，得有好领导。"谈起东大站村的村"两委"班子，很多村民都会竖起大拇指。

大站集团今天的发展成就得益于东大站村有一个好的团队，有一个团结向上的领导班子。东大站村党组织在党建引领下，带领村民共谋发展。

致富目标明确。改革开放初期，中国农村处于贫穷落后的状态，东大站村响应中央号召，确立带领村民甩掉穷帽子的目标，千方百计寻找致富路。

起步思路正确。村"两委"班子决策在做好自身农业的前提下，以原有的村办五金厂为基础，努力发展农村集体经济。在计划经济的年代，一个村办企业想要站住脚，非常困难。大站集团的创始人王孝杰、龚义成等带领大站人克服重重困难，提出了"艰苦奋斗、开拓创新、上下同欲、共同富裕"的大站精神，为大站集团的起飞挣下"第一桶金"，奠定了今后发展的基础。

注重思想传承。2009 年，东大站村第一代领导集体在履职 30 年后光荣退休，东大站村选出了以王文祥任党总支书记、王富来任村委会主任的新的村领导集体。新领导集体继承"大站精神"，继续开拓创新，把东大站村的发展推向新高峰。

"火车跑得快，全靠车头带。大站集团不断发展壮大，离不开王支书的多年付出。"胡富林说。目前，大站集团已成为一家生产阀门、油漆、水泥等基建关联产品的企业集团，尤其在2009年王文祥上任以后，加快产业结构调整，提升集体资产的使用效率，同时，加大企业产品研发等，重点打造拳头产品——全国驰名商标"力"字牌阀门。目前，大站集团已经拥有几十项自主研发专利，产品畅销国内，并远销韩国、俄罗斯等国家。

东大站村坚持村务公开，村委会工作全部做到了有章可循、有法可依。翻开村工作档案，会议制度、财务管理制度、集体资产管理制度、公章使用规定、村委议事规则等等，一应俱全。

在东大站村，大事小情通常都会先定议题，再召开会议讨论表决，超过80%代表同意才去推动落实，绝不会出现村某领导"独断"的现象。

在村荣誉室墙壁上，挂满百余块各级各类荣誉奖牌，其中"全国民主法治示范村"和十几块"红旗党支部"的牌子特别耀眼，这是对该村坚持科学、民主、公开管理决策的最佳褒奖。

密码四：小康——全面小康路上不让任何人掉队

"从老百姓的土地上得到的收益，就要用在老百姓身上。小康路上不能让任何人掉队。"王文祥经常说，这些集体企业赚来的钱要用于民计民生。

经过王文祥和班子成员的共同努力，东大站村每年用于村民民生提升改善的资金达2000多万元，全部由村集体经济收入解决。东大站村村民成为享有股金、养老金、工资薪金、丧葬抚恤金、助学金和医疗救助金的"六金新农民"，提前迈入全面小康，过上了幸福生活。

习近平总书记指出："全面建成小康社会，强调的不仅是'小康'，而且更重要的也是更难做到的是'全面'。"东大站村党组织在促进增收、改善民生基础上，还非常注重全面发展。

提高村民文明素质。通过开展形式多样的精神文明创建活动，切实增强广大村民的文明观念和公德意识。开展"美德在农家""五好文明家庭""五星级文明农户"等评选活动，倡导健康向上的道德风尚。通过道德讲堂、家庭美德讲堂、社会主义核心价值观讲座及好人好事推选、道德规范进农家、志愿服务、倡导节俭节约等活动，推动形成良好村风。

改善社区安全环境。投资138万元在小区内安装114个摄像头和红外线防控设施，并设立警务室、成立巡逻队，构筑了技防、警防、民防三张网，增强村民的安全感。这样的建设力度，让村民不出村居就能享受到一流的文化服务、高度的安全保障，幸福指数越来越高。村民张大妈说："这些摄像头真好，在小区里就感觉安全有保障。"

丰富村民文化生活。村党组织坚持以文化促建设、以文化聚人心、以

大站阀门厂车间

文化扬美德。建设集老年活动中心、医务室、党员活动室、早教室等多功能于一体的服务中心和儿童乐园。培育和发展村民文化社团组织，组建合唱团、秧歌队、锣鼓队、空竹队等。70多岁的秦玉英是秧歌队队员，每天晚上她都要雷打不动地去秧歌队跳上一会儿。"村里给统一买了队服、演出服和设备，还经常组织大家去参加比赛。除了跳舞，我们几个老朋友还参加了村里的合唱团和志愿队，虽然退休了，但活动多得比上班还忙呢！"秦玉英说。

全面提升村居环境。在大力开展人居环境提升建设方面，提升改造老村的人居环境，清理垃圾、渣土、河道，结合美丽乡村建设对老村进行了硬化、绿化、美化。实施自来水入户、一户一厕、雨污分离和煤改气工程，使老村旧貌换新颜，村民享受美丽乡村建设的成果，提升了幸福感。"既然当了村书记，我就一定要干好。我要干不好，就对不起百姓。"王文祥说。

东大站村以发展农村集体经济实现率先脱贫、率先致富、率先迈入全面小康，成为全面建成小康社会路上的典型。未来，他们仍将在村"两委"班子的带领下，在实现第二个百年奋斗目标的新起点上，全面把握实施乡村振兴战略为发展新型农村集体经济带来的重大机遇，继续发扬"大站精神"，发展壮大新型农村集体经济，在乡村振兴的路上再写辉煌。

撰文 摄影 摄像 / 吉宝刚 丁少亮

北辰篇

北辰区是天津环城四区之一，辖九镇七街，常住人口近百万，是天津北部地区开发建设的重点。制造业优势显著，城市化空间广阔，现有国家级经济技术开发区一个，充分享受自贸区、自创区优惠政策，综合竞争力居全国开发区百强之列。

"运河明珠"格外璀璨

——党建是双街镇双街村的金字招牌

魅力双街、和谐双街、平安双街……一块块"金字招牌"让地处京津黄金走廊、北运河畔的双街镇双街村这颗"运河明珠"显得格外璀璨。

"全村总面积 1.73 平方公里，共有村民 616 户，人口 1717 人。2019 年，村销售收入为 1.14 亿元，利税 2000 万元，人均可支配收入 6 万元。"双街村党委书记、村委会主任刘春东聊起村里的情况如数家珍，"乡村振兴是我们的最终目标，在工作中，我们不断提高村民在产业发展中的参与度和受益面，发展现代农业，确保村民就业，让村民长期稳定增收。"

正如刘春东所言，双街村近年来坚持发展乡村振兴，农业全面升级、农

双街村的"地标"双街大鼎

村全面进步、农民全面发展。在村党委的带领下，不仅激活了乡村振兴内生动力，更是遵循乡村发展规律，规划先行，分类推进，让村民在乡村振兴中收获了更多的获得感、幸福感、安全感。

强化党建 —— 助推乡村振兴

近年来，双街村取得了相当耀眼的成就，先后获得全国先进基层党组织、全国先进村镇、全国文明村镇、全国民主法制示范村、全国敬老模范村、中国最有魅力休闲乡村、中国最美休闲乡村、国家级星火技术密集区等荣誉称号。刘春东2018年被评为全国农业劳动模范，2019年入选9月"中国好人榜"，双街村是远近闻名的魅力双街、和谐双街、平安双街。这里高楼林立、商业繁荣、产业兴旺。这里还是全国最早的"微博村"，村民运用"互联网 +"电商营销模式把葡萄卖到了大江南北。

这些年，村党委坚持"党建引领助推乡村振兴"工作思路，让党员成为技术员或者致富带头人，带动更多村民积极参与到产业发展中来，大家撸起袖子加油干。经过几年实践，如今的双街村已经成为现代乡村快速发展的领跑者，村净资产已达 9 亿元，村民对村党委更加信任。

党的十九大后，双街村进入高质量发展阶段，村党委以村民为中心，建立健全制度，保障村民福祉。为了方便双街新邨社区管理，村内将 22 个楼门划分为 6 个网格，村党委书记任网格长，管片民警为副网格长，下面设有 6 个网格员，分别负责各个网格的管理服务，并建立了三个党支部。村内还建立了"民生诉求流水线"，做到"小事不出村、大事区统筹"，不断增强村民的凝聚力。

如今，走在双街村的街道，总能看见各楼门里标志明显的"党员承诺墙"。"我们身边的党员干部主动亮身份，担当作为，为村民办实事、做好事、解难题。"村民说，每月的党日活动，村里党员干部一起学习最新的党的方针政策，开展各种主题教育。村党委组织委员刘洪育说："我们以社区为单位、以党员家庭为重点，打造出一批'党建园'和'星级党员家庭'，组织党员开展承诺活动，推动党组织建设全覆盖，大大提高了党员履职尽责的能力。"

此外，村党委还在村内 4 个企业成立了党支部，不仅发挥引领作用，还发挥"服务型管理"职能。"我们根据企业需求，在工业园内引进了总装 110 千伏安的变电站，规划了污水处理厂、供热天然气配套设施。同时，园区内还有住房、配餐中心等生活场地和基础设施。这些都切实为企业和个人发展提供了便利，吸引了大量的各类企业和各层级人才。"刘春东说，目前，他们已安置村及周边地区剩余劳动力 2000 余人。

特色产业 —— 三区联动致富

双街村成为富裕村、先进村之前，过去可是连电费都交不起的穷村。

双街村村碑

但双街村在时代洪流中蓬勃发展，始终走在前列、勇立潮头。改革开放初期，依托紧邻工业区的优势，双街村发展城市工业配套加工服务，成为当时天津北郊区村镇工业发展的先行村；进入 21 世纪，双街村以先进技术和高新科技为支撑，大力发展精品农业、旅游观光农业、养殖农业和种源农业，提升农业生产力、促进农民增收。

"目前，双街村的集体经济以农业产业园、工业园、农村居住地社区'三区联动'，带动农业、工业、服务业联动发展的模式已初步形成。"刘春东介绍，双街村共有三个工业园区，第一工业园区吸纳了多家内外资企业入驻，为发展村集体经济打下坚实基础；第二工业园区吸引了多家食品公司入驻；第三工业园区是民营中小企业创业园。三个工业园区形成了以机电、冶金深加工、设备制造、汽车零部件、生物制药等为主导的产业集群。

双街村还主动融入京津冀协同发展，借力首都资源，积极承接非首都功能疏解，促进京津优势互补，推动区域协同发展。刘春东说："中关村（天津）可信产业园楼宇 87 栋，引进了日本、韩国、意大利等国家以及国内知名企业 50 余家，为双街工业园的发展注入了新动力。"

双街村委会始终倡导村民不要丢了劳动者的本色。2007 年，双街村实施旧村改造，545 户村民搬进了楼房。虽然不再住平房，但是双街村委会一直鼓励村民回到田里劳作。葡萄种植一直是双街村的"强项"，认准葡萄种植这条路，村里又下了功夫带领村民实现高质量发展。

"为了延长种植期，2012 年，我们开始建设葡萄大棚，195 栋连栋大棚，10 栋二代温室大棚，引进了维多利亚、夏黑、无核白鸡心等高产优质的欧亚葡萄品种。"刘春东说，"起初，村民对村委会的动意不够理解，下田劳作的积极性不高，村里党员就带头下田地，配合合作社的运行保障机制，逐渐开始显现出良好的产业发展前景。种植地由合作社采取统一资源管理、技术规范、服务标准、品牌形象等措施，鼓励村民种植葡萄，并拓展市场，解决了村民担心葡萄产品销路不畅的后顾之忧，村民积极性也就逐渐提高了。"

除了葡萄种植，现代农业养殖业和乡村旅游也是双街村发展农业产业的两个强力抓手。为拓宽村民增收渠道，双街村先后建成果蔬种植采摘园、蚯蚓养殖园、葡萄产业园、花卉基地，形成了集种植、养殖、加工、配送、采摘、垂钓、旅游观光于一体的综合型农业示范园区。"除了观光赏花，村里还积极发展花卉育苗产业。仅就菊花来说，每年能培育种苗 400 万株。原先这里是庄稼地，种玉米、水稻、高粱，一年下来亩产收入不过千元。如今发展花卉产业，每亩地收入保守算能到七八千元。田地变花园，村集体经济更壮大，让村民生活更富裕。"在双街村占地 500 亩的花卉基地，村党委委员解家富说："每年根据不同的季节，我们会在基地布置不同的观赏花招待游客，像 2020 年国庆中秋双节期间，我们就接待了京津冀地区上万名前来观赏菊花的游客。"

福利保障 —— 迈进小康生活

"以前我们住的都是低矮土房，现在，我们全村人都搬进了拔地而起的高楼！"村民史景红指着身后的高层住宅，笑得合不拢嘴。现在全村村民全部搬进了崭新的楼房，还有两成村民在村外买了商品房。

走进双街新邨，一排排新型住宅楼错落排列，这个还迁社区的周边，公园、餐厅、超市、医院、学校等配套设施完善。3000 多平方米的多功能活动中心里，每周都有健身队、秧歌队、合唱队、书画社等各个团体开展活动，村民的文化生活丰富多彩。在这些社团中，书画社一直是最受欢迎也是村民参与度最高的团体之一。

"当年建这个书画社，就是通过村民提议决定的。我们坚持实行村民自治，村里大事小情都是民主决策、民主管理、民主监督。凡是涉及村民利益的制度，都会提前听取村民意见，邀请村民代表参与决策，并通过公示栏、微信公众号等形式进行公示。"刘春东说。

在村活动中心，村民刘阿姨绘声绘色地讲述着形体班组织村民活动的情况；83 岁的老党员鲍景芝声音洪亮，她说，多年来每月 10 日她都会到党员之家参加党日活动；村内的志愿者们提起给村民分发文娱活动道具时热火朝天的情景，也是一片欢声笑语。"村民热爱生活、热爱社区、热爱农村，他们是生活在新时代的新农民。"刘春东感慨地说。

"要想让村民拥护，就得把村民利益放在第一位，让制度与所有村民'见面'，村民心明眼亮才能跟咱一条心。"刘春东在介绍双街村经验时自豪地说，"我们所有决策的实施都是按照六步决策法，双街村坚持的这一议事制度为如何增强乡村自治能力提供了范例，既能有效地让村民表达诉求，使村民利益得到保障，又给村民提供了参与公共事务的平台，最终形成了自觉维护集体、自我管理水平不断提升的良性循环。"

双街村党委建立村民股金、薪金、租金、养老金、补助金、保障金的"六金"保障制度，健全村民收入逐年增长机制。为让村内老年人老有所养、老有所依，双街村规定凡达到法定退休年龄，没有参加过社会统筹养老保险的老人，村集体每月发放 1900 元退休金。双街村党委每月还为村内特殊困难家庭发放 500 元的生活补助金。

村民刘东爱在物业工作，他说，他们老两口和儿子儿媳共四口人，现在有还迁房两套，三口人入股了葡萄大棚，家里人都在村里工作，再加上村里的福利，生活有保障，采暖费、物业费都有补贴，还迁房装修村里还按政策给了 4 万元补贴，城乡医疗费用由村委会承担，而且村里还给二次报销，总报销额达到 90%，可以说吃穿不愁，就医也不愁。

俯瞰双街村

文明乡风 —— 丰盈人们内心

乡风文明是乡村振兴之"魂"。随着物质生活的日益富足，村民对精神文化生活有了更高的追求。多年来，双街村党委发挥引领作用，倡导尊老爱幼、邻里和睦、遵纪守法和遵守社会公德等良好乡风民俗，由村集体出资不断完善社区功能，丰富村民的业余生活，注重精神文明建设，让村里的文化活起来、村民的精神"富"起来。

无论是周一还是周末，双街村党群服务中心的文化活动目不暇接。周末和节假日，图书室、儿童之家最热闹，平时上班忙碌的家长利用假期带着孩子来这里参加亲子活动、体验游乐设施。平日里，上年纪的村民在书画室挥毫泼墨、在图书馆阅读书籍，村里的舞蹈队、模特队、合唱队在这里开展日常的活动和排练。村民学校、道德讲堂也定期开展主题活动……

此外，为了鼓励文明新风尚，双街村定期举行表彰会，设立精神文明奖，奖励文明家庭，以创建全国文明城区为契机，持续开展"讲文明、破陋习、树新风"活动，设立扶贫助困奖学金、孝老爱亲奖励金，培育温馨、健康的乡风家风。双街村村规民约详细规定了喜事新办、丧事从简，村民的婚丧嫁娶都要自觉接受村红白理事会的指导与管理，形成了健康良好的社会新风俗。

如今，生活富足了，新时代的文明乡风也吹进了百姓家。和谐、友善、文明，丰盈了村民的内心，双街人对幸福生活充满了更多的期待。

撰文 摄影 / 吉宝刚 丁少亮

微信扫描看视频

双街镇小街村

"小街"巨变

——双街镇小街村依法治村树标杆

　　立冬后的雨，越下越凉。

　　在双街镇小街村党群服务中心里，工作人员为前来办事的赵大爷端来一杯热水驱寒。

　　在3号窗口，从赵大爷落座到办完事，前后也就五六分钟时间。"本来韩姐她们怕我不方便，说上门帮我办的，我看这雨下得，还是别麻烦人家了，反正离家近，她们办事效率也高，我就当出来活动活动筋骨。"赵大爷指着一位工作人员笑着说。

　　赵大爷和工作人员寒暄了几句后转身离开，那杯热水还冒着热气。

　　像这样的场景，在这里每天都会发生。小街村，在示范镇建设和打造美丽乡村方面成绩斐然，更通过依法治村，成了双街镇法治宣传示范阵地。

小街新苑是小街村民的幸福家园

"能人"带头搞经济

在办公室内，我们见到了小街村党总支书记马长禄。

"我们村挺有历史，始建于明永乐年间。传说燕王扫北时，随着过来的刘氏家族是村里的大户，老人们传说'先有刘家首户，后有闫周二家'。不过早年间村里的土地基本上是盐碱地，当时还流传着一个顺口溜——村南船公号声喧，家北一望似雪原，农家土屋篱笆院，遇灾年月少炊烟。"马长禄在村支书岗位上干了 16 年，提起村子的历史如数家珍。

"我们进来的路上看到小街新苑楼宇林立，很漂亮。中心商业街那边也很繁华，很有现代气息。"

听到我们夸奖，马长禄憨厚地笑了，也就此打开了"话匣子"。

"当年我刚上任那会儿可不行，村里土地不行，传统农业不行，就三家村办企业，不仅不盈利，村委会还背着贷款。"马长禄说，"当时账面上就 20 多万元，却有 50 多万元贷款。"马长禄在小街村也算是经济"能人", 从 1983 年就出来做企业, 镇领导想要改变小街村的现状, 一直就想请马长禄出来当"带头人"。

"当时真不想干啊, 那年代, 50 万元贷款可不是小数目, 而且我在企业里干得好好的, 没法撂挑子走人。"马长禄说, 一开始挺为难, 但又不能辜负党组织的信任和村民的信任, 于是, 最开始先两头兼顾着, 直到把企业里的一些事捋顺了, 走上正轨了, 他才能真正地全身心投入村子建设中。

"上任一段时间后, 我发现这三个村办企业实在是不行, 怎么改革也'救不活', 于是, 我们班子商量之后, 决定直接把它们改制, 采用俗称的'租壳卖瓢'的策略, 把企业改制给个人, 每年收租金, 慢慢地优胜劣汰。"马长禄说, "后来, 把那些质量差的闲置土地流转到村集体, 因地制宜引种一种美国的苜蓿草, 每年可以提高村集体收入十几万元。"

之后, 村"两委"班子还决定与天福陵园、工业园等业态合作, 以土地投资的方式, 带领村民实现了脱贫奔小康。

生态农业促发展

小街村虽然土地质量不行, 但也有一部分生态农业。比如 2020 年喜获丰收的樱桃, 还有西梅、枸杞、莲藕等。

小街村樱桃园内的大红灯、先锋等七个品种, 因其果大、皮薄、核小、肉嫩、味美、色泽艳丽等特点, 一直备受青睐。每年樱桃还没成熟, 就已经有客商提前订购。

在工人们的精心管理下, 2020 年小街樱桃的产量和品质更胜往年。但由于受新冠肺炎疫情的影响, 上门收购樱桃的客商少了很多, 樱桃能不能顺利销售出去成了未知数。为了解决这一问题，小街村村委会的工作人员利用抖音、微信朋友圈等方式拓展销售渠道，一个个干了一辈子农活的"老把式"成了抖音、朋友圈里的"带货达人"，竭尽全力为自家樱桃吆喝。这种网络销售的新模式也为小街樱桃打开了销路，现在地里的樱桃采收一斤，网络上就能销售一斤，小小的樱桃大大提高了村民的收入。

8年前，小街村樱桃园这片土地还只是普通农田，每年只能种一茬儿玉米，每亩地的年收入不过六七百元。2012年，小街村集体投入60多万元引进樱桃园项目，第二年就产生了效益，逐渐成了小街村重要的集体收入来源。小街村樱桃园管理人员告诉我们："现在，一亩樱桃树大约有1000斤产量，每亩收益一万多块钱。一年能给村集体带来七八十万元的收入。"

马长禄说："今后，我们还将与北京农科院合作，继续引进新品种，进一步扩大樱桃种植面积，拓展农业采摘游、电商销售等新模式，进一步提高樱桃园效益，增加村集体收入，让村民走上乡村振兴的富裕之路。"

小街村樱桃园管理人员闫光辉说："未来，我们计划增加100亩樱桃种植，销售这方面正尝试着与淘宝和京东平台合作，现在也是在逐步摸索。"

据了解，小街村还从浙江引进了莲藕新品种，亩产可以达到2000多斤，每年从9月上市可以一直采收到转年4月。每斤莲藕的收购价格平均能卖到2~3元，而且种植莲藕管理起来简单方便，销路有保障，收益不错，成了村民致富的又一好门路。另外，种植莲藕不污染水环境，还可以净化水体。小街村真正做到了既要金山银山又要绿水青山，有效提升了小街村农业的社会效益和经济效益。

旧村改造换新颜

说到旧村改造，是我们每次报道都会遇到的话题，但同样的话题，有着不同的故事，各有各的精彩。

"历史上，村内大多住房都是沿着北运河堤而建的，村子自然形成狭长的布局。20世纪六七十年代，多数村民打院建新房，墙体为'穿鞋戴帽'（下半截用砖做基础，中间夹土坯，顶部用砖封檐）或'外砖内坯'的'里生外熟'型混合结构房屋。由于地势洼，出来进去特别不方便。"小街村党总支副书记刘燕春说，"我们从2009年开始进行旧村改造，先从胡同着手，把所有道路全部硬化，修建垃圾池，实行垃圾定点清运，先把环境搞好了，村民的心气儿也就不一样了。"

"那会儿村里哪有钱，都是马书记找做企业的朋友支援，投资修的水泥路。"刘燕春补充道。

"当时，我们班子聘请了法律顾问，制定了拆迁政策，再到村委会和

小街村村貌

村民大会上征求意见，前前后后改了五版，让政策尽可能符合村情，往大多数村民的利益上倾斜，一句话，就是要让村民利益最大化。"马长禄笑着说，"我们在旧村改造时，采取两次排号的办法，鼓励自愿拆迁的村民先排号，由村代表监督抓取选房顺序。因为公平、公正和村民对我们的信任，402 户人家拆迁第一天就动迁 345 户，达到了 90%，也算创了一个在北辰区乃至天津市的纪录。"

"村民现在都住进了新房，以前一下雨就出现的邻里矛盾也没有了，解决了村民的物质文明，精神文明建设自然也就提升了。"小街村网格员韩思萍说，"现在整个村子精神面貌焕然一新，在小街新苑区域内，建有儿童游乐园、篮球场、乒乓球台以及 30 多种体育器械，还建了幼儿园、棋牌室、书画室、村卫生室和老年活动中心。"

小街村还致力于塑造文明村风的长效机制，以社区自然环境、生态景观、公共卫生安全、车辆停放等社区生活秩序为治理对象，开展清理社区脏乱死角的公共卫生活动，保持社区公共环境、公共设施、公共道路干净整洁畅通，为村民提供优质生活空间。用一位村民的话说："现在的小街村到处都是花园，出来喘口气儿都那么舒坦。"

依法治村振乡风

2018 年底，根据《司法部 民政部关于表彰第七批"全国民主法治示范村（社区）"的决定》，北辰区双街镇小街村被评为"全国民主法治示范村"。近年来，小街村的村务工作秉持"依法治村"总体思路。村务工作、社区治理、提高村民文明素质、普法宣传、法治教育等各项工作均纳入法治轨道，并使之制度化、规范化和常态化。社区公共事务严格执行"六步决策法"，依照规范程序进行，采用民主决策方式，广泛征求并尊重村民代表和村民意见，由村民代表会议或者村民会议进行讨论。凡涉及村民利益的事项均公开透明，让社区公共事务在阳光下运行。

小街村探索社区"共建共治共享"机制初见成效，已经取得丰富、有益的实践经验。在党员教育管理、服务村民居民、网格综合治理等领域实现了联动效应，成为"共建共治共享"机制的示范村。

小街村里成立了一系列由村民组成的维护社区秩序小分队，如治安巡逻队、消防小分队、社区服务志愿者队伍、网格员队伍，并且尝试"网格化管理"新理念、网格普法新做法。马长桥是小街村的第一批网格员。2012年，小街村聘请律师担任村法律顾问，并建立了律师视频咨询系统，村里遇到重大决策事项，都要咨询法律顾问。村里实施"网格普法"，村民投票选举出了网格员，邀请法律顾问为网格员定期培训。"我们的姓名、电话和职责都制成了展牌挂在楼栋明显位置，方便村民咨询。"马长桥说。网格员的工作就是给村民普及法律知识，让他们树立法治观念，保持良好的邻里关系。

刘燕春说："村委会还会邀请法律顾问定期对网格员进行培训，帮助网格员学习法律知识，掌握普法工作重点，增强法治宣传能力。"

网格员协助社区及时摸排不稳定因素，调节家庭纠纷、村民之间的矛盾，宣传正当维权和法律救援途径，助力村级调解组织发挥维稳"第一道防线"的作用。

网格化管理使社区矛盾排查调处机制不断完善，各类纠纷能够有效化解在每栋楼、每个家庭之内。自2013年至今，小街村始终保持零刑事案件的纪录，社区治安、社区秩序形成良性循环，网格化管理功不可没。

不仅如此，小街村联合北辰区司法局筹集 500 余万元建设了小街新苑法治阵地，重点打造"紫薇园"法治文化公园和"稚乐园"青少年法治阵地，集法治宣传、道德规范和文化传承于一体，让村民在游园休憩中感悟法治精神。

紫薇园中间以法鼓为界，东部以法治柱、君子九思柱为主，突出法治文化的厚重，西部以"四德三法"长廊、乐静亭、《弟子规》和《三字经》雕塑为主，突出中华传统文化道德教育主题。公园依托文化墙、浮雕、法治柱、凉亭等形式，将法治理念、历代法治人物以及依法治国的历史演进融为一体，使村民在休闲健身的同时了解法治文化知识，为小街村民营造出浓厚的法治文化氛围。

稚乐园内设置包括学雷锋、司马光砸缸、岳母刺字等德育主题雕塑，以及文化魔方雕塑，内容涉及法律知识、传统道德、古代发明、现代科学知识、科技人物、古诗词，让青少年在玩耍中学习和积累法律、文化、科学知识。

经过各方的努力，法治小街村和美丽小街村的建设不断取得新成果，"美丽小街是我家，和谐共建靠大家"的理念深入村民心中。

撰文 摄影 / 吉宝刚 丁少亮

"村首富"带领全村富

——西堤头镇赵庄子村做足"水"文章

初冬,北辰区西堤头镇赵庄子村,一派宁静祥和。路旁一幢幢漂亮整齐的楼房连排矗立。卫生站、饭店、超市、健身广场等一应俱全。目之所及,是一幅幅社会主义新农村的美丽画卷和村民一张张热情洋溢的笑脸。

可是在过去,提起赵庄子村,村民嘴里全是"槽"点。

"那会儿,我们这儿都是一片片的土坯房,最怕雨季了,说不定哪天来场大一点儿的雨,哪家房子就塌了。"

"出村只有一条路,还得先穿过邻村,跟好多穷村一样,交通特别不方便,连一家村办企业都没有。"

"过去呀,小伙儿搞对象,一说是赵庄子村的,那基本就没戏了,根本没人愿意把闺女嫁过来。"

这一切,从2003年开始,成了"过去时"。那一年,村里的"能人"赵绍军当选村党支部书记和村委会主任,成了赵庄子村的"一肩挑"。这一

赵庄子村（又叫东赵庄村）村口牌楼

次，中国小康网就讲讲"能人"赵绍军带领赵庄子村村民脱贫致富的故事。

"能人"出手——摘掉 30 年"穷帽子"

10 多年前的赵庄子村，穷得远近出了名。由于地理位置偏远，交通闭塞；地处低洼盐碱地，一到雨季容易积水，粮食产量低，很多区域不适合栽种经济作物，村民世代以养鱼为生；没有村办企业、没有集体积累，村民收入只能顾上温饱；村容村貌脏乱、公共设施匮乏，一顶"穷帽子"戴了 30 多年摘不下来。

为了尽快摘掉赵庄子村头上的"穷帽子"，西堤头镇动员村里靠水产、奶牛养殖和饲料加工富裕起来的"能人"赵绍军回村"主持工作"。2003 年，在 1200 多名村民热烈的掌声中，赵绍军全票当选赵庄子村党支部书记和村委会主任。"面对全村 1200 多双信任的目光，当时就想着为乡亲们多做些实事，也突然感到自己实现理想的机会来了，施展作为的空间更大了，同时肩上的担子和责任也更重了。"回忆起当时的情景，赵绍军至今仍会动容。接下来的日子里，赵绍军带领村"两委"班子筹措资金为村里修路、通上自来水、启动村民旧房改造，从各方面改善村民居住环境，村民的生活质量得到了极大的提高，昔日的穷村庄发生了翻天覆地的变化。

村民韩顺梅说："以前根本没有路，都是土路，一下雨，脚上踩的都是泥。现在都是小公路，周边环境也改善了，又都是楼房，卫生环境也干净了。"

在村"两委"班子带领下，赵庄子村通过发展种养殖、休闲农业与乡村旅游等产业，实现了由穷到富、由富到美的蜕变，获得"全国文明村""中国美丽休闲乡村""全国生态文化村"等10多项"国字号"荣誉。2019年，先后与曙光农场和华北集团合作，依托现有水面资源，将"圆梦湖"景区升级打造成5000亩原生态景观——"曙光水镇"，集休闲观光、生态保护、文化传承、健康养老、就业增收于一体的特色渔业田园综合体。2020年7月18日，"曙光水镇"一期正式开园纳客，平均日接待游客3000人次以

鸟瞰"曙光水镇"

上，周末和节假日游客数量超过 1 万人。如今的赵庄子村，休闲农业项目规模 5000 亩，年接待游客 50 万人次，全年休闲农业收入达 3000 万元，带动农民就业达 300 余人，带动农民年均增收 20%，全村年人均可支配收入达到30000 元，不断提高农民就业创业能力，实现农民安居乐业有保障。

从"村首富"到"欠债"400 万元

说起赵绍军，赵庄子村村民人人都竖大拇指。"以前，赵庄子村就是一片盐碱地，四处坑坑洼洼，许多地方连玉米都种不了，连一条出村的路都没有，是出了名的穷村。赵书记带着大家伙儿硬是蹚出了一条致富路。"村民赵自学说。那时的赵绍军并不是村干部，而是村里的"首富"。赵绍军在改革开放初期就"下海"了，逐渐成为养殖大户。在镇里邀请他担任赵庄子村干部时，他已经拥有 2000 亩水面的养鱼塘、800 头奶牛、400 头肉牛和一个饲料加工厂，每年能盈利百万元。

刚开始，镇里找赵绍军时，他并不想接手。赵庄子村环境极差，垃圾脏

航拍赵庄子村

土四处丢弃，唯一一条出村路还是邻村的，还是远近闻名的"上访村"。镇里也不放弃，几乎天天找赵绍军，劝说他当村干部。一个月下来，赵绍军也没有回心转意，镇干部最后一次来时，随口问了句，你是党员吗？"听了这话，我当时就感觉心头一紧，默默点了点头、咬了咬牙，告诉镇干部，我做吧。"赵绍军笑着说，"那一刻，我突然明白了，接受党教育这么多年，关键时刻就得迎难而上！"

赵绍军上任村支书，几乎得到全村人的认可。原来，此前赵绍军看村民不富裕，经常允许远近邻里赊账，东家缺饲料就先拿着，西家想养殖借钱也借着。久而久之，有的人家富裕了还上了债务，有的经营不善，赵绍军也不去讨要。上任后，他发现村里的情况比自己想的更糟，村委会根本就是土坯房子。"当时一看账面，外债380万元。"赵绍军说，"村里当时有四个坑，下雨的话，想出村根本出不去。"他上任的第一件事就是通水修路。赵绍军发现，村里几乎一半的村民需要打井水生活，十分不便。他赶紧召开全村大会，和村民沟通改造事宜。村民一个个低头不敢搭话，整个村子穷，哪有钱来改造呢？赵绍军直接表态，资金问题大家不用管，咱们有钱出钱、没钱出力。经过几个月的修整，全村都用上了自来水。

通水修路——"泥腿子"集体住新楼

赵庄子村是村套村，根本没有一条属于自己的出村路。"要想富，先修路。"为了修路，赵绍军填平了村里的坑洼地，甚至把自己的饲料加工厂也拆除了。赵绍军的大哥赵绍桐说："当时凡是涉路的地块，都可以得到村里的补偿，修路款是100万元，补偿款是300万元，为了修这条路，把自己的厂子拆了，一分不拿不说，还把自己的补偿款发给村民了。"按照村里的补偿政策，赵绍军的工厂拆除费用补偿上百万元，但赵绍军说："只要能把路修好就行，这个村子太需要一条属于自己的出村路了。"

路修通了，但是村民还居住在平砖房里，夏天漏雨冬天冷，这一直是赵绍军的一件心事。2006年，国家修路占了赵庄子村的鱼池和地，给了村里一些补偿款。赵绍军赶紧召集村干部开始研究改造村民住宅。赵绍军带领村干部一家一户地劝，收回一家一户的宅基地，按土房1:1，砖房1:1.5的标准，村里集中建房无偿分配。赵绍军说："这些年做村支部书记，多大事其实都不算难事，但是有些时候就是心累。"为了不负乡亲们的众望，上任伊始，他和村"两委"班子成员征得党员干部和村民代表的同意，决定进行旧村改造，让世世代代住土窝子的"泥腿子"搬进和城里人一样的楼房。为了改造村民住宅，他彻夜与村民谈话。当时为了分房，有些远方亲戚特意在宅基地上现盖，当时好多人都劝赵绍军自家亲戚就睁一只眼闭一只眼，结果他直接带人去把砖给拆了，然后告诉全村人不许如此。随后几年，在赵绍军的努力下，400余户、1000多名村民陆续"上了楼"，赵庄子村也成了附近第一个住楼房的村。

做足"水"文章，发展"绿"产业

虽然住进了楼房，但是贫困的村民当时却连暖气费都交不起，赵绍军决定：必须发展产业、带动就业、促进增收，要从根本上让赵庄子村摘掉"贫困"帽子。可他发现，赵庄子村一直贫困就是因为没有属于自己的产业。"但也正因如此，才更适合搞生态旅游业，因为环境从没被污染过。"他说。

"水产养殖在当时并不赚钱，我们就谋划结合乡村环境治理，让乡村生态旅游业成为农村经济发展的一条有效途径。"赵绍军说。2012年开始，赵

在"曙光水镇"，初冬的"圆梦湖"别有一番景致

绍军带领村民结合乡村环境治理，充分利用本地优越的自然条件发展休闲农业，把本地的农业资源与农业景观完美结合，以"生态养殖"和"渔业文化"为主题，建设集生态养殖、渔文化展示、渔家乐体验等于一体的都市渔业园区项目，依托赵庄子村水资源丰富、渔文化600余年历史、健康水产示范基地等资源优势，将传统渔业与休闲旅游业深度融合，形成"景在村中、村在景中"的赵庄子村模式。

赵绍军带领村民将以前搞养殖的湖重新翻整，打造成为生态旅游景区。他把这片3000亩水面连成的景区取名为"圆梦湖"。景区初具规模，京津冀周边的游客纷至沓来。"圆梦湖"景区里两岸种满了柳树，夏天的时候绿树垂鬓，并且设有纳凉亭，湖周边还设有划船等游玩项目。2015年，该项目纳入原国家旅游局全国优选旅游项目。2019年，在北辰区政府的支持下，以"圆梦湖"为雏形的"曙光水镇"项目开始规划建设。作为实施乡村振兴的重点项目，规划占地19000亩，整体分为三期，除了旅游观光外，加入了娱乐、夜市、住宿等配套设施建设，并带动周边其他两村共同参与到发展中。眼下，一期项目已建成迎客，占地5000余亩的生态景观因湖而建、依水造景，演艺广场、萌宠乐园、特色岛屿更是为景区增添趣味。

生态旅游不仅让赵庄子村环境大幅改善，同时也解决了部分村民的就业。村民赵自学说："以前村里的女人大多闲在家里，现在赵庄子村几乎人人有工作，而且还有邻村来打工的。比如我现在在物业岗位上，每月能拿到2000多块钱。"

"生态是我们最大的优势，保护好生态、发展生态游，这条路我们走对了，更要坚持走下去，圆一个更大的乡村振兴梦。"赵绍军说。

每一分付出都会有收获。2017年11月，赵绍军作为全国文明村镇代表参加了全国精神文明建设表彰大会。赵绍军说："当时不知道习总书记会亲自来，当见到他时，我内心无比激动，我感觉这么多年无论多苦多累都值得，总书记没有忘记我们在一线工作的人。"如今，赵庄子村已经成为全国绿色小康村，赵绍军说，下一步还要优化"圆梦湖"周边配套，争取把"圆梦湖"打造成为天津旅游的亮点。

未来，赵庄子村将继续坚持农业农村优先发展，按照产业兴旺、生态宜居、乡风文明、治理有效、生活富裕的总要求，继续发挥区位优势，以独特的产业优势、资源内涵、优质景观、智慧化服务为依托，继续树立"立足北辰、服务全市、辐射京津冀和环渤海区域"的大目标，借力"绿水青山"，发展"金山银山"，努力打造成为实施乡村振兴战略的典范。

撰文 摄影 摄像 / 吉宝刚 丁少亮

一果一林一民宿

——双口镇郝堡村发展三大抓手

立冬以来，天气转寒，树木凋敝，绿草转黄，农业也随之进入"冬歇期"。然而，北辰区双口镇郝堡村火龙果种植基地的温室大棚里却是另一番景象。带着孩子来采摘的游客周女士表示："这种天气，能在温室大棚里摘到火龙果特别有意思，可以让孩子见识火龙果是怎么长的，既体验了采摘，还能吃到新鲜的火龙果，而且这里的火龙果香味特别浓。"

天津市人大常委会驻郝堡村帮扶组组长何德胜告诉中国小康网记者："依托智能化种植设施，让生长于南方的火龙果，在北方的天津也能很好地生长，7月开始挂果，每35~40天一季，可以一直长到转年1月。长达半年的采摘期，售价也比较高，特别适合发展采摘游。"就这样，火龙果种植和振兴林、民宿一起，成了郝堡村乡村振兴的三个新抓手。

林果经济——新辟致富路径

北方出产的火龙果能行吗？面对疑问，郝堡村党支部书记、村委会主任

郝堡村不久前入选国家森林乡村名单

李世岩笑着摘下一个果子，用刀划开，果汁立刻顺着手指流了下来，果肉吃到嘴里香甜可口。"其实，北方种植火龙果还是有优势的，市场价格就是最好的体现。目前，红心火龙果的市场价格普遍在每斤 15 元上下，我们这儿的火龙果售价还要高一点儿，因为市场上大部分火龙果产自南方，为了保证运输途中的新鲜程度，在采摘时只能选择七八成熟的果实，而郝堡村火龙果都是十成熟，当天采摘，当天卖完，在口感、水分和甜度上都要好很多。"种植基地负责人张长河说。

在郝堡村火龙果种植基地，25 亩火龙果已进入盛产期。走进火龙果温室大棚，半人多高的火龙果植株上已经结满了丰硕的果实，十分惹人喜爱。"火龙果已进入旺果期，今年收成和收益不错，亩产 5000 斤。"张长河说，"郝堡村的火龙果在市场上非常受欢迎。"

其实，郝堡村最著名的水果是雪花梨。"雪花梨个大、皮薄、汁多、无渣，含糖分高，成熟后果肉洁白如雪。经常有老年骑行队从市里骑车过来采摘。"李世岩告诉我们，郝堡村的雪花梨是被列入国家"地理标志产品保护"

的优质农产品，在市场上非常畅销。作为一种高附加值的农产品，近几年，火龙果和雪花梨种植确确实实改变了郝堡村的产业结构和致富路径。不过，作为成名三四十年的老"拳头"产品，雪花梨在农业设施老化、自然采收受时节限制、成熟期短、仓储保鲜条件差等方面的劣势逐年显露，尤其是2020年一场冰雹让果农损失惨重。因此，村"两委"班子研究决定，要发展就要引进新的特色产业，也就有了现在的火龙果种植基地。

"市级和区级帮扶专家经常来进行技术扶持，北辰区农委的专家也常来做技术指导，引进水系的工程明年初也将正式开工，郝堡村的林果经济会有一个新的发展。"李世岩信心满满。

万亩绿林——铺就生态未来

不久前，国家林业和草原局公布了第一批、第二批评选认定的国家森林乡村名单，北辰区双口镇郝堡村、徐堡村、赵圈村榜上有名，"小五堡"片区五村三入围，成绩斐然。

即使已是初冬时节，绿色依然是郝堡村的主色调

133

2019 年，北辰区将造林绿化工程纳入 20 项民心工程，全区完成造林绿化 2.52 万亩。双口镇是造林"主战场"，全镇 18 个行政村共承担了全区一半的造林绿化任务。借助这一发展契机，双口镇高标准设计、高规格定位，把林业经济、特色农产品种植与旅游相融合，践行"绿水青山就是金山银山"的发展理念，将郝堡村、徐堡村、前堡村、后堡村、赵圈村 5 个相邻村庄串联起来，打造成"小五堡"乡村旅游样板示范村，助推乡村振兴。

驱车行驶在通往郝堡村的乡间公路上，虽已是初冬，没有了满眼碧绿，但仍可见苗木成排、树木成林。沿着蜿蜒曲折的乡村小路，驶入一片"乡村振兴林"。放眼望去，林地里整齐地栽种着国槐、法桐、海棠、白蜡、金叶榆等多个树种。几名工人正穿梭在林间，为树木做冬季保护工作。

"双口镇是农业大镇，原有的林地面积超过 2300 亩。这两年，双口镇与区农委、区国土分局积极协调，通过土地流转等方式，又调整出了 1.5 万亩林地。截至目前，全镇造林绿化总面积接近 16000 亩。结合自身优势，双口镇将发展的目光瞄准林业种植，通过'林业 + 旅游''林业 + 田园综合体''林业 + 林下'经济等模式，提升农村的生态环境，大力发展森林经济，促进村集体和村民增收。在这样的政策指引下，郝堡村也逐渐摸索出适合自身发展的新路。"李世岩说。

造林绿化对于双口镇来说，是一次发展机遇，对郝堡村也同样。在加大村集体经济收入的同时，政策明确规定流转土地费用直补到户到人。根据《北辰区造林绿化补贴政策》和《双口镇 2019 年造林绿化补贴政策细则》，从村民手中流转的土地享受每亩每年 1200 元的补贴。

"原先一人有 1.2 亩地。如果只靠种地，尤其是种大豆、玉米这种作物，一年忙到头也挣不到多少钱。所以年轻人不愿意种地，都外出去打工。现在把地流转给村集体，每年能得到固定补贴。护林需要工人，又能多打一份工。以后林子长起来，卖钱了，村集体收入多了，我们分红也能跟着涨。"郝堡村村民王大叔说。

何德胜说，等"万亩林"两年后成活率达到85%成为每个村集体的资产后，还可以大力发展食用菌、药材种植和肉禽饲养等林下经济，让"振兴林"成为名副其实的振兴林。

精品民宿——推动林旅融合

郝堡村离天津市区不远，平均车程一个小时左右，却有着市区里看不到的风景。虽没有大山大河的壮阔，但郝堡村的风景小而精。有农家、有果园、有森林，还有水面。区位好，又有发展近郊乡村游的基础，郝堡村成了很多都市人追求"归园田居"的好去处。

跟着李世岩来到村西的连心湖广场，只见湖周围的木栈道长约千米，远看像一条腰带，环绕着湖畔，为游人漫步湖畔、休闲游憩提供了一个亲水平

郝堡村的精品民宿，装潢设计很有品位

台。"来这里钓鱼的人越来越多，最近天冷了，人少了一些。夏天和秋天，几乎每天都有人到这里来拍短视频。"李世岩说，过去这个水坑又脏又臭，经过近几年的治理，湖水干净了，湖里的鱼也多了，吸引了很多白鹭到这里栖息，现在成了网红打卡地。

2020年，郝堡村在连心湖边新开辟出12块土地打造迷你农场，种植各种蔬菜，为日后来民宿的游客提供蔬菜采摘。在每片菜畦旁边，还建有供游人烧烤、野炊的木质休闲凉亭。"以前这里比较脏乱，改造成迷你农场后，为游客增加了新的体验内容，也为村里创收开辟了一条新途径。"李世岩说。

2019年，在帮扶组的积极推动下，郝堡村启动了美丽乡村示范街道改造工程，打造了一批精品示范民宿。郝堡村的民宿，区别于传统的农家院，没有土炕、大灶，取而代之的是现代气息的新式乡村风格。整洁的淋浴间、舒适的卧室、客厅温馨的布艺沙发、厨具齐全的开放式厨房……精心打造的特色民宿既不失田园野趣，又颇具时尚感，用一位游客的话说，既有浪漫的小清新，也有浓浓的 ins 风。

沿着村里蜿蜒曲折的水泥路漫步，还可以看到钓鱼观赏台、咖啡店……距离迷你农场不远的一家民宿，两位老人正在打理门前的小花园。2020年70岁的尤大爷家里有5亩地，流转给村里后，每年可以有6000元的补贴；3间80多平方米的闲置房屋流转给村里，打造成民宿接待游客，每月还可以有600元的收入。老两口再帮民宿做些杂活，还有另外的收入。李世岩告诉记者，像尤大爷家这样的民宿，目前村里有3家，计划再增加5家，由镇里统一对外招标，由专业旅游管理公司统一进行运营管理。

2019年，郝堡村纳入了北辰区"小五堡"田园综合体项目。郝堡村与周边"村村相邻、路路相通"的4个村子打出组合拳，抱团发展旅游业。在增加村集体收入的同时，增加村民就业机会，让村民过上"土地收租金、上班挣薪金、分红拿股金"的"三金"生活。

环境整治——打造美丽乡村

近年来，郝堡村把农村环境综合整治作为美丽乡村建设的切入点，大力开展村容村貌环境卫生整治，彻底清除积存垃圾，确保道路两侧无柴火堆、粪堆、土堆的"三堆"现象。"乡村人居环境整治，我们村民是最大的受益者。过去村子里家家门前一垛柴火堆，生活垃圾随意乱倒，一到夏天，苍蝇蚊子到处乱飞。"村委会工作人员刘姐说，"以前，村里主干道路和大部分街巷都是土路，坑坑洼洼，'晴天满天灰尘，雨天满地泥泞'。如今，村里进行了道路硬化，水泥路从村口一直铺到每家每户的门口。"

"我们村子小，一共就三条主路。村里的中心街去年刚改造成景观路。以前这两边有旱厕、羊圈，还有村民用砖垒的放农具的小平房。厕所味、羊屎味、垃圾味混在一块儿，那环境真是脏乱差。"李世岩说，"2018年，抓

进行环境整治后的郝堡村还兴建了多功能球场

住全区推进农村全域清洁化的契机，我们开始了环境大整治。村里多年的违建拆除了，长期堆积的垃圾清理了，打造了畅通的景观道，改造了休闲广场，清整出500平方米场地建设了多功能球场。"

如今，郝堡村，已经从困难村变成了颜值与气质并存的美丽新乡村。身在其间，感受着乡村发展的新气象、村民小康生活的新脉动，感慨不已。

撰文 摄影 摄像 / 吉宝刚

微信扫描看视频

双口镇后堡村

"三条鱼" 中国跤
——双口镇后堡村振兴乡村有妙招

"这条街上的建筑有明显的徽派风格啊？"漫步在北辰区双口镇后堡村的中心街，街道两旁一排排明清式建筑白墙黛瓦、雕梁画栋，仿若置身徽居村落。

"没错！我们后堡村人居环境示范村建设的重要内容，就是打造主街道以徽派建筑为特点的'特色小镇式街区'。"面对我们的疑问，后堡村党支部书记张婉霞脸上带着一抹"自豪"，"结合仿古特色标识门楼、小桥、大戏台、徽派风情街，形成具有古香古色的休闲村庄，这也是按照'小五堡'片区乡村旅游'一村一规划、一村一特色、一村一亮点'的原则为后堡村量身打造的。"

"搞得这么漂亮，后堡村的乡村游一定很火吧？这初冬时节，刚才还看到有几个游客在村口牌坊那儿'打卡'呢。"

"是啊。这两年在北辰区委、区政府和双口镇政府的指导下，加上市人大驻双口镇的帮扶组的帮助，'小五堡'片区的乡村游发展很快，后堡村作为其中一员，也获益很多。"张婉霞告诉我们，"我们村是远近闻名的'葫芦之乡'，这两年还专门搞了双口镇葫芦文化节，很多京津冀地区的游客、葫芦爱好者都慕名而来。"

"光靠种葫芦应该没法支撑整个村的经济发展吧？咱们其他产业怎么样？"

"种葫芦只是其中之一，我们还有'三条鱼'和中国跤呢。"张婉霞笑着说。

言谈间，随着这位"90后"村党支部书记漫步在后堡村徽派风情古街，真切感受到"村在林中生、人在画中行"。带着好奇，我们首先来到了张婉霞口中的"三条鱼"——后堡村观赏鱼养殖基地。

"三条鱼"—— 带动产业发展

在后堡村，一座座养殖温室已经拔地而起，走进温室，一股热气扑面而来，瞬间驱散了初冬的寒意。

温室内用水泥砌筑了很多小水池，鲜红的鹦鹉鱼、银光闪闪的银龙鱼、颜色各异的地图鱼等多个品种的热带鱼在鱼池内欢快地游动着。养殖基地负责人梁玉祥说："每个温室占地一亩，可以饲养五六万尾鱼，一年能产两季，年产能达到400万尾。"

张婉霞口中的"三条鱼"，指的就是这个养殖基地的三类产品——热带观赏鱼、海水鱼、淡水鱼。让我们用一组数字来描述一下：坐落于后堡村的庆祥伟业观赏鱼养殖基地，多年来专注于观赏鱼研究、开发和生产，目前拥有观赏鱼养殖车间32个，淡水鱼养殖车间6个，海水鱼养殖车间2个，标准化繁殖车间6个；引进国际先进化过滤设备及大型水处理设备20余台套，建造有模拟野生鱼生存环境104处，以及出口观赏鱼饲养场、中转包装场，适合全鱼种养殖。养殖基地年产观赏鱼400万尾，观赏鱼年进口量6000余万尾，是我国北方观赏鱼生产和批发中心之一，是天津乃至北方地区观赏鱼养殖基地中的标杆。

"产业兴旺，选准具备能够起带动作用的农村业态进行扶植和支持，是我们基层组织的主要职责。"张婉霞说，"后堡村共有264户、人口865人，其中农业人口815人，是典型的小村，因此我们在产业发展方面更多的是立足自身资源'引进来'。"

"是的，我们之所以选择在后堡村建设养殖基地，就是因为这个地方空气好，周围没有污染，水质非常适合养鱼。"梁玉祥接过话头说。

"随着经济社会的发展和人民生活水平的提高，人们越来越注重生活品质，精神文化需求逐渐增大，花鸟鱼虫消费越来越成为人们的生活时尚。天津凭借优越地理位置及日渐完善的产业化体系，已成为我国北方观赏鱼交易

养殖基地内繁育池中的锦鲤

中心，每年成交量近10亿尾，这是一个巨大的市场。"梁玉祥踌躇满志地说道。

"不过，虽然天津已成为北方地区最大的观赏鱼养殖、交易、配套设施产销和服务中心，但天津的观赏鱼养殖多是在以农户家庭为主的养殖场，养殖规模都不大，而且养殖技术和养殖设施都比较落后，尤其是多数养殖场无法适应近两年的环保大整顿，从而退出了观赏鱼养殖，其市场逐步被少数规模较大、设施先进的正规观赏鱼养殖场所替代。这也是我们基地的优势和未来发展的空间。"说到此，梁玉祥很自豪。

张婉霞告诉我们："养殖基地目前年产值4000万元左右，除传统金鱼品种特别齐全外，正在筹建的金鱼新品种孵化研究基地，将以新品种鱼苗全国销售为目标，发展前景非常乐观。养殖基地的规模扩大将吸纳各种农业工人，也能解决村里部分就业问题。"

"除观赏鱼养殖外，我们正在装修观赏鱼展示车间，计划打造一个门类齐全、种类繁多的观赏鱼展示基地。我们的目标是将后堡村打造成为我国北方最大的观赏鱼及相关产业生产、研发、商务、展示、教育和旅游的参观基地，带动当地的经济发展，振兴后堡村的农村产业。"梁玉祥补充道。

玩葫芦——丰富旅游文化

双口镇是京津冀地区出名的"葫芦之乡"，不仅有多年的葫芦种植历史，制作工艺也是远近闻名。在村里手艺人的巧手制作下，小巧玲珑的袖珍葫芦、造型奇特的油锤葫芦、别开生面的葫芦台灯、生动形象的葫芦烙画，可以称得上是争奇斗艳、琳琅满目。

村民武长乐说："我们常年种葫芦，也做工艺品，葫芦有'福禄'之意，老百姓非常喜欢，尤其是各类手工艺品，都来自民间传承。去年的首届葫芦

后堡村的"快乐老家"

文化节上，除了天津本地的手艺，我们还看到了很多外省市的制作技巧，很长见识。"

后堡村有 15 户种植葫芦的村民，葫芦种植占地面积 60 余亩，结合市场需求种植范制葫芦、制作烫画葫芦。两届葫芦文化节，吸引了大量游客前来参观购买，大大增加了村民收入。张婉霞介绍："下一步，我们将对葫芦文化进一步升级，从种植到销售、展销形成'一条龙'，打造以点带线乃至带面的效果，使我们后堡村的乡村游文化更加丰富完善。"

除了葫芦种植和制作成为丰富乡村游文化的重要一环外，后堡村一直着重打造生态旅游发展项目，抓住开展美丽乡村建设的机遇，引导发展家庭小农场，积极为村民推荐、帮助销售生态有机农产品，推动农村生产生活资源化利用与系统化发展，宣传生态旅游度假村。邀请津京冀一带有乡村游经验的企业家、文旅公司高管到村里交流，传授开发、经营乡村游的实践经验，发动村民积极投身乡村休闲观光产业。后堡村生态休闲旅游项目以原生态为起点，因地制宜、循序渐进打造各个特色景点。充分利用原有生态资源，开发原生态林地氧吧，打造五彩田园、花果飘香的农事休闲乡村度假示范区。

后堡村还打造了以"快乐老家"为核心，带动快乐大磨坊、支前模范井、农家餐厅、景观渠等旅游项目。其中，快乐大磨坊以驴拉磨为亮点，以农事体验、亲子体验、石磨杂粮粉、双口镇农产品展卖为主；在快乐农家院农家食坊品尝后堡村特色素席、大锅熬鱼、菜团子等农家饭菜。为游客提供集农事体验、田园观光、亲子休闲娱乐、绿色农副产品采购、果蔬采摘、农家乐吃住玩于一体的服务。

中国跤——提升后堡名气

看过那些旅游设施，跟随着张婉霞来到了一座外形古朴的院落，抬头看见匾额上"冠林国跤馆"5个苍劲挺拔的大字。

"冠林国跤馆是我们村知名度很高的体育俱乐部，2016年成立，1000平方米的场馆，现在有固定学员40多人，全都注册在北辰区业余体校，国跤馆一共培养了16名村内孩子以优异的成绩考入区体校。"张婉霞说。

冠林国跤馆成立至今，参加培训学员超过百人，对双口镇的学员全部免费培训，而且对多所中小学在校学生进行免费培训。国跤馆在2017年举办了天津市北辰区首届中小学邀请赛，2018年8月参与了天津市运动会北辰区摔跤队与柔道队的集训工作，并配合区体育局承接了中国式摔跤及自由式摔跤的筹备。2018年9月，举办了天津市双口镇首届国跤文化旅游节，同年底还协办了京津冀中国式摔跤邀请赛。2019年1月，举办了第二届双口镇后堡村传统文化艺术节，吸引了大量游客参观，2020年举办了"北辰杯"中国式摔跤邀请赛。

冠林国跤馆在天津的"一代跤王"王恩信的影响下，致力于为天津培养

后堡村舞蹈队是文体活动的主力军

中国跤的人才，国跤馆运动员许宏宁，2017年获得全国中国式摔跤56公斤级冠军，2018年更是在天津市第十四届运动会56公斤级斩获了中国式摔跤和柔道的双料冠军；运动员芮云涛，2019年获得全国第二次青年运动会65公斤级冠军；周杰获得60公斤级亚军。

取得如此成绩，自然使得后堡村中国跤的知名度大为提升，周边村镇有志习武的孩子纷纷前来练习。国跤馆负责人表示，中国式摔跤是中国最古老的体育项目之一，虽然不是奥运项目，但无论是从强身健体的角度，还是从习武讲武精神方面，都是特别适合中国人练习的。希望各界多多关注和支持这项运动，也欢迎更多人来冠林国跤馆学习练习。

示范村——党建引领乡风

后堡村是北辰区清洁村庄示范村，村里没有污染企业，环境优美，绿树成荫，村民的生活垃圾有人收，生活污水经过处理后可循环利用。村里通过旧村改造让村民搬进崭新的花园洋房，还新开通了通往北辰中心城区的公交车。这些，都离不开村"两委"班子和村民的共同努力。

村"两委"班子注重党建引领作用，抓实党建工作，严格落实"三会一课"、固化党日、谈心谈话、组织生活会民主评议等基本制度；注重发展党员工作，严格程序严肃纪律，将村内的能人、好人、青年积极分子吸纳到党员队伍中。依托美丽乡村建设，先后开展路面硬化、道路亮化、煤改电清洁取暖、雨污分流、户厕改造、全域清洁化、自来水管网、河道清淤等民生工程改善村民生活环境。另一方面，提升公共设施配套服务，先后建设金摇篮幼儿园、开心公园、健身广场、公共厕所，实施党群服务中心提升改造工程，打造"一站式"服务中心。

此外，后堡村还特别注重乡风建设。组织村签约律师、村法律明白人开展群众性法治文化宣传活动，利用乡村舞台和法治文化广场，采取法治专题文艺演出、法律知识竞赛等群众喜闻乐见的形式开展法治宣传，增强了村民尊法、学法、守法、用法意识。

"我们为了丰富村民的文化生活，组建了多支文体活动队伍，乒乓球队、舞蹈队、摔跤队、戏剧班定期开展文娱活动。"张婉霞说，"另外，通过举办家风家训评比挂牌、最美家庭巡展、好人好事报道、雷锋志愿服务等多种形式的乡风建设活动，营造村民传家训、立家规、扬家风、乐助人的良好氛围。"

撰文 摄影 摄像 / 吉宝刚

微信扫描看视频

青光镇韩家墅村

"传美德，敬养老，抓启蒙，育幼苗……"

——青光镇韩家墅村文明小康"三字经"

"传美德，敬养老，抓启蒙，育幼苗。婚丧事，简办好，讲节俭，无烦恼。破迷信，重科教，树新风，恶习抛……"

这朗朗上口的"三字经"，并不是我们耳熟能详的《三字经》，而是北辰区青光镇韩家墅村家家户户都有的村规民约。

作为农业农村部向社会推介的 21 个首批全国村级"乡风文明建设"优秀典型案例，为遏制农村陈规陋习蔓延势头和培育婚事新办、丧事简办、孝亲敬老等社会风尚提供参考借鉴，韩家墅村进行了一系列大刀阔斧的改革。

韩家墅村经济基础好，人口众多，却也因此带来了群众利益诉求多元、乡村治理难度较大的困扰。近年来，韩家墅村党委从解决好群众反映强烈的

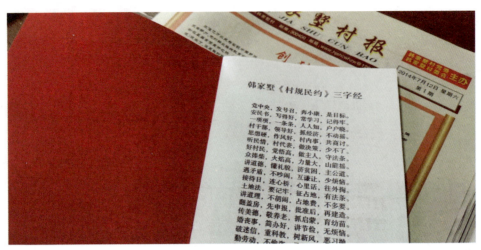

韩家墅村村规民约"三字经"

乡风文明问题入手，深入开展"治陋习、树新风"专项整治，以党建引领乡风文明建设，革除陈规陋习，培育时代新风，让韩家墅村不仅是小康村，还成了真正的文明村。

治陋习，树新风

过去，韩家墅村婚丧嫁娶大操大办现象十分普遍。韩家墅村党委副书记刘振刚告诉中国小康网："都是乡里乡亲的，人情开销肯定是少不了的。比如谁家办喜事，婚礼前两天就开始'预喝'，结婚当天正式婚宴，婚礼结束后还要再摆酒席酬谢帮忙的亲友，办一场婚礼吃吃喝喝四五天，造成很大的浪费，份子钱也越随越多，碍于人情面子，谁也不甘落后。"

为了刹住这种风气，建设文明乡风，韩家墅村从破旧立新做起。村里专门成立了红白理事会，制定了章程，提倡婚事新办、白事简办，对村民举办婚丧嫁娶的规模、宴请范围、酒席标准等做出相应规定，倡导礼轻情重，减少人情支出，禁止大操大办，并制定了相应的奖惩措施。"以前你家摆3天酒席，我家有钱就摆4天，你家在家办，我家上饭店，互相攀比，花了很多钱，还耽误了不少事。"韩家墅村村民卢志勇说，"现在统一只摆一天，主人和客人都省心！"

韩家墅村从解决好群众反映强烈的封建迷信、打牌赌博等问题入手，强化党建引领，开展"治陋习、树新风"专项行动，从党员干部抓起，出台党员干部"治陋习、树新风"相关规定，立规明纪，强化约束，发挥党员先锋模范带头作用，以党风带政风促民风。倡导文明风尚，推动移风易俗。制定村规民约，有效遏制大操大办婚丧嫁娶、赌博、封建迷信等不良风气和行为。

据了解，移风易俗承诺书一经发出，全村232名党员踊跃签字，带头公开承诺落实规定，为群众树立榜样。同时，村委会成员和合作社员工统一着装，党员佩戴党徽，每天早8点各科室成员必须到岗进入工作状态。"在我们这儿看不到工作时间聊天的、状态散漫的，或者群众来办事找不到人的。"韩家墅村村委会委员张金红说。

最近，韩家墅村正在组织五星文明户的评选。村民刘文富说："评上五星文明户，村里奖励2000元，村民的积极性很高，我们组里好多农户在按照五星文明户的标准自查自改。"

韩家墅村大力开展文化活动，丰富文化供给。成立中老年文艺宣传队、舞龙队、健美健身队等多个文体队伍，开展"文明乡风"专场文艺演出，丰富村民文化生活。选树典型示范，弘扬乡风文明。加强村办媒体建设，提高村报、韩家墅网站、"微韩家墅"微信公众号等媒体的影响力，强化"北辰文明人""青光好人"等先进人物事迹宣传，让韩家墅故事、韩家墅美誉广传四方，激发了村民参与乡风文明建设的热情。在党建引领和制度约束下，韩家墅村争先创优蔚然成风。

多产业，大发展

色正形佳的大香蕉，在韩家墅海吉星农产品批发市场被装上一辆辆货车，陆续送往目的地；标准严格的产品，在韩家墅工业区内企业的一个个车间中被生产打包；市场急需的上百种板材，由村韩家墅集成板材集散中心销往全国各地；郁郁葱葱的苗木，在韩家墅苗木种植基地焕发勃勃生机……韩家墅村如今正在用自己的方式影响全国。

"现在，韩家墅村年产值超过 2 亿元。其实，之前的发展并不是一帆风顺的。20 世纪 90 年代，韩家墅村靠汽车制造业的配套加工业起家，让当年仅仅 6.3 平方公里的村庄成了北辰区第一个产值'亿元村'。"刘振刚告诉我们，"但随着汽车配套产业的衰落，到 2003 年底，这里成了负债千万元的'赤字村'。"

面对产业失误造成的困境，2004 年，新一届村"两委"班子临危受命。"我们下定决心要大刀阔斧地改革，不改革没有出路。当时谋定后动，制定了'收回村办企业集体承包权，再将厂房设备对外租赁'的企业改制方案。"说起韩家墅村的拼搏史，刘振刚的眼神中透着激动，"我们建成的工业园区，吸引了不少企业入驻，当年收缴改制企业资金 6000 万元，实现租赁收入 400 万元，我们成功地迈出了第一步，这也是我们村发展壮大的基础。"

曾经在"单一产业"上栽了跟头，让韩家墅人明白了"不能把鸡蛋都放在一个篮子里"，多产业协同才是长久发展的硬道理。

"我们现在坚持一二三产业协同发展，农业做精、工业做强、服务业做大，形成了'一区四场一街一基地一家园'的发展新格局，走出了融合发展的新路子。2008 年，村集体经济收入 4200 万元，村民人均收入达到了 13000 多元。"不用查资料，刘振刚就像村委会的"大数据中心"，张口就来："总投资 1.91 亿元建设了占地 400 余亩的工业园；投资 6 亿元建设了占地 950 亩的农产品批发市场；投资 4045 万元建设了占地 4 万平方米的集成板材集散中心；投资 1693 万元建设了占地 400 亩的钢材市场；投资 5825 万元建设了占地 120 亩循环物资市场以及津霸商业街。"

"我们现在有 100 多家企业在这里经营，以生产型的企业为主。"韩家墅工业区主任田义水说。如今，韩家墅工业区为众多企业带来了腾飞发展。在 4 个市场中，最贴近普通百姓生活的是位于外环西路与北辰西道交汇处附近、布局在北辰西道两侧的韩家墅海吉星农产品批发市场。如今的韩家墅海吉星农产品批发市场已经形成了露天、封闭、仓储、物流"四大交易格局"，拥有固定商户 2000 多家，年交易量 130 万吨，交易额近 60 亿元。这里还是华北最大的香蕉交易区，日交易量 1000 吨左右。先后与全国 30 个重点物流集团建立业务往来，吸引国内 40 多家知名品牌入驻。

伴随着各项产业的蓬勃发展，2012 年，韩家墅村集体经济收入再次达到

狠抓文明乡风建设后，韩家墅村民越来越关注环境整治

1 亿元，成为含金量更高的"亿元村"。2019 年，村集体经济收入已经超过 2 亿元，实现了质的飞跃。

高福利，有保障

这两年，村民杨雪梅连续拿到了村里的年终分红，让周边村子的村民羡慕不已。"去年每个人分了 2200 多元，今年是 2300 多元！"杨雪梅得意地说，"不光有年终分红，一个五口之家，两个老人、一对夫妻、一个孩子，每年能在村委会领到七八万元补贴福利！"

如此"硬核"的福利，自然离不开村集体经济的蓬勃发展。集体经济惠及村民，养老补贴每人每月 2000 元，年轻村民每人每月补助 800~1000 元，孩子义务教育期间每年补助 2000~2800 元，考上大学一次性奖励 4000~6000 元，村民生病住院二次报销的比例达 90%……2019 年，韩家墅村各项福利支出约 1 亿元。

"现在的日子，以前哪儿敢想啊！我还没退休那会儿，就期盼着退休以后能拿 500 块钱的福利，那就了不得了。"但让杨雪梅没想到的是，"我们村老人现在每个月能领 1800 块钱的福利，孩子上高中和大学，都能拿到 2000 块到 6000 块钱的奖励，像我儿子大学毕业后上班，每个月还有 1000 块钱的福利。"杨雪梅算了一笔账，每个月一家三口除了村里给的福利，他和老伴儿还有各自的新农村社保，再加上儿子参加工作的工资，家里每个月就能有 1 万多元的收入。

"现在正在进行农村集体产权制度改革，我们很快就要由村民转为股民了，这是一件天大的好事，以后村集体经济越壮大，我们分得的红利就越多。生活在这儿，我们真的太幸福了。"说起未来，村民刘文富信心满满。

幼有所育、学有所教、劳有所得、病有所医、老有所养、弱有所扶、住有所居，这些在韩家墅村都已成为现实。刘振刚介绍说，村里投资4000万元建成的韩家墅小学，拥有现代化、高标准的设施，保证了教学质量。根据村民就医需求，与北辰中医院共建北辰中医院韩家墅分院，定期邀请专家到村中坐诊，使村民的健康有了更加可靠的保障。

环境好，奔小康

经济上去了，环境更不能输。2013年至今，村集体通过集中流转村内闲散地、弃荒地，大力培育苗木产业，已建成5000亩、津西北最大的苗木种植基地。

分管苗木种植基地的村党委委员张振忠因常年在基地管理巡视，脸晒得更加黝黑。张振忠介绍："苗木种植基地不仅让我们这儿的空气变好了，现在经过三年的精心培育，部分苗木已经陆续出圃销售，也成为村集体经济增收的'绿色银行'。"

韩家墅村新建旅游项目"墅外桃源"

在苗木种植基地旁的一个带状公园入口处，有一块韩家墅村环境治理的展示板，上面有韩家墅村环境治理前后的对比照片，从臭水横流、垃圾遍地、街道脏乱到绿树成荫、水波荡漾、屋舍整洁。刘振刚说："这是我们三年行动的成果。要让我们的村民看到环境的变化，让他们能够珍惜。"

"5000亩苗圃基地是我们的'绿色银行'，现存苗木25万株。不仅实现了大美大绿，经济效益也越来越好，当初200元一棵的小树苗，现在最高能卖到2000元左右，分批出售再补种，循环往复取不尽。"刘振刚说。

除了建立苗木种植基地，韩家墅村还进行村庄环境整体改造，治坑塘、建广场、修公园。村里的凤河公园、带状公园、民心公园、民意公园等大小7座公园，成为村民日常休闲的好去处。2020年8月开业的田园综合体"墅外桃源"，成了离天津市区特别近的"郊野公园"。"孩子可以玩蹦床、滑梯、秋千和沙坑游艺，最重要的是绿草如茵、环境好、干净，还没有过多人工堆砌。"游客李先生说，"园子里有采摘、拓展、脚踏船，周围停车也挺方便。而且，园子里还能烧烤，适合家庭游、朋友聚会。"

刘振刚介绍说，村里正在筹划建设村史馆。"百年前建立的讲武堂保存至今，村办高跷会也有100多年的历史。挖掘历史文化，可以教育村民，传承精神，凝聚乡魂。"

"村安定，家和好，奔小康，乐陶陶……"正如村规民约"三字经"中唱到的，走出融合发展新路的韩家墅人，在还富于民、提供令人羡慕的福利的同时，通过乡风文明建设，让韩家墅村成为名副其实的文明小康村。

撰文 摄影／吉宝刚

视频／天津市北辰区委宣传部提供

武清篇

武清区地处京津『黄金走廊』，依托区位优势，积极抢抓京津冀协同发展历史性窗口期，精准对接引进高质量项目，加快培育新动能，发展新产业，争创新优势。积极围绕乡村全面振兴，深化农业供给侧结构性改革，推动武清种植业高质量发展，加快现代化都市型农业发展步伐，取得了良好成效。

把幸福唱出来

——评剧艺术在白古屯镇韩村生根发芽

　　评剧形式活泼、自由，唱词浅显易懂，生活气息浓厚，有亲切的民间味道。

　　武清区白古屯镇韩村，民风淳朴纯真，村民热情好客。

　　韩村与评剧"结缘"百年之久，有着讲不完的故事。"宁舍一顿饭，不舍一出戏。"是韩村人人熟知的老话儿。

　　过去的韩村，环境脏乱，务农收入不高，精神生活贫瘠，村党组织引领作用弱化，村民没有"精气神"。如今的韩村，在村"两委"班子的带领下，种植红薯让村民腰包鼓起来了，文化礼堂拔地而起，文化活动丰富多彩，新时代文明实践站成了村民的最爱，村民精神也富有了。

　　树下闲坐老人和蔼的笑容，年轻一辈执着忙碌的脚步，绘成了韩村的一幅幅美丽小康的画面。

人居环境改造让村庄美起来

　　漫步韩村，独具特色的文化墙、典雅美观的宣传小品与宽敞整洁的道

韩村党群服务中心

路相互衬托。外来人想不到，本村人忘不掉，就在村庄西头"新路"相同的位置，几年前还是一条让人掩鼻而过的臭水沟。

"早先时候，村里的污水、粪水都直排到这条沟里，一到夏天，臭味和蚊蝇逼得人躲着走，这条沟可是个'老大难'了。"负责村里环境卫生的王月元回忆起当时的情景很是感慨。当时，由于村内没有科学规划的排水系统，即使对水沟进行清理和净化，也是治标不治本，干净几日便又反弹如初。

为了彻底解决水沟问题，2019年，在镇党委、区农业农村委和相关部门的大力支持下，累计投入1000万元，铺设地下污水管网21000米，建起了日处理300吨污水的小型污水处理厂，"污渠"变成了"坦途"。经过的村民由衷地感慨："村庄的变化就像这'水沟变坦途'，越来越好了！"

随后，韩村的基础设施呈现出"翻天覆地"变化。村里建起了面积1020平方米，集学习教育、党组织活动、日常服务等功能于一体的党群服务中心，为党员村民集体学习、参与党务村务提供了场所。改造提升了660

平方米的文化礼堂，设置新时代文明实践站，设置"我是党员我承诺"、社会主义核心价值观、崇德尚贤榜、"武清区乡风文明20条"、村民"笑脸墙"等17项文明实践内容。新修及改造了村庄13条主干路和里巷。社会主义核心价值观、二十四孝、崇德尚贤榜等主题小品和宣传栏沿路设置，5000平方米文化墙成为村庄一道新的亮丽风景。

"新场地让大家参与党建和文明实践活动的热情变高了，新环境让大家的心情变好了。明显能感觉到村里的凝聚力越来越强。"韩村"一肩挑"刘万刚说。

"致富薯"让村民腰包鼓起来

村庄美了，如何让村民腰包鼓起来又成为村"两委"班子时刻关注的大事。

2020年42岁的王海宝，是土生土长的韩村人，2008年开始在村里种红薯。"刚开始就是觉得红薯能填饱肚子，跟着村里的乡亲一起种。"王海宝说，谁也没想到，如今红薯给自己每年带来近30万元的收入，成了真真正正的"致富薯"。"刚开始那几年，累死累活也落不下钱。种少了，买苗、买肥成本大；种多了，销不完、存不住。"回忆起过去的艰辛，王海宝很是感慨。

为降低红薯种植成本，刘万刚带着王海宝等人跑遍了镇村周边的企业园区，在一次次的沟通下，最终不仅可以用低于市场价采购化肥、农药等农资，企业还免费为村庄提供无人机施肥、撒药等现代化服务。为了解决红薯贮存问题，在村"两委"班子的帮助下，王海宝建起了全村第一座红薯贮存冷库，打通了产销链上最后一个堵点，实现从育苗到贮存、销售的"一条龙"。

"多亏了刘书记和村'两委',不仅带着我们去内蒙古、河北学习技术，还请了区里的农技专家帮忙。当年种红薯的那批人，现在也都成了'土专家'！"王海宝高兴地说。

在镇村党组织和驻村帮扶组的帮助下，近年来，像王海宝一样的致富能人越来越多。

先富带动后富，致富反哺乡亲。这些富起来的"红薯专家""大棚能手"全部加入新时代文明实践志愿服务队中，为村民传授致富经验，带动大家共同"奔富"。如今，村里不仅成立了良发塔种植合作社、亚星果蔬农业合作社，村"两委"班子和新时代文明实践志愿服务队还带着大家"玩"起了网络销售，微信群议价、小视频展销……农产品"触电"打开了韩村产业发展新局面，一笔笔网络订单，成为韩村的"奔富保单"。

除了"奔富保单"，韩村还有"脱贫保单"。为实现"小康路上不落一户一人"的目标，村"两委"班子联合新时代文明实践志愿服务队实施"一对一"结对帮扶计划，村民对这项工作还有一个生动的表达，叫"群众动嘴，干部跑腿"。

村民吕亚娟身患残疾，丈夫身体不好，孩子正在读书，家庭生活一度陷入困境，刘万刚主动与吕亚娟家庭结成了"对子"，协助申请的生活补助、残疾人补助、落实危房改造政策等，让吕亚娟家庭生活逐渐有了起色。

"在村'两委'班子的积极争取下，儿子每年能够获得 1 万余元的助学金，解除了学费的顾虑，2019 年成功考取了北京航空航天大学研究生。现在，他每到寒暑假就回到村里，帮助村里做一些力所能及的事。"

韩村文化广场上活动的村民

说起帮扶，吕亚娟感激得眼含热泪。

文明实践让幸福生活唱起来

一走进韩村的党群服务中心，就能听到节奏欢快的戏曲声从文化礼堂不断传出，伴随着戏曲声的是村民此起彼伏的喝彩声和掌声。

韩村与评剧"结缘"已有100多年，但在过去，因为村里经济条件不好，演出队伍组织不起来，演出形式主要是公路边、桥底下临时搭起的"草台班子"。有固定的演出场所、欣赏名家评剧演出，成为当时村民的奢望。

2019年5月，由市、区两级宣传部门牵线，天津评剧院与韩村新时代文明实践站结对共建，成立"昭晗评剧艺术团"。剧团每周日固定在文化礼堂排练，每月进行一次正式演出。天津市评剧院院长、著名评剧表演艺术家曾昭娟多次带队到韩村演出和指导，《红色娘子军》《红色联络站》《江姐》等评剧经典剧目让村民过足了戏瘾。

"以前，能在礼堂听戏简直是做梦，现在不但能坐在屋里听戏，还有了和'大咖''名角'同台的机会。太难得了！"一提到评剧，村民总有说不完的话题。

现在每当剧团有演出，不仅本村村民争相来欣赏，邻村甚至河北省的评剧爱好者也都会赶过来，文化礼堂内人头攒动、场场爆满。

韩村还积极落实武清区委宣传部、区文明办关于乡风文明"十个一"活动部署与号召，村民逐渐养成了每周为父母洗一次衣服、每月为父母剪一次指甲等"孝顺习惯"。通过"面对面＋云直播"的形式开展"战'疫'故事 制度优势"主题宣讲，区委讲师团成员、武清区援鄂医务人员代表、宣讲员志愿者和韩村村民齐聚一堂，讲故事、谈感受、说体会，在潜移默化中增强了村民听党话、感党恩、跟党走的自觉，树牢了广大村民的脱贫之志。连续开展的"老兵讲红色故事""父母手机课堂""清洁庭院评选"等主题活动，丰富了群众精神文化生活，为韩村换来了富足文明的新面貌。

一声声精彩的唱腔，一阵阵热烈的掌声，韩村唱响了越来越美好的幸福日子，唱响了物质、精神双富裕的小康生活，更唱响了爱党爱国爱社会主义的主旋律。

撰文 摄影 摄像 / 杜敏 董鑫

古村新貌

——河北屯镇李大人庄村驻颜有术

从天津市中心城区驱车北上至津冀交界的武清区河北屯镇，一路畅行，在环形路的最北端，坐落着一个拥有六七百年历史的古村落——李大人庄村。

走进李大人庄村，民居鳞次栉比，村内道路平坦整洁，田间作物长势喜人，精心绘制的各类文化墙延伸至各家各户，文化大舞台、健身器材、新式公厕、垃圾箱等硬件设施一应俱全……2019 年，李大人庄村入选"天津市文化旅游村创建村庄"，同时也是武清区农村人居环境整治示范村、旅游网红打卡村。

然而，此前，村域小道坑洼不平、村间道路断断续续，村民收入水平不高，转型发展之路更是难寻。

曾经的困难村，如何焕然一新，成为美丽乡村建设的"武清样本"？这还得从一条路说起。

河北屯镇李大人庄村远眺实景

一条"爱一路"致富一个村

"要想富，先修路。"这句话在李大人庄村得到了生动的诠释与充分的印证。

2020年6月，武清区一条天津市美丽乡村振兴示范路——"爱一路"正式通车。这条环形路位于河北屯镇，全长21.61公里，宽6米，串起了武清区河北屯镇16个村，连接起多个农业示范园和生态田园示范区。"以前道路不通，货车开不进来。到了蔬菜收获季，没人愿意来，村民只能骑三轮车一趟趟往外运，还卖不上好价钱。现在'爱一路'通到村里，交通便利了，菜商们争着进村收购，蔬菜价格也提高了，直接带动了村民增收，同时还吸引了不少市民前来采摘观光。"李大人庄村村支书、村委会主任薄秋锋介绍道。

沿路望去，这条"爱一路"处处充满爱的细节——路两侧设立了1米高的绿色护栏，为了防范沟渠坑塘，拐弯处设立凸面镜，进村道路两侧建筑上还粘贴了反光膜，确保村民的交通安全。

如今，道路两旁一座座农业种植园、产业园平地而起，新鲜果蔬一车车不断往外运送，驾车前来旅游的人也越来越多。"爱一路"不仅是一条便民路，也是一条致富路。李大人庄村 "公路＋"的开发模式释放出了前所未有的魅力与动能。

人居环境整治扮靓新生活

环境就是民生。近年来，李大人庄村将农村人居环境整治作为推进乡村振兴的"先手棋"，精心谋划研究，着力提升环境治理，加快建设美丽乡村，村容村貌焕然一新。

"一个土坑两块板，三尺砖墙围一圈。"这曾是李大人庄村农村旱厕的真实写照。伴随着"厕所革命"持续推进，昔日的"露天坑"逐渐被"水冲式"所取代，村民收获了实实在在的获得感和幸福感。

"过去一到夏天，厕所里苍蝇、蚊子到处飞。遇到下雨天更是污水横流，上厕所就是受罪。现如今，赶上党的好政策，在镇村干部的带领下，修建了新式的水冲式厕所，老人小孩用起来方便舒心，生活都快赶上城里人了！"

李大人庄村风光

谈及厕所的改变，村民陈淑君难掩激动之情。

据了解，李大人庄村把实施污水管网和厕所改造作为头等大事，2020 年以来，新建污水管道 10.5 公里、污水井 700 余个，提升改造泵站 2 处、污水处理厂 1 座，日均可收集处理污水约 150 吨。拆除室外户厕 40 余处，改造室内户厕 515 座，户厕改造率达到 100%。

不仅如此，该村坚持问题导向和效果导向，多管齐下、综合发力，持续推进全村人居环境整治"大清洁""大变脸"——实施道路硬化改造工程，新修建柏油路 5 公里、水泥路 4.5 公里，实现了里巷路路通、出门就是路，村民出行劳作告别了"晴天一身土、雨天两脚泥"的窘境，并利用春植时机，实施道边、房边绿化 2.1 万平方米。村内电力线路、通信线路、光缆线路全部入地改造，路网、水网、电网、光纤网络和排污管网"五网"全部贯通，一改过去各种电线和通信线路凌乱架设的景象，村容村貌变得干净清爽。建立村庄保洁长效管理机制，进一步充实壮大保洁队伍，加大保洁经费投入，配齐配足保洁设备，坚决扫除村庄"脏乱差"顽疾，常态化制度化巩固好人居环境整治成果。

"李大人庄村作为全区人居环境示范村建设示范点，经过镇村党员干部和广大群众的共同努力，人居环境整治取得了显著成效，为下一步打造市级文化旅游村奠定了坚实的环境基础。"河北屯镇镇长范永国说，"可喜的是，在整治过程中，村民由'旁观者'变成'参与者'，进而变成'推动者'和'维护者'，提升的是面貌，改变的是习惯。"

精准种植基地增产增收

人居环境改善了，如何让村民富起来成为重中之重。在全村人看来，

"社员网"高端农业平台

河北屯镇"一镇一业"项目"海实精准种植园"落户李大人庄村，是让全村为之兴奋的大事。

据了解，该项目由中国供销（海南）实业集团运营，以线上"社员网"高端农业平台为基础，着力建设订单式的精准农业种植基地，项目占地412亩，一期投资2290万元，建设100栋高标准科技种植设施暖棚，项目于2019年9月正式投入使用，主要种植圣女果、甘蓝、香瓜等高端特色果蔬。

值得一提的是，海实精准种植园所占的412亩地，均是以村股份经济合作社为主体进行流转，其中农户土地370亩、涉及农户300余户，每年仅租金收益就达41.2万元。"村民每年每亩地可以获得1000元租金。同时，村委会还与种植园达成了本村村民优先务工政策，仅2019年就直接带动本村及周边村民200余人就业。村民既能通过流转土地收取租金，又能到园区务工挣钱，村民增收致富的途径更多了。"李大人庄村村委委员孙翼算了这样一笔账。

为了更好地服务当地农业发展，提升农产品附加值，保障农产品食品安全，中国供销（海南）实业集团旗下子公司"社员网"还在该村投资兴建了河北屯镇农业服务中心，为海实精准种植园以及周边镇街蔬菜种植基地的食品安全保驾护航。

"农业服务中心一楼是特色农产品展示大厅和农产品交易信息中心，二楼是农产品检测中心，拥有检测试剂近百种，不仅可以对蔬菜、水果、肉制品等农副食品进行食品安全检测，还能对当地的水质和土壤进行检测，可以说是目前武清区最精密的检验中心。""社员网"负责人刘争介绍说。

古村变身"网红旅游打卡地"

李大人庄有着六七百年的历史，村里至今还保留着一处 300 年历史的古民居、一口具有 500 年历史的古井和一棵树龄超过 180 年的古槐树，以及一处姑子庙遗址。

2019 年 7 月，天津市实施促进旅游业发展两年行动计划，在全市遴选 10 个有一定文化资源、地理位置好的村庄，通过打造文化旅游项目，培育成特色文化旅游村，李大人庄村榜上有名。为此，市区两级领导高度重视创建工作，多次在李大人庄召开文化旅游村建设现场推动会。村"两委"班子更是心往一块想、智往一起聚、力往一处使，各项创建工作扎实有序推进，目前，创建工作已进入规划和部分项目建设阶段，预计 2021 年"五一"对外开门纳客。

打造特色文化旅游村，要吸引社会力量和社会资本参与。2019 年 11 月 8 日，河北屯镇人民政府和天津李大仁麒燃美术馆有限公司就李大人庄村陶艺文化体验中心项目进行正式签约。项目占地面积 4500 平方米，投资 3000 万元，建有党建中心、文化展馆、陶艺手艺体验、精品展厅、艺术餐厅、会议接待等，以此吸引京津冀及周边地区消费人群到此旅游体验。

树龄 180 年的古槐树

在村落深处，由中国供销（海南）实业集团"社员网"高端农业平台投资建设的两座复古中式民居建筑尤为显眼。"后期将引入斯维登酒店专业团队进行运营管理。下一步，将积极探索'村集体＋农户＋经营企业'合作模式，对村中百余处闲置宅基地进行统一规划开发，打造民宿群。届时，村民既能有租金收入，还能有经营分红，真正实现村民、村集体和企业多方共赢。"薄秋锋说。

此外，以"田园、亲子、时尚、舒适"为主题，打造集儿童自然玩所、专业玩校、垂直玩伴于一体的大美亲子主题乐园项目也已落户该村。

在做好招商引资的同时，李大人庄村还注重深入挖掘自身文化资源，打出了一套打造特色人文景观的"组合拳"。首先从青龙湾引来源头活水，疏通 460 米河道，衔接 3 个池塘，建设环形景观湖泊，绕湖建设 1000 米的环形观光步道，并在湖上建造石拱桥、木栈桥，打造村庄景观新亮点。其次是修葺村中 300 年历史的古民居，在保留原始风貌的基础上建成农博展厅，全方位展示村庄历史变迁和农耕文化。再以 180 年树龄的古槐树为核心，修建文化服务中心，内设商务洽谈休息区、餐厅、亲子客房等功能区，满足日常文旅接待需求。此外，还利用村委会旧址修建张中行文化馆，讲述张中行名人故事、展示文学著作。以"生态宜居、乡村文明"为主题，邀请专业绘画团队绘制3000平方米的3D立体墙，与村中自然风景、文物景观有机融合，打造网红打卡点。

河北屯镇党委书记黄国艳说："文化是乡村振兴的灵魂，深挖地域特色文化资源，做好地域文化的保护、传承和利用，结合产业布局发展，建设美丽乡村，突出乡土味、文化味，留住乡愁记忆，是文化旅游村规划建设的重中之重。要努力打造集'农民安居、都市农业、农产品展销、休闲娱乐、康养度假'于一体的京津冀乡村振兴典范。"

乡村振兴，时不我待。如今，阔步走在乡村振兴的康庄大道上，李大人庄村朝气蓬勃、风景正好，一幅农村美、农业强、农民富的乡村振兴画卷正在徐徐展开……

撰文／杜敏

图片 视频／天津市武清区委宣传部提供

五行通臂拳的乡愁

——下伍旗镇马神庙村百年武术传承记

这里是武林一代宗师、五行通臂拳创始人张策的故乡；

这里凭借深厚的武术文化底蕴和淳朴的村风被农业农村部评为"中国美丽休闲乡村"；

在武清区下伍旗镇马神庙村这个有着百年历史的武术村中，一代又一代人靠着习武的韧性和锲而不舍的精神，将马神庙村从只有大片干涸坑塘、坑洼不平土路的困难村，打造成集生态种植、文化传承、生态旅游、休闲娱乐于一体的小康村。

五行通臂拳，历经百年，源远流长。

如今，马神庙村在美丽乡村建设中，深入挖掘当地武术文化资源，进一步丰富美丽乡村的文化内涵，靠"硬功夫"走一条乡村振兴之路。

三年帮扶 ——绘就乡村新画卷

"只要勤快，生活就能好起来。"67 岁的张国旺，是土生土长的马神

马神庙村远瞰实景

庙村人，种了大半辈子的地，前些年他的年收入只有不到 1 万元，"现在，我每天都到村里的农业产业园上班，再加上每年的土地租金，算下来每个月能拿到将近 4000 元钱，比前几年翻了好几番。"

前些年，像张国旺这样的收入水平几乎是村内每户的常态。2017 年，天津市启动第二轮困难村结对帮扶工作，天津港保税区干部马强、王雨、曹秀俊被派驻到马神庙村，开启了为期三年的驻村帮扶工作。"初来马神庙，见到的只有大片干涸的坑塘、坑洼不平的土路和不亮的路灯。"帮扶干部们心里当时就是一凉。

设计村庄规划方案、反复和天津大学风景园林设计院研究……最终，"现代农业、非遗文化、合作招商、现代旅游"四大帮扶兴村思路得以确定，帮扶组制定了三年帮扶工作规划。

"起初在开展村容村貌改造时，需要拆除各家的违建和旱厕，村民并不配合。帮扶干部和村'两委'班子多次入户劝导，村民从起初的不配合转变成现在的大力支持，这给我们改造项目的实施提供了极大的帮助和信心。"马神庙村党支部书记张建刚介绍说。

截至 2020 年 5 月，马神庙村累计完成主干道路硬化 6000 余平方米，里巷硬化 12000 平方米，栽种树木 1500 棵，安装路灯 200 盏，治理坑塘 2 个，完成户厕改造 217 户，污水管网改造全部完毕。同时，扩建了总计 2000 平方米的健身广场和武术公园。

如今走在马神庙村的道路上，街道整洁通畅，两边树荫遮阳。"村里的环境越来越美了，土路变成了水泥路，旱厕改成了干净卫生的水厕，每天生活在整洁舒适的环境中，不光心情好，干起活儿来也更有劲了！"每次提起村里的变化，村民张玉强都会激动地向人们介绍。

鱼渔双授——打造特色发展路

2017 年，马神庙村集体年收入只有三四千元，没有资金、没有产业、没有人才，村民的基本收入来源主要是传统的蔬菜种植，家庭平均年收入不足万元。

马神庙村人居环境实景

也就在这一年，帮扶组利用两个月时间，对村民进行了全面走访，深入调查分析村庄经济发展现状，结合调研掌握的情况，并经过与镇党委领导多轮沟通对接，明确了规划建设农业产业园这一村庄产业发展的工作思路。

"帮扶工作一定要志智双扶、鱼渔双授。"帮扶干部马强说。按照"地租收益＋股权分红"的经营模式，农业产业园每年可以为马神庙村带来 50 万元的集体经济收入。与此同时，村民通过集体分红、流转土地、产业园务工等多渠道增收，不仅实现了在家门口"稳就业"，收入也是逐年增加。

"下一步，我们将依托运河东畔现代农业产业园，着力打造集生态种植、文化传承、生态旅游、休闲娱乐于一体的特色项目，包括将闲置房打造成为民俗文化大院，提高农业产业园蔬菜的观赏性和品质，依托运河东畔打造观光旅游项目等。我相信马神庙村一定有一个光明的未来！"展望村庄未来的发展，张建刚踌躇满志。

马神庙村农业产业园

武术传承——植下乡愁文化根

当走进五行通臂拳宗师——张策和张喆纪念馆时，发现纪念馆虽然面积不大，却陈列着张策、张喆详细的生平介绍及他们传授五行通臂拳的历史资料，整齐地摆放着刀、枪、剑、戟等兵器和习练拳法的木桩。

2011年，村里投资20多万元，建起了五行通臂拳宗师张策纪念馆，陈列张策及其堂弟张喆的生平介绍和他们传授通臂拳的历史资料。

"老祖宗传下来的东西不能丢。我练了一辈子拳，就怕这趟拳法在我这里断了。" 65岁的张国俭是五行通臂拳第四代传人，同时也是纪念馆管理员，负责接待游客参观，"我从1997年就开始收徒弟，到现在，村里村外有20多个了。现在村里越来越重视，建起了纪念馆，让我在馆里给大伙儿讲讲历史、传授传授拳法，我觉得非常有意义。"

"乡愁"的生命力离不开地域的文化传承。

2013年，五行通臂拳被列入天津市市级非物质文化遗产名录。2018年，马神庙村凭借着深厚的武术文化底蕴和淳朴的村风被农业农村部评定为"中国美丽休闲乡村"。2020 年初，在镇党委、镇政府的支持下，马神庙村对"臂圣"张策纪念馆进行了重建，同时建成了以五行通臂拳为主题的健身广场、文化公园和五行通臂拳传习基地。

"马神庙村非常注重张策五行通臂拳的文化保护与传承。从 2006 年重新为张策修墓立碑，2011 年落成'臂圣'张策纪念馆，到现在对纪念馆进行扩大重建，我们一直在努力。"张建刚说，"目前，我们正在积极申报国家级非物质文化遗产项目，下一步还要围绕无形通臂拳文化打造马神庙村的文化品牌和文化产业。希望五行通臂拳文化的传承之路走得更远。"

入之愈深，其进愈难。

"文化是马神庙人的基石，产业是马神庙人的血液，传承是马神庙人的责任，发展是马神庙人的目标。"张建刚眼神坚定。

撰文 摄像 摄影 / 杜敏

微信扫描看视频

南蔡村镇丁家瞿村

产业兴了　葡萄熟了　日子甜了
——南蔡村镇丁家瞿村三"了"幸福

"来，尝尝丁家瞿村的葡萄，口感好，甜而不齁，有机肥培育，没有烂果。"

2020年国庆中秋"双节"期间，葡萄成为不少家庭餐桌主角之一。正值金秋葡萄成熟季，在天津武清区南蔡村镇丁家瞿村的葡萄种植大棚里，一串串紫红的、翠绿的葡萄挂满了葡萄架。村民刘大爷一边采摘葡萄，一边挥手招呼大家进去品尝。

7年前，就在丁家瞿村，习近平总书记到此视察，总书记的殷殷嘱托让全村党员干部和村民倍受鼓舞。7年后，这个曾经远近闻名的困难村，发展成为葡萄长势喜人、面粉行销全国、村庄宜居宜游的全国城乡社会治理示范村。村民人均年收入从1.6万元增加到2.7万元，村集体收入也从原来的每年6万元，增加到如今的百万元。

葡萄园阵阵果香，石磨面粉厂机器轰鸣，文化广场上孩子们嬉戏打闹，

丁家瞿村党群服务中心

村委会院里国旗高高飘扬……一曲乡村振兴、产业致富的新乐章正在奏响。

总书记嘱托指方向，乡村发展确定新思路

走进丁家瞿村村委会，村党总支书记、村委会主任张宝军已在门口迎接。在党总支办公室正面墙上，挂着一幅习近平总书记视察丁家瞿村麦田的彩色照片，亲切感人。

"这张照片就是 2013 年 5 月 14 日习近平总书记来到我们村麦田视察的实景。总书记教导我们，要加强农技服务，做好粮食增收工作，加快发展现代都市型农业，努力提高粮食自给能力。"张宝军说起 7 年前习近平总书记来村视察的情景，仍然历历在目。

丁家瞿村是紧临武清区北运河畔一个很普通的村庄，全村共 545 户，1700 亩耕地主要种植小麦、玉米等大田作物，一年下来每亩收入只有 700 多元，多项排名全镇垫底。"总书记的殷殷嘱托为我们村指明了前进方向，全

村党员干部倍受鼓舞，对村庄发展的思路更加坚定。我和村'两委'班子一同前往区农业、水务、规划、建设等部门，请专家逐一研究村庄发展的可行性方案与发展前景，前后四次去市农科院邀请专家来村里为土地'体检'。同时，充分结合村民意见建议，最终确定了'借势运河开发，发展特色农业，壮大集体经济，打造美丽乡村'的发展思路。"张宝军说。

特色产业促增收，面粉葡萄行销全国

巧妇难为无米之炊。虽有发展思路，但如何实现成为摆在张宝军面前的又一个难题。

"我从镇里了解到，市委、市政府决定开展结对帮扶困难村行动。然后立即向镇里说明村庄发展意愿和目前困难，希望得到市级帮扶单位的大力支持。经过沟通协调，最终确定我们村与天津食品集团结对。"张宝军介绍说，要想发展农业生产，最急需解决的是用水、用电问题。在镇党委、帮扶单位的帮助下，架设160千伏变压器1台，建设管灌泵站8座，铺设管道2.8万延米，

村民刘大爷家大棚里的"枣甜"葡萄

保障了 3000 亩农田旱能浇、涝能排，小麦亩产连年超过 1000 斤。

丰产不意味着丰收。为了让村民看到实实在在的效益，村"两委"班子开始建设石磨面粉厂，延伸粮食产业链，增加小麦附加值。依托这武清区的第一座石磨面粉厂，丁家瞿村小麦找到了更广的销路。在天津食品集团帮扶下，通过直播带货、与农产品特产店对接等渠道，丁家瞿石磨面粉热销京津各地。

"之后，我们又开始筹划种植结构调整，决定开展特色农业种植，种葡萄！"

2014 年以来，在帮扶组帮助下，丁家瞿村从农户手中流转土地，按照"党支部 + 合作社 + 农户"的模式成立了"金河滩"果蔬种植专业合作社，与天津市农科院葡萄研究所结成科技帮扶对子，新建 220 亩大棚栽种葡萄。面对部分村民心中对葡萄种植的疑虑，村"两委"班子和党员主动拿出自家的承包地，建起了丁家瞿调整种植结构百亩示范田。

"我有 3 亩半的地，之前种大田植物时候，一亩也就收个几千元。现在一亩能收 3000 斤葡萄，差不多能有 1.5 万元，日子比以前好多了。"刘大爷边摘葡萄边告诉记者，自己栽种的"枣甜"葡萄，比市场的巨玫瑰早一周成熟，不烂果，有机肥培育，特别甜。随后，刘大爷打开手机展示起了自己酿的葡萄酒："看，我自己酿的葡萄酒，颜色多透亮！口感那就甭提了，好喝！"

村庄软硬件提升，党群活动提升幸福感

"对于传统农业村来说，要想改变，就必须提高村里的软硬件环境。"

张宝军深知，随着京津冀协同发展重大国家战略的实施，北运河通航也正式列入日程。通航以后，想要吸引游客、发展休闲观光农业，就需要改善

丁家罳村村委会大院

村庄自身的软硬件环境。

村"两委"班子从硬件环境和人文环境两方面入手，对4.3万平方米的胡同里巷及主干路两侧进行了硬化铺装，安装太阳能灯14盏；建成2400平方米垃圾处理场，设置80个垃圾箱，每天专人清理街道、入户收取生活垃圾，村庄卫生环境水平大幅提升；新建了占地350平方米的村级组织活动场所，设立党员之家、群众之家；种植各种观赏树木1000余棵、各类花卉4400株，铺设草皮8000余平方米，村里村外绿树成荫、花草芬芳。"2019年，村里实施了自来水改造，2020年进行的是污水管网改造，目前已到收尾期。"张宝军介绍说。

村庄变美了，村民的文化生活也丰富了起来。在村民学校（道德讲堂）内，文明村风、子女教育、中国梦教育、社会主义核心价值观等讲座已举办了20余次。藏书2000余册的农家书屋由专人管理，并配备了专门阅览室供村民阅读，农家书屋与占地1300平方米的两处文化活动广场，为村民提供了文化娱乐健身场所。村民还组织了几支表演当地特色秧歌和广场舞的群众娱乐队伍，定期开展活动。

"党建方面，我们每个月都召开党总支会，每季度会召开党员群众质询会，每半年会组织大型学习，学习中央文件和市、区文件，提高党员思想觉悟。"张宝军介绍说，全村还从规范运行村民自治机制入手，建立"村务公开、民主管理"制度，凡涉及村民利益的重大事项，都严格按照"一事一议"的议事规则，先由村"两委"班子提出议题，再召开党员大会，研究确定初步方案，最后上村民代表会议或村民会议集体讨论决定。"党组织就是要带头为老百姓干实事，现在，村集体的大部分收入都用于反哺村民，包括村民浇地费用，村庄卫生清整，还有春节前的福利发放等。"

"村干部办事正派、公开透明，和咱说掏心窝子的话，干事从来不背着咱，所以村里的事情大家伙儿都支持。"刘大爷说。

在这片津沽大地的山水田园里，

有一种责任，叫总书记的嘱托；

有一种原生态食品，叫石磨面粉；

有一种无公害网红水果，叫"枣甜"葡萄；

有一种工作，叫产业帮扶……

撰文 摄影／杜敏 何鑫波

微信扫描看视频

梅厂镇灰锅口村

田园小镇桃花源
——梅厂镇灰锅口村探幽

在天津市武清区，有这样一个村庄，它环境优美、设施完备，不仅是全市远近闻名的现代设施农业基地、香味葡萄种植基地、天津市生态文明村、天津市十大美丽乡村之一，更是全国文明村和"2011中国最有魅力休闲乡村"。它就是梅厂镇灰锅口村。昨日，中国小康网记者跟随媒体采访调研团来到这里，才发现这个地处武清城区东部的村庄，远比我们想象的更有魅力。

灰锅口村地处武清区中南部、京津走廊之间，距北京60余公里，距天津市区30公里，京津塘高速公路、津蓟铁路穿村而过，武宁路、杨北路等主干路网环绕村庄。全村现有720户，2800口人，耕地面积4449亩。漫步于此，发现这里移步即是景、举目满眼新，高雅大气的主题公园、新颖漂亮的别墅楼房、特色突出的农业生态园……让人感叹这里简直就是一座田园小镇。

灰锅口村的休闲采摘园区

营造优美环境，建设生态文明村

从高雅大气的主题公园到新颖漂亮的别墅楼房，从特色突出的农业生态园到设施完备的敬老院、小学，在美丽宜居的灰锅口村，一花一树皆入景，邻里和睦一家亲。谈及村庄这些年的发展变化，生活在这里的人们感慨万千。

从村庄的南口步入灰锅口村，映入记者眼帘的是设施现代化的敬老院。灰锅口村党总支副书记张书旺说："为了让村里的老人老有所养、老有所依、老有所乐，村里投资兴建这个敬老院，敬老院里不仅伙食好、设施齐全、服务专业周到，而且村中只要是年满65岁的老人，都可以免费入住。"

敬老院的旁边是灰锅口村中心小学，村民王阿姨说："以前村子里只有一个比较简陋的校舍，冬天上课，孩子写字都打哆嗦。如今可不一样了！简陋的平房变成功能齐全的楼房，教室里不仅暖和，还有投影仪和电脑呢。现

休闲度假园区入口

在的孩子们能有这么好的学习环境，真是太幸福了！"

张书旺告诉记者，自 1995 年灰锅口村新村建设至今，村庄内原来的平房已经变成一排排整齐划一的小别墅和一栋栋排列整齐的居民楼（集体供暖、供气、自来水入户），村容整洁优美，街巷绿树掩映，柏油马路交错环绕，村庄道路、地下供排水管道、垃圾中转站等基础设施齐全。学校、敬老院、卫生室、中心公园、图书室、文化活动室等公共服务设施齐备。建有 1575 平方米的村级活动场所一处，集办公、服务、学习、教育、娱乐等多功能于一体；建有健身广场两处、水上公园一处，共计 11300 平方米，为村民休闲娱乐提供了场所；建有建筑面积 4774 平方米敬老院一处，本村 65 周岁以上老人可以自愿免费入住，为村民养老提供保障；村内社区卫生服务站设施完备、功能齐全，为村民就医提供极大便利。此外，村民参加城乡居民基本医疗保险和农业用电的费用全部由村集体承担，村内生态园定期为村民免费提供农业生产服务。

腰包鼓生活富，家家住别墅

从敬老院继续北行，高雅大气的主题公园便呈现在眼前。公园内，大爷大妈们正在晨练，孩子们在玩耍嬉戏。当记者询问他们眼中村庄的变化时，在场的村民表达了自己的观点。"村庄这几年变化可大了，路面干净平整，冬天我们都住进了集中供暖的别墅。"李阿姨说，"我是一个农民，但我的种植模式和传统农业不同，在镇党委、镇政府的鼓励下，我选择了大棚种植，产品在京津冀的大型批发市场供不应求，这几年钱包越来越鼓了，生活也越来越富裕了。"

据介绍，近年来，灰锅口村共建别墅 728 栋，高层 17 栋，土地性质为集体建设用地，共占地 770 亩。别墅主要是村民居住，高层主要是部分村民居住和待建别墅中转。村内还设有两处养老院，一处位于村内，属于中低端养老，村庄集体建设用地，有 200 张床位，内设食堂、活动室、棋牌室、卫生室等设施；另一处位于金锅生态园，属于高端养老，占地 60 亩，别墅 14 栋、

灰锅口村的金锅生态园

高层 1 栋，有 800 张床位，内设游泳池、食堂、卫生室、棋牌室、运动设施等。

发展设施农业，村民走上致富路

在设施农业与旅游业的引领下，灰锅口村"灰锅"变成了"金锅"，村民的腰包鼓起来了，日子越过越舒心。灰锅口村发展设施农业有 30 多年历史，盯紧农业是村民富起来的秘诀之一。

金锅生态园总经理合作社理事长王秋祥介绍，农业示范区金锅生态园面积为 1360 亩，其中包括名特优蔬果实验示范观光采摘区 490 亩，拥有二代节能日光温室 156 栋，800 亩绿色生态观光林下养殖区和 60 亩农业技术展示园。2003 年，村集体成立了"天津市曙春蔬果专业合作社"，生产的葡萄产品经国家工商管理总局批准，注册了"曙春"商标，并获得"天津市著名商标"称号。2011 年，习近平总书记来园区考察调研智能温室育种情况。

"目前，入社社员 158 户，带动农户 3000 余户，合作社通过聘请国家级葡萄专家田淑芬教授等多位专家，带领农户进行大规模、新品种、新架型

灰锅口村内的集体企业

的更新改造，现已改造 640 余户，改造完成后使农户增收 30%~50% 。为了进一步加快旅游农业发展步伐，村里又投资 600 余万元，建设了 3000 平方米的农产品展售厅，进一步规范示范园管理，引进推广采摘种植新技术。"王秋祥介绍。

撰文 / 侯砚

青萝卜？　金萝卜！

——大良镇田水铺村的致富经

"吃萝卜，就热茶，气得大夫满街爬。"沏一壶茶，吃几片萝卜，听着相声或传统鼓曲，是老天津人的一种考究且闲散的生活情趣。

提到萝卜，不得不提武清区大良镇田水铺村。这个农业农村部认定的青萝卜生产专业村，近年来立足自身优势发展青萝卜种植产业，扎实推进新农村建设，找到了一条增收致富的好路子。

产业兴旺、乡风文明、生态宜居、生活富裕……如今，青萝卜成了田水铺村致富的"金萝卜"。一幅乡村振兴的画卷在田水铺村人勤劳的双手中，越画越美。

产业振兴 ——小萝卜大收益，立品牌拓销路

冬吃萝卜夏吃姜，不用大夫开药方。

走进田水铺村这个青萝卜生产专业村，整洁的环境让人眼前一亮，一

条宽敞的公路似玉带环绕，路的两旁是一排排整齐划一的大棚……

"过去，我们村以种植大田为主，收益不高。1983 年，实行了家庭联产承包责任制，村民可以自由选择种植农作物。"谈及种植青萝卜的发展历程，田水铺村党支部书记、村委会主任张书义打开了话匣子，"也是在那年，我们试种了一些青萝卜，效益还不错，一亩地比种大田能多卖一些钱。从那时起，村民便陆陆续续开始种起来了。"

越来越多的村民种植青萝卜，品质如何保障、销往哪里，村民依旧摸不着头脑。

2013 年，田水铺村党支部研究后决定：建设温室大棚，壮大青萝卜种植产业。此时恰逢天津国际经济技术合作集团公司帮扶组入驻田水铺村，村党支部和驻村帮扶组共同拿出帮扶资金 200 多万元，对村民建温室大棚进行补贴。

为了帮村民增收，田水铺村村"两委"班子四处奔走。2015 年与天津蔬菜研究所达成技术合作关系，成功引进青萝卜新品种"七星"。

田水铺村远眺实景

"种植新品种，大部分村民都缺少经验，对病虫害也束手无策，而这样的情况会直接影响青萝卜的收成。我们多次邀请专家到大棚里现场讲解、示范，有不少村民还和专家建立了通信联系。" 张书义介绍说，"村民还购买了科学种田手册，掌握了科学知识，种植起来更加得心应手。"

品质好、产量高的"七星"青萝卜，深受消费者青睐，销售量迅速增长。如今，田水铺村的青萝卜不仅销往国内其他省市，还出口韩国、日本，获得了可观的经济效益。"在武清区有关部门的支持下，我们与北京天下星农投资发展有限公司合作，引入农产品精装模式，注册'小兔拔拔'水果萝卜品牌，成功打入京津冀超市市场。"张书义说。

如今，盒马鲜生、京东七鲜、物美……"小兔拔拔"水果萝卜已经成功入驻超市近400家，仅唐山的一家超市，每年就能销售水果萝卜360万斤。

青萝卜，也成为村民尹国凤爱不释手的"金疙瘩"。

"从早先在路边卖，到现在通过直播平台在网上销售，20亩萝卜地的收入一年比一年高。2018年，家里翻新了房子；2019年，又在市里给儿子买了房子。"尹国凤说，凭着萝卜种植，当初嫁过来时几乎家徒四壁，如今成为村中年收入20多万元的富裕户。

像尹国凤这样的富裕户，在田水铺村越来越多。2019年，田水铺村萝卜销售收入达到4875万元，村民人均年收入4.5万元。2020年，全村人均年收入有望突破5万元。

人才支撑——建平台引人才，年轻人齐返乡

青萝卜，是村民赵春雷选择留守的乡愁。

"现在村里有发展不错的产业，还有知名品牌，我不打算去别处了。

想用自己学到的营销专业知识，扩大萝卜销售渠道，大干一场！"2016 年毕业的赵春雷，大学时读的是营销专业，从天津市区到武清城区，打了两年工，收入不尽如人意。2018 年，他回村种起了萝卜，第一年试种的 3 亩大棚萝卜，每亩收入就有上万元。2019 年，他又把萝卜种植面积扩大到 15 亩，还投入 10 多万元，建起了 10 余亩大棚。

人才振兴是乡村振兴的基础保障。2007 年，田水铺村被认定为"一村一品"青萝卜生产专业村，得到了资金和政策支持。同年，村干部牵头成立了青园蔬菜专业合作社，这让外出的年轻人看到了产业发展的希望，纷纷辞职返乡。

"早在十几年前，村里就陆续有年轻人返乡，到现在，承包 10 亩地以上的年轻人至少有 20 个。"说到田水铺村如今的吸引力，张书义自信满满，"除了萝卜种植产业外，后期还计划将坑塘进行改造，建成集休闲、娱乐于一体的垂钓园。2020 年还计划改造 4 所民宿。下一步，想把村里的闲置房屋承租过来，统一装修、统一管理，发展集采摘、民宿于一体的旅游业。"

乡风文明 ——制定村规民约，活动多脑袋"富"

青萝卜口感清甜，恰如该村村民的生活，单纯而美好。

站在田水铺村放眼望去，虽然村庄并不大，但走在柏油马路上，穿过一排排里巷，会发现村庄规划建设得十分整洁有序，这个只有 284 户、997 人的"小村庄"，几乎家家有汽车、户户有存款，超过七成的村民在大良镇上、武清城区或是天津市区买了楼房……道路硬化、街道亮化、垃圾处理无害化、能源清洁化、村庄绿化美化、生活健康化的"六化"已经在田水铺村全面实现。

田水铺村温室大棚空中实景

产业发展了、人居环境美了，文明建设也不能落后。为此，田水铺村制定了村规民约，通过常态化宣传，在村民中形成崇尚科学、崇尚文明、崇尚健康的良好风尚，以"文化＋乡风"铸造乡村内涵之"魂"，让农民脑袋"富"起来。

"村里的大喇叭，天天响。"村里的文化管理员赵书香说，"除了普及萝卜种植知识、发布买卖收购信息外，'大喇叭'还积极宣传新政策、新风新俗。"

40多岁的村民杨玉侠，除了忙活家里的萝卜外，最喜欢的就是每天晚上跳跳广场舞。"很幸运，我跳舞的第二年，村里就修建了1500平方米的健身广场。现在，许多人能凑在一起在广场跳，人多了，更热闹了。"她仍然记得，刚开始跳舞的时候，都是在自家门口的马路上。

除了为广场舞爱好者建健身广场，村里还把有400多年历史的"小车会"延续发展了起来。此外，党员活动室、文化活动室、农家书屋、篮球场……村民休闲娱乐的去处越来越多，正如赵书香说的那样——"生活可丰富呢"。

2020 年，武清区把"田水铺萝卜"列为对口帮扶甘肃泾川的产业项目，在当地种植了 100 多亩萝卜。在项目建设中，实行全链条帮扶，不仅提供种植技术、管理方法，还利用田水铺村已有的销售渠道负责销售。除去运输等成本，按每亩地产量 8000 斤计算，仅种植萝卜一项，甘肃泾川县种植户每亩地纯收入就能达到 3000 元以上。

"去年，我们给当地免费提供了 30 斤的种子进行试种，萝卜出土就被抢购一空。"张书义兴奋地说，"泾川县昼夜温差大，种出来的萝卜特别好吃。"

谁能想到，这个几年前还需要别人帮扶的困难村，如今已经成了帮扶其他地区的输出方。凭着丰富的种植经验和销售渠道，田水铺村为泾川县的村民铺就了一条致富路。

从一村富到村村富，带着泥土的青萝卜，如今已经成为田水铺人引以为傲的一张亮丽名片，托起了田水铺村的美丽乡村振兴梦。

撰文 摄影 摄像 / 杜敏 董鑫

微信扫描看视频

大孟庄镇杨店村

普通村庄的美丽逆袭

——探寻大孟庄镇杨店村乡村振兴良方

清朝康熙年间，有杨姓人家开小店为生，后逐渐形成村落，杨店村也因此得名。

"民亦劳止，汔可小康"，见证着杨店村的成长与蜕变。如今，走在武清区大孟庄镇杨店村，道宽路净、绿树成行、碧空如洗、红旗飘扬，仿佛欣赏着一幅淡雅清丽的工笔画。

近年来，杨店村以党建引领基层治理，推进乡村振兴，人居环境实现了"六化六有"，人均可支配年收入接近 2 万元。

"这是我成长的地方，这里有童年的记忆，文明铺设幸福路，小康进入万家门……"

在文化礼堂里，孩子们正在学唱杨店村村歌《我可爱的家乡》。歌词的每一句，都是村民的心里话。

党建引领聚合力，提升村民安全感

走进杨店村，民居鳞次栉比，街道洁净如新，绿树掩映中，百米文化墙

杨店村道宽路净

秀出文明新风尚，锦簇花园里，村民散步聊天、读书下棋……

说起村里的变化，杨店村党支部书记、村委会主任王迎春既骄傲又感慨。"刚被选上'一肩挑'的时候，心里还是有些打鼓，虽然村里的基础不错，但当时村民的生活水平离小康还有很大差距。既然乡亲们相信我，我就一定带着大家好好干，让村里富起来。"

接下来，在村"两委"班子的带领下，村里不仅翻修了街道、安装了路灯，还建起了健身广场和文化礼堂，村中绿化面积达到了28%。

"我小时候，村里还都是土路，'晴天一身土，雨天两脚泥'，谁能想到现在水泥路通到家门前，村庄变成大公园，小康生活比蜜甜。没有党的领导，就没有今天的幸福生活，我们要饮水思源、铭记党恩，用实际行动为家乡多做贡献。"村民候景明激动地说。

有党旗飘扬的地方，群众就有安全感；有党徽闪耀的地方，就有党组织强大的凝聚力。

2020年疫情发生后，在党员干部的带动下，杨店村100余名村民自发参与到疫情防控各项志愿服务中，众志成城，共同战"疫"。他们有的在村庄主路口的疫情防控点执勤，严禁外来人员游逛、串门；有的负责宣传防控知识，及时劝返外来车辆；有的为困难户送去生活必需品和药品；有的发挥自身特长，与网格员一起认领了水电安全和应急维修……

"共青团员们找到我，主动要求站岗执勤，我们把这帮孩子编成组，配合党员执勤。考虑到他们的学习，每人只安排了半天的工作，没想到他们的积极性非常高，执勤之外还主动去其他防控点位巡逻。村里的妇女们也不甘示弱，一早一晚为村里的公共设施消毒。"王迎春说，"疫情防控期间，村中无一人感染、无一人随意出行，志愿者们没有花村集体一分钱，村'两委'班子为此专门为表现突出的村民颁发了'最美志愿者'荣誉证书。"

环境整治细梳妆，提高村民获得感

乡镇靓、村庄清、人居美。

创建"美丽庭院"是助力乡村振兴、扮靓人居环境的重要举措和抓手。

经过人居环境整治，杨店村成为美丽、生态、宜居的新家园

2018年，武清区开展农村人居环境三年行动计划暨农村全域清洁化工程。杨店村因时而动、顺势而为，全力推动村庄环境整治，提升村容村貌。

村看村、户看户，群众看干部。2019年5月，杨店村在开展门前堆物和私搭乱建集中清理行动中，村"两委"干部带头做表率。王迎春调来工程车辆，带头拆除了自己家中40平方米的猪圈，有的党员还把新建不久的临街车库都拆掉了，向群众表明了决心和态度。在党员干部的示范带动下，村民代表们也纷纷响应，主动清除了自家门前的杂物。考虑到村里一些人清理能力弱、整治任务量大的实际，村里专门制定了清理计划，先后组织150余人次，为26户困难村民进行清理。经过集中整治，共清理私搭乱建42处，拆除户外厕所66座，村民门前堆物实现全部进院。各家拆除的旧砖，村里也进行了统一回收，用于整修村内的排水沟。

"人居环境整治难，巩固更难。提升村内人居环境绝不是一次投资和一两次集中清理就能完成的事，更重要的是持之以恒的治理和全村人的共同维护，形成人人关注、人人参与、人人监督的良好氛围。"王迎春对于环境整治有着清晰的认识。

不以规矩，无以成方圆。为持续巩固环境整治成果，杨店村立足实际，建立长效保洁机制，通过制度机制的建立和完善，实现人居环境整治长效化。三年来，杨店村一步步由环境脏乱的旧村庄蝶变成为美丽、生态、宜居的新家园，村民对家乡的荣耀感、自豪感和归属感有了极大提升。

文化惠民添活力，增强村民幸福感

"只要有时间，我就会带孩子回到村里的老屋住两天，不单单是村里的环境变好了，更重要的是村里的风气也非常好，比起城里的生活，多了很多

杨店村文娱活动丰富多彩

的热乎气儿和人情味儿！"家住武清城区的杨信符老人说。

乡风文明是乡村振兴之"魂"。杨店村"两委"班子立足村内实际，坚持党员干部带头，发动群众积极参与，深入开展爱心捐助、爱心助学、关爱弱势群体志愿服务等活动，将关爱他人、尊老爱幼、诚实守信的文明风尚融入生产生活中，营造关爱社会、互帮互助的良好风尚。

"最近几年，村里的工作有很多，修路改水、种树安灯，村干部忙上忙下，天天闲不住脚，但他们从没忘记过我们这些老人，每到春节和过生日，村'两委'干部都会带着东西给我们拜年祝寿，真的感谢他们！"谈到村里的关怀和照顾，独居老人石金荣禁不住眼圈发红。

据石金荣讲述，2013 年，妻子因病去世，由于没有子女，那段时间自己整个人像被抽空了一样，每天大部分的时间都是坐在门口大石头上发呆。"看我年纪偏大又无人照料，村'两委'班子成员只要有时间就会来家里坐一坐，陪我说话，问问我的困难和需求。"久而久之，老人慢慢走出阴霾，适应了新的生活状态。

让石金荣老人的精神生活彻底丰富起来，源自一次偶然的谈话。一次，王迎春陪老人聊天，老人一直在讲述着往事，王迎春突发奇想："石大爷，您既然有这么多这么好的经历和故事，又是退休老师，为什么不把这些写出来，让大家都看看呢？"在王迎春的鼓励下，老人开始了自己的"写作"生涯，几乎每周都会将一篇手写的稿子送到村委会，由村干部帮忙投稿，有的文章还登上了报纸。通过写作，老人为自己的晚年生活找到了一个寄托。

"村里以前根本没有什么娱乐活动，最多就是大家围在树底下聊聊天。现在，村里修建了宽敞干净的文化活动中心、文化礼堂、图书室，有暖气、有空调，大伙儿下棋、跳舞、看报，幸福得很，每天不来转转都浑身不自在。"说到村里文化生活的变化，村民杜占红笑意盈盈。

为进一步丰富村民的文化生活，杨店村积极组织多种文化活动，从春节花会会演到"我爱我的祖国"读书朗诵会，从篮球比赛到村春节联欢晚会、趣味运动会……丰富多彩的文娱活动贴近群众、贴近生活，让村民在闲暇之余收获到快乐与幸福。

小康不小康，关键看老乡。小康的成色如何，最重要的衡量标准就是看村民的获得感、幸福感和安全感强不强。杨店村是我国北方一个普通的村庄，但就是这样一个小村庄，在乡村振兴战略的引领下，在全村党员干部群众团结一心的共同努力下，正朝着全面建成高质量小康社会目标大步前行。

撰文／杜敏

图片 视频／天津市武清区委宣传部提供

宝坻篇

宝坻区大力发展绿色、生态、休闲产业，践行『望得见山、看得见水、记得住乡愁』的绿色发展理念，不断激活生态资源优势，焕发生态之美、文化之美。依托稻田湿地景观特色和四十个旅游村、潮白河国家湿地公园等文旅资源，推进水乡文化、红色文化、乡土文化聚集发展，通过『一村一品』规划定位，高标准打造、高质量运营，持续推动宝坻区休闲农业与乡村旅游健康发展。

微信扫描看视频

黄庄镇小辛码头村

千年古渡今若何？

——黄庄镇小辛码头村邂逅记

"一条大河波浪宽，风吹稻花香两岸……"

蜿蜒流淌的潮白河在宝坻区境内长达百里，最宽、最深且景色最美处就在黄庄镇境内的小辛码头村。

因河成村的小辛码头村，被千亩稻田环绕。春夏季节，遍布全村的樱花树，仿古青砖的农家院，一片稻海渔歌、白鹭蹁跹、古朴优雅的江南景色；深冬季节，所有土地全部蓄水，又是一派千里冰封的北国风光。

近年来，小辛码头村以丰富的文化资源、人文景观和独特的田园美景为依托，结合自身实际，做大千年古渡旅游品牌，不断创新丰富文化旅游产品，"漕运文化""了凡文化""稻湿文化""农耕文化"等成为激发小辛码头村旅游发展的内生动力。

小辛码头村就是这样因水而生、因水而美、因水而富的。

小辛码头村水稻种植地远景

依水而兴 ——千亩稻田翻金浪

春夏郁郁葱葱，金秋稻浪滚滚。

小辛码头村紧邻美丽的潮白河，拥有水稻种植面积 2700 亩。走进了凡纪念广场，明朝万历年间任宝坻知县的袁黄（号了凡）塑像屹立其中，他是对当地影响最为深远的历史人物。在任期间，他实地考察宝坻的河道与湿地之后，通过疏浚河道、蓄水灌溉等形式，变水害为水利，借水兴农，并在黄庄镇一带开挖渠道，种植水稻，引潮白河之水灌溉稻田。通过南稻北种、教化乡民，开启了北方地区种植水稻的先河。

作为名副其实的鱼米之乡，小辛码头村充分认识本地区的自然资源，结合现有的产业基础，握住特色产业不放，不断提升特色产品规模化、商品化、专业化水平，实现养殖业和种植业的有机结合，促进各种资源的循环利用。

"2016 年至今，全村 2700 亩土地全部流转完毕，人均 8.5 亩左右，人均年增收 1 万元左右，主要以稻虾、稻蟹、稻鱼立体种养为主，实现了村委会、村民、承包户三方共赢的良好局面。"小辛码头村党支部书记、村委会主任徐江说。

依水而建 ——人居环境留乡愁

小辛码头村自然环境优美，历史文化悠久，民风淳朴，文化底蕴深厚，在历史上，曾是辽宋时期萧太后的运粮码头之一，至今村内还保留着古码头遗址，因此被称为"千年古渡"。近些年，小辛码头村先后获得全国文明村、全国生态文化村、"一带一路"最美驿站、全国乡村旅游重点村等荣誉称号。

然而，过去的小辛码头村，广场上坑坑洼洼，房子和牲畜混在一起，猪牛羊粪填满了附近的荷花池。"每逢夏季异味严重，很多人家都不敢开窗户，出门更是'雨天一脚泥、晴天一身灰'。全村人少地多，种水稻累死累活一天也就种两三亩地，再加上村里道路不通，收下来的稻谷没人买，也卖不上好价钱，收入也比不上其他村。"村民一说起此前村庄情景，感慨万千。

2018年，小辛码头村启动人居环境整治工程，主要建设内容包括沿街立

小辛码头村长廊一景

面改造、基础设施改造、景观道路改造、配套设施建设等。工程实施过程中，小辛码头村充分利用村庄深厚的历史文化底蕴，紧密结合村庄生态、人文、历史和产业资源，保留灰、白、红三个主色调，突出北方水乡民居及景观特色，在民居改造、道路建设、广场景观建设、配套设施建设等方面充分考虑村庄旅游产业未来发展需求，完善污水处理、电网、安防、网络和智能管理等服务设施，为下一步乡村旅游发展奠定坚实基础。

如今走进小辛码头村，过去的脏乱差不见了，只有稻田环绕、河水潺潺、荷花满塘、樱花飘香。无垠的稻田湿地遍布村庄四周，这里已成为中国农科院水稻研发育种基地和天津市小站稻种植基地。徐江说："我们对生活污水进行集中治理，进行厕所革命，完成了煤改电，还对公共设施升级换代，让所有线路管网入地，实行门前三包责任制，清理门前环境卫生。还出动打捞船，对村内河道内垃圾漂浮物进行捞拾作业。现在的街景立面是白墙灰瓦，焕然一新。"

一场农村人居环境整治行动让小辛码头村彻底得到改变，道路拓宽、广场扩建、厕所改造、房屋翻新、污水治理，智慧乡村工程全面覆盖，水乡湿地悄然成型。

依水而美——古渡绘出新画卷

2015 年，宝坻区做出"围绕河流、林地和稻田等优势资源，发展乡村休闲旅游业，按照'一村一品、一村一景、彰显特色'的原则，利用两年时间，打造 40 个旅游特色村"的重要决策。在随后的几年时间里，小辛码头村借势发展，湿地观光游、踏青赏花游、农事体验游、稻香文化游风生水起。

与此同时，从黄庄镇走出去的名人也形成这一地区的"名人文化"，相声大师马季、河北梆子名家金宝环、军旅作家刘秉荣、电影导演张客等都是黄庄镇人。因此，小辛码头村也形成了以"漕运文化""了凡文化""稻湿文化""名人文化"为主的文化产业。

"我村借势着力打造生态旅游村，经过近10年发展，小辛码头旅游特色村建设初具规模，村内现建有水稻文化园、旅游接待中心、历史文化展厅、了凡广场、蔬菜采摘园、环村水系等完善的旅游接待设施。"徐江介绍说，"每年这里还会举办插秧节、金秋钓蟹节、庆丰新米节等一系列特色品牌旅游节庆活动，有效提升了乡村旅游产业的知名度和影响力。目前，累计接待游客数量65万人次，实现直接旅游收入1500万元。"

走进小辛码头村，一座座农家院极具特色。目前小辛码头村共有农家院28家，年接待游客达25万人次，成为名副其实的游客网红打卡地。

据介绍，下一步，小辛码头村将按照"特、精、融"的发展思路，协调区域产业，统筹人力资源、自然资源、文化资源、金融资源等，完善市场、农田水利、交通等基础设施，以"公司＋合作社＋农户"或"公司＋农户"

小辛码头村农家院实景

的模式，建立合作组织，突出优势资源，引导村民遵循生态循环原理，进行规模化、产业化、品牌化经营，确保乡村旅游产业可持续发展。

"要充分利用丰富的文化资源，有文化才会有声名远播的美丽'乡愁'。我们将继续深入发掘本地区、本村特色文化，利用一系列旅游节庆活动，形成'旅游搭台，文化唱戏'的局面，发挥集成效益，实现优势叠加，发生化学反应，让乡村旅游成为有灵魂的产业，让消费者在游玩的同时品味文化内涵。"徐江说。

在宝坻这块文化旅游蓬勃发展的热土上，小辛码头村以资源为基、以文化为魂，兴旅游之业，打造出了一个天津市乡村旅游农旅融合、文旅融合发展的"宝坻样板"。

撰文 摄影 摄像／杜敏

"124318" 数字的背后
——且话牛家牌镇赵家湾村的故事

这里是天津市文明村、全国文明村、全国文化生态村、全国乡村治理示范村；

这里是宝坻区唯一一个天津市级新时代文明实践站试点；

这里有宝坻区非物质文化遗产——董氏琉璃制作；

这里的老人和妇女几乎都有一手绝活儿——粘花、编制手蹴球、制作琉璃珠……

景美、善德、人勤。

宝坻区牛家牌镇赵家湾村，一个镶嵌在稻田、鱼塘和绿海里的生态小村庄，近年来在村"两委"班子的带领下，实施"124318"工作模式，打造了新时代文明实践站主阵地、老年日间照料中心、新时代文明实践主题公园和主题文化街4个阵地，建设了邻里互助实践点、手工技能实践点、非遗传承

赵家湾村远景

实践点 3 个实践点，固化 8 个品牌项目，开展了丰富多彩的文化活动。

如今的赵家湾村，荷花飘香，稻浪起伏，鸟语花香，虫鸣悠扬，街道整洁有序，花草掩映，宜居的生活环境、健康的生活方式，使赵家湾这个 400 多口人的小村庄焕发出勃勃生机。

赵家湾村的美丽乡村故事，还得从"124318"这些数字说起。

党建引领 ——明确"1 个定位 2 个关键"

走进赵家湾村，桃红柳绿、水网交织，着实让人眼前一亮。然而在过去，村庄垃圾遍地，村民只能靠一家两三亩地过日子。自 2003 年董永忠担任村党支部书记、村委会主任以来，村"两委"班子明确 1 个定位，把握 2 个关键，实行"3 步走"，将赵家湾村从一个落后村转变成村集体年收入 28 万元左右、村民人均年收入近 3.6 万元的富裕村。

据介绍，赵家湾村把新时代文明实践站打造成融合思想引领、道德教化、文化传承等多功能于一体的基层综合平台，注重组织推动和全民参与两个关键。其中，由村党支部书记担任站长，统筹协调，形成合力。在打通服务群众"最后一公里"的同时，发动群众主动参与到新时代文明实践活动当中，人人参与、人人受益，全民共享文明实践成果。

"过去，我们村一直顶着'穷赵湾'的帽子。"董永忠介绍说，"第一步，村里完成了土地流转，进行大规模水稻、莲藕种植；第二步是发展旅游业。2015 年，赵家湾村被确定为宝坻区特色旅游村，以垂钓、划船、采摘和种植生态莲藕、生态米为特色，承接京津冀游客；第三步是发展特色手工业。村里开展了粘花、编制手蹴球、制作琉璃珠等培训，增加旅游附加值，提升村民收入。"

文明实践 ——打造"4 个阵地 3 个实践点"

走进赵家湾村新时代文明实践站主阵地——赵家湾村党群服务中心。一楼最吸引人的就是图书馆，上千册图书摆放整齐，引进版的儿童文学、国内原创儿童文学以及绘本、科普读物等应有尽有。除图书馆外，还有接待大厅、志愿者之家等。其中，"幸福赵家湾"展示区的墙壁上，贴满了反映村民幸福生活场景的照片。

拾级而上，二楼设有爱心便民超市、大会议室等；三楼则设立了多功能室、科普室、文体活动室等，方便村民参加丰富多彩的文娱和科普活动。

"我们以赵家湾村现有风貌及村庄特色为基础，聘请专业设计公司对新建成的村委会进行整体规划设计，最大限度吸引村民走进实践站。"据董永忠介绍，目前，赵家湾村新时代文明实践站建成了 4 个阵地，即新时代文明实践站主阵地、老年日间照料中心、新时代文明实践主题公园和主题文化街。其中，主阵地依托村党群服务中心，与党群服务中心深度融合，配备高标准图书室、志愿者之家、了凡书画室、科普室、爱心超市、健身室、综合活动室、半边天家园、儿童之家等，致力于把新时代文明实践站打造成融思想引领、道德教化、文化传承等多功能于一体的基层综合平台，推动乡村振兴。

走进手工技能实践点，七彩线、薰衣草，一双双巧手飞针走线，一个个漂亮精巧的手蹴球逐渐成形。

"村民有的搞种植、有的搞旅游、有的去打工，老人和妇女就发展特色手工业。"董永忠介绍说，结合村庄特点和实际，赵家湾村打造了三个实践点，即邻里互助实践点、手工技能实践点、非遗传承实践点。"邻里互助实践点设置在五保户田宏家里。赵家湾人十八年如一日照顾田宏，一场爱的马拉松，没有终点。手工技能实践点是以巧手许佳为代表的妇女半边天，组织有意向的村民培育'巧手半边天'项目，用自己的巧手制作出手鞠球、手包、钥匙链等精美物件。非遗传承实践点，以非遗传承人董永兵的琉璃工艺品制造为主，科普琉璃知识并作为志愿者的兑换奖品。"

"喜欢做手蹴球的老姐妹们，平时就在家制作各色手蹴球，我们还会学习和研究新的花色，提高制作工艺水准。这样不仅丰富了日常生活，也为这份手艺能早日走向市场打基础。"提起手蹴球，村民纷纷打开了话匣子。

在村民董永兵家中，我们领略着非遗传承实践点——琉璃艺术。一块块彩色的琉璃原料，"听话"地任由董永兵摆弄，经过多道工艺后，漂亮的琉璃珠便制作完成了。"用勤劳的双手去创造幸福的生活，这就是最宝贵的财富。"董永兵表示。

"我们还组建了一套志愿服务体系，也就是'4+6'志愿服务队伍。其中4支常备志愿服务队伍包括学习宣讲、文化健身、互帮互助、文明风尚。还有法律普及、家庭教育、健康服务等6支特色队伍。我们会常态化开展各类志愿服务活动，如文化健身小分队，常年坚持广场舞，以百姓宣讲员的身份讲述身边生活变迁等。"董永忠说，村里建立了志愿服务奖励制度，根据服务类别确定积分值并记录在册，志愿者可以凭积分兑换爱心礼品或服务。通过正向的激励机制，实现正能量的双向循环。

特色品牌 ——"8 个项目"推动乡村振兴

每年暑假期间，赵家湾村的公益课堂热闹非凡。如今，越来越多的大学生、志愿者走进实践站，走进公益课堂，为孩子们提供朗诵、舞蹈、歌曲、绘画、手工等课程，让农村孩子在家门口也能享受到城里孩子们一样的假期生活。

在"情槐"图书馆，孩子们能够寻觅到自己的小天地，阅读儿童绘本、经典著作，利用电子白板进行互动；3D 沉浸式投影使孩子们在光影中感受科技的神奇，科普体验活动将移动科普馆搬到家门口，孩子们的好奇心在得到满足的同时，也激发了他们的想象力、创造力。

据董永忠介绍："我们和北科大联合开设周末课堂，形成'志愿者 + 新

赵家湾村新时代文明实践站图书馆

时代文明实践站＋实践基地'的模式，以'大孩子'看'小孩子'的方式，既能整合周边资源、壮大志愿者队伍，又使新时代文明实践站作为大学生社会实践平台的社会作用凸显。"

2020 年，牛家牌镇从一个村开办公益课堂裂变为 8 个村开办公益课堂，以点带面，为全镇未成年人工作打造了样板标杆，使实践站成为青少年的第二学习平台。

除了打造公益课堂外，赵家湾村还开展了包括培育木兰舞蹈项目、培育践行主流价值观项目、文明赵家湾项目、创新理论宣讲、"爱卫同行"项目、农民巧手工匠培育项目等 8 个品牌项目，各个都是赵家湾村村"两委"班子经过坚持和努力的"赵家湾经验"。

如今的赵家湾村，文明实践使村庄更加健康宜居。2019 年，赵家湾村实现了猪舍清零、旱厕清零，打通了环村水系，实现了水清、岸绿。村民精神风貌更加向上向善，志愿服务成为常态，志愿者成为令人自豪的身份，志愿服务积分成为新的精神财富，文明实践积分成为整个家庭的正能量积蓄。

远处稻浪起伏、虫鸣悠扬；

新时代文明实践站笑语欢歌，温馨惬意；

新时代文明广场上村民跳着广场舞，唱着幸福的歌谣；

这就是属于赵家湾人的小康生活。

撰文 摄影 摄像／杜敏

稻蟹田间话丰年

——八门城镇前辛庄村的幸福曲

稻里有蟹，蟹里有稻，稻蟹混养，让两者互利共生，既生出了饱满的稻，又养出了肥美的蟹。

"你看，田间的沟渠里有螃蟹，田里种着水稻。一期两收，土地单位面积的效益大大提升了。"在宝坻区八门城镇前辛庄村，村党支部书记、村委会主任田玉增向中国小康网讲述了前辛庄村的"稻蟹情缘"。

2017年，天津市启动新一轮结对帮扶困难村工作，天津市农业农村委员会与前辛庄村结对。近三年来，在帮扶单位领导和区、镇的大力支持下，前辛庄村2020年村民人均可支配收入预计将达2.66万元。

如今，前辛庄村民风淳朴、邻里和谐，新农村建设的硕果写在了村里的每个角落。而稻蟹互补立体种养的特色产业，绘就了前辛庄村亦动亦静的丰

前辛庄村全景

收画卷。

稻浪翻滚，唯美村庄

夏秋季节的前辛庄村，犹如一幅唯美灵动的田园画卷。稻田内，绿油油的秧苗随风摇曳；荷花池内，荷香沁心。村居错落有致，干净整洁的水泥路通向各家各户。种满鲜花的民宅前，村民坐在门口喝着茶水、聊着家常，细数着村里的变化。

"我们村基础较差，村内只有一条破旧的主干道，此外全是土路，田间和田埂杂草丛生。水井出现翻砂、管网老化现象，水质差，一些村民因此得了结石病。"提起村庄的过去，田玉增历历在目。

2017年，按照新一轮结对帮扶工作安排，天津市农业农村委帮扶前辛庄村。帮扶组和村"两委"班子一手抓基础设施改善，一手抓特色产业培育，把一件又一件的实事做了起来——主干道路翻修了，路面硬化了，路灯装上了，下雨积水问题解决了。2018年，前辛庄村接受天津预备役高炮师帮扶资金，引进水净化设备，从源头改善水质，让村民喝上了放心水。

我们来访的时候，前辛庄村的净水设备前陆续有村民提着纯净水桶过来接水。"新建了自来水管网和自来水净化站，现在每天喝的都是甘甜的纯净水，大伙儿都特别高兴，这一桶水，够喝两三天。"村民张大娘一边接着水一边美滋滋地说。

如今的前辛庄村干净整洁，不见杂物堆放和垃圾死角，各户房前屋后都种植了树木花草。党群服务中心后，绿色藤类植物爬满长篱笆，生机勃勃。党群服务中心前，2000平方米的村民健身广场设施齐全，周围环绕的是养殖鱼塘，放眼远望是大片的稻田。每到金秋时节，随处可见的是金黄稻浪翻滚，空气中弥漫着稻香。

精准"输血"，持续"造血"

盛夏时节，绿油油的水稻随风摇曳，置身前辛庄村一望无际的稻海中，仿佛闻到了香喷喷的米饭味。

前辛庄村共有628亩耕地，除了废弃的坑塘，大部分都是旱地，劳动力也只有103人。旱地作物的经济效益不高，每亩地一年净收入仅有200~300元，不好的年头只能实现持平，甚至还会亏本。

尽管如此，驻村帮扶组还是踏着农田、踏着泥泞的道路，一点点去谋划村庄的发展。

驻村帮扶组走进田间地头、深入村民家中开展调研，摸清村庄基本情况，按照打造稻香特色村目标，制定了建设稻田立体种养区、休闲垂钓区、休闲康养区、农家乐休闲区和道渠边果树带、沟渠内养殖带、环村林果绿化带（四区三带）产业发展帮扶措施，为前辛庄村的发展提供了引领方向。

2017年初，村"两委"班子牵头，集中流转村南240亩旱地，全部改为稻田。帮扶组会同村"两委"班子，申请和实施了农业综合开发项目，先后新修田间道路5760平方米，建设节水渠道1672米、上水池35个，建设闸涵3个，做到旱能灌、涝能排，农业生产条件有了较大改善。随着村污水管网改造完成，村集体又对村前村后的坑塘沟渠进行了集中清理，增加了鱼塘4个，面积40多亩，鱼塘和田间沟渠都养鱼。2020年，前辛庄村在村北稻田区进行基础设施提升改造，添置了水稻种植、水产品养殖、畜禽养殖、果蔬种植等设施，建设了现代农业园区，大大改善农业生产条件，扩大生产规模，为村集体增收开辟渠道。

发展高效特色农业过程中，缺少资金是产业帮扶的主要困难。帮扶组会同村"两委"班子，先后引进天津预备役高射炮兵师和天津市农业主管部门产业帮扶资金150万元，支持产业项目发展。根据产业帮扶规划，立足水稻种植和水产养殖，重点开展水稻立体种养，大力发展特色现代农业。2020年，实施了稻蟹综合立体种养项目，在天津市水产研究所的指导帮助下，加强了稻蟹立体种养园区建设，开展水稻与南美白对虾、水稻与小龙虾、水稻与螃蟹大眼幼体的试点养殖，同时注册蟹虾类品牌（前辛禾花蟹、前辛禾花虾），为加快推进高效特色产业发展起好步开好头。

为促使产业帮扶项目真正用于增加村民和集体经济收入，村"两委"班子还牵头成立了以全体农户以承包土地入股的土地股份经济合作社，村民和村集体不但可以得到土地流转费的保底收入，还可以参与分红，而参加合作社劳动的部分村民还可以得到工资性收入。同时，前辛庄村采取外来技术引进和本村人才培养相结合的方式提升稻蟹种养水平，天津市水产研究所等单位专家定期到村服务，经常开展网上指导，为项目实施提供了技术保障。

2019 年底，为解决稻谷销售难题，进一步提高经济效益，村合作社投资 2.2 万元，添置小型稻谷加工设备，日产稻米 5000 斤，并注册了商标，开展了稻米加工销售。同时，合作社组织农户开展农家乐试点，添置小木屋，利用稻蟹立体种养基础，为下一步开展休闲观光农业，进一步提高种养水平和经济效益，实现产业兴旺打下了良好基础。

"生态大米在市场上特别受欢迎，市场价格也比普通大米高。现在还没到收割期，就已经有不少客商打电话订购。"谈到大米的销售情况，稻农老张掩饰不住心中的喜悦。

美丽乡村，生态宜居

走进前辛庄村健身广场，可以看到红色标语"共建美丽乡村 共享美好生活"，这是帮扶组的心愿，也是村民实实在在的感受。

村居错落有致，环境整洁优美，平整的水泥路延伸到每家每户，郁郁葱葱的稻田环绕四周。在区镇两级党委的领导下，前辛庄村党建工作扎实推进，

稻蟹立体种养模式

各项工作有序开展，稻蟹立体种养模式让村民鼓起了腰包，让农业成为有奔头的产业，让前辛庄村走上了一条以基层党组织促产业发展、以产业发展促村民增收致富的乡村振兴之路。

前辛庄村的田野上奏响了乡村振兴的幸福曲。

撰文 摄影 摄像 / 杜敏

图片 视频 / 天津市宝坻区委宣传部提供

"农旅融合"引客来

——方家庄镇小杜庄村变形记

听党话、感党恩的鲜红底色，碰撞志愿服务的精神；

齐经营、同分享的葱郁菜园，记录邻里守望的馈赠；

主人翁、正能量的价值观念，承载村庄发展的合力⋯⋯

宝坻区方家庄镇小杜庄村，这个四面环水、房屋整齐、街道有序的村庄，凭借"一核多元、合作共治"村级依法治理体系，拓展田地认领、创意孵化等农旅产业，进行常态化党建志愿服务，实现了庄稼地变共享菜园、杂物间变红色教育"初心屋"、传统节假日变节会活动日、普通砖瓦墙变文化"向心街"的乡村"四变"，成为有特色、有档次、能示范引领的精品村，闯出了一条农旅融合的乡村振兴新路。

一变：产业振兴 庄稼地变共享菜园

"大嫂子，吃韭菜吗？给您割点儿！"

小杜庄村村景

"我这儿莜麦菜不错，涮着吃，香着呢，来来来，拿点儿！"

一块30余亩菜园的青菜，在盛夏时节郁郁葱葱地生长着，而"自耕自种，共管共享"耕种模式也让小杜庄村和谐村风持续升温。

"共享菜园占地30余亩，实行村民'自耕自种、共管共享'耕种管理模式。近年来，共享菜园蔬菜品种日益丰富，村民共同劳作、共同收获。菜园现在还可以由城里的游客、市民认领，周末或节假日来这儿进行采摘等体验。后期会继续促进农业转型升级，将庄稼地打造成吸引游客的多彩田园。"朴实爱笑、说话干脆爽利是小杜庄村党支部书记、村委会主任杨秋静给人的第一印象。

这位"90后"村支书，凭借"干活儿用心、办事儿走心，办出来的事让百姓舒心"的工作风格，实实在在成了村民口中的"贴心闺女"。

"2019年'丰收节'趣味运动会上，共享菜园特热闹。在'白菜搬运工'活动中，小朋友们通过自己的努力与菜园耕种户共同赢得奖项，丰收的喜悦和参与的快乐让活动特别精彩。"杨秋静笑着说。

二变：党建引领 杂物间变"初心屋"

党建，是推动发展的"红色引擎"。在小杜庄村党群服务中心，有一间"初心屋"，里面通过视频播放、图文展示、物品陈列、模型复原等形式，全方位立体化展现了老支书杨树员心系群众、无私奉献的为民情怀。

"老支书杨树员尽职尽责、无私奉献，他在任时，村里人都服他，人心齐，事好办。2016年底他因病去世，小杜庄村一时没了主心骨，中心工作不好推进，村里开个会都难。一个先进村走到了后进村的边缘。"回想刚来村时的情景，杨秋静感慨万千。

杨秋静靠真诚打动村民，修缮村辅道，重新粉刷党群服务中心，将300多平方米空间重新划分为图书室、党员活动室……如今，小杜庄村道路硬化、绿化美化、农村饮用水工程全面完成，自来水、污水管网入户和天然气取暖工程落地，大大方便了村民生活。同时，建立了生活垃圾村收集、镇运输、

小杜庄村的共享菜园

区处理的运行机制。为了更好地服务群众，村里将每周三设定为"集中办公日"，并利用这一天召开村情民情分析会，化解为民服务效率低、进展慢的现实难题。

"现在进行党员参观活动或红色主题活动，都会来'初心屋'。"杨秋静介绍说，截至目前，"初心屋"已接待6000余人次的参观学习，老支书杨树员心系群众、尽职尽责、无私奉献的情怀感动了许多人，用实际行动传承了榜样精神。

三变：文化惠民 节假日变节会活动日

"每逢节假日，我们都有丰富的活动，每天的日子可充实了。"村民张大妈一提起村子里的活动，兴奋地笑起来。

"邻里节"、"金婚庆典"、趣味运动会，还有"星级文明户"、"好婆婆"、"好儿媳"评定、欢欢喜喜过大年活动、在老年食堂进行包粽子比赛……用村民杨永年老人的话来说："做小杜庄村的老人，太幸福了！"

小杜庄村的文化活动之一——插花课程

"小杜庄村逢节必庆，我们的文化活动可多了。"杨秋静说，"小杜庄村推动文化振兴，以新时代文明实践站为载体，用新思想引领群众，用乡村文化凝聚群众。每逢佳节好戏连台，村民都会积极地参加各种文化活动。"

四变：文明实践 砖瓦墙变"向心街"

不让村民愿望落空，不让百姓信任失温，不让初心褪色。

为了加强文明建设、改善村庄环境，杨秋静在村民房屋的墙面上做起了文章，绘了两面党建 3D 文化墙。2019 年 9 月，小杜庄村以"向心"为主题，通过墙体彩绘形式，将 350 米的南北走向主街打造成特色街，以"永远跟党走，共筑中国梦"为始，立足"党情暖民心，永远跟党走"主旋律，用村民喜闻乐见的色彩形式、有"泥土味儿"的语言传播正能量，让村庄从"听党话、感党恩、跟党走"的鲜红底色，走向更加丰富多彩的"小杜庄自信"。

麦浪翻滚村庄旁，一湾绿水围村绕，户户门前有果蔬，青壮不为谋业愁，亲和邻睦老无忧。

集文化彩绘墙、党建 3D 墙为一体的特色街

如今，小杜庄村把村民的幸福笑脸守护成好风景，把和谐民风织就成新名片，把田园牧歌经营成生产力。"小杜庄村闲置的农房可以打造成养老项目，对接京津老年人，效益会非常可观；村里的共享菜园、树林能供城里的儿童体验；文化礼堂后期也会向游客提供纪念品；'初心屋'等红色基地仍可作为各地党员参观地……"在杨秋静心中，一个崭新的梦想正凝聚，一幅崭新的乡村振兴蓝图正在徐徐展开……

撰文 摄影 摄像／杜敏

红色资源引领绿色发展

——尔王庄镇冯家庄村以情治村

鲜花一条街静谧雅致，梧桐树枝繁叶茂，水中的荷花娇艳欲滴，稻蟹立体种养取得了生态治理和经济效益的双丰收……

走进宝坻区尔王庄镇冯家庄村，生态环境优美，民居错落有致，交通十分便利。

近年来，冯家庄村以"学习宣传党史、新中国改革开放史、社会主义发展史"为依托，推动农村基层组织建设、农村区域经济发展、服务和改善民生等工作有序开展，实现了班子团结有干劲、村民可支配年收入达 2.7 万元等累累硕果，以红色资源引领绿色发展，走出了一条乡村振兴的红色道路。

让我们一起听听冯家庄村第一个党支部的英雄故事……

冯家庄村生态环境优美，村庄错落有致

红色引领——夯实基层工作基础

冯家庄村是冀东平原上一个很普通的小村庄，但它有着不寻常的过去。

1944 年 1 月，冯家庄村成立了党支部，是宝坻境内诞生的第一个党支部，抗日战争、解放战争和社会主义建设时期，冯家庄村党支部带领全体村民开展工作，做出了积极贡献。

作为中国北方大地上党的基层组织的一个缩影，冯家庄村党支部在新形势下，不忘走过的路，不忘走过的过去，不忘为什么出发。

近年来，冯家庄村党支部始终坚持党建引领，为乡村振兴提供内在支撑，也为乡村善治提供坚强的政治保证。"冯家庄村党支部每月定期开展主题党日活动，按时召开集体学习，贯彻落实'三会一课'制度，并在 2019 年被评为'五星村（社区）党组织'。"冯家庄村党支部书记、村委会主任刘为介绍说。

走到冯家庄村北，一座气势宏伟的红色纪念馆映入眼帘，广场正中央是一组党旗雕塑。"这是宝坻第一个党支部纪念馆，也是天津市第一个村党史馆。"刘为说。

冯家庄村党史馆的建成与开展，为冯家庄村引来大量客流，让更多的人了解了这个不为人知的小乡村。据统计，冯家庄村党史馆建馆至今已接待参观团体 1500 余批，接待人数 53000 余人次。自天津市开展"不忘初心、牢记使命"主题教育以来，冯家庄村党史馆接待来自市级、区级参观团体 300 余批，接待人数近 10000 人次，为天津市爱国主义教育的开展提供了有力的保证。

讲好红色故事，更要把人民放在心上。冯家庄村还建成了老年日间照料中心，为年满 70 周岁的老人提供免费午餐、晚餐。元宵、端午、中秋节期间，日间照料中心还会为老人们煮元宵、包粽子，与老人们一同庆祝节日。同时，还为老年人提供休息娱乐设施，包括休息室、棋牌间，受到了广大村民和老年人的好评。

"我们赶上了好时候，感谢党，感谢政府，红色文化传承为我们村带来了翻天覆地的变化，我们要做好红色文化的传播者、继承者。"这是村民说得最多的话。

红色志愿——人居环境扮靓乡村

"我们村，以前没姑娘愿意嫁进来。"说起村里以前的情况，刘为感慨万千，"全村土地面积倒是不少，但年景好的时候，村民人均年收入也就 1 万多块钱。而且，村里都是土路土街，'晴时一身土、雨天一脚泥'，村里都是露天旱厕，垃圾乱堆乱倒，更别说路灯等设施了。我们村里有句顺口溜，'街道坑洼洼，水塘干巴巴；广场堆粪堆，苍蝇满村飞'。"

冯家庄村"五爱"教育长廊

如今，走进冯家庄村，脚下的水泥路面宽敞平整。在村北侧的 4000 平方米健身广场上，整齐地放置着一排排健身器材；向东看去，一座占地 7000 多平方米的党史馆及附属建筑，庄严肃穆。

随着农村人居环境整治的开展，冯家庄村党支部定期组织开展环境卫生清整活动，村内再不见柴草乱堆、垃圾乱扔、污水乱泼、禽畜乱跑、广告乱贴、摊点乱设的现象。在全域推进"厕所革命"的背景下，冯家庄村全力推进农村"厕所革命"，实现农村卫生户用厕所、重点场所无害化卫生公共厕所建设全覆盖，村内户厕全部在规定期限内完成整改。同时，村"两委"班子全力推进农村生活垃圾处理和污水治理工作，农村垃圾清运率和村级生活污水处理设施覆盖率全部达到 100%，完成非正规垃圾堆放点整治任务。村委会每年从乡村集体经济收益中安排专项资金管护基础设施，全面实现村庄绿化、环境美化，有效保护生态环境和自然资源，村民居住环境得到了空前改善。

"下一步，依托人居环境整治，我们将进一步加强村庄环境建设，把村庄现有的几条水泥路改造成柏油路，主路两侧提升绿化美化水平；对党史馆外延、广场、荷塘进行修缮提升；充分利用现有的建设用地，引进相关企业建设高标准养老社区。" 刘为介绍说。

"村里通路通电，还建起了村文化广场和旅游景观，以后到村里游玩的客人会越来越多！"提到村里的变化，村民们都有说不完的话。

红色经济——乡村旅游焕发活力

分散经营、地势偏僻……冯家庄村农业种植原本主要以玉米、棉花为主，但经济效益比较差。2016 年，根据打造"红色生态旅游村"思路，冯家庄村将全村 2560 亩土地完成了集中流转。同时，充分利用尔王庄区域生态环境优势，改种津原 E28、津 179 等优良品种水稻。随着冯家庄村知名度不断提升，越来越多的人了解到冯家庄村的绿色生态农产品。2017 年，冯家庄村注册了"冯家庄"水源地生态稻米等农产品系列品牌商标。冯家庄村还引进企业或组织部分村民打造红色体验农家院，能够容纳百人以上的团队住宿用餐。同时，进一步推进冯家庄农产品商标注册、产品宣传，利用新文明实践站农产

冯家庄村党史馆，也是宝坻区基层党员干部教育基地

品展示区，向参观团队销售特色农产品。

红色文化有效地带动了冯家庄村生态农业发展，促进村庄集体经济不断壮大。2019 年冯家庄村水稻产量 224 万吨，通过农产品销售，土地集中流转分红，冯家庄村人居可支配收入达 2.3 万元，村集体收入 23 万元。

对于接下来的发展，刘为表示："后期将进一步组织专业队伍，对冯家庄支部建设的历史进行挖掘，对尔王庄镇的红色资源进行拓展挖掘，形成以点带面。"

冯家庄村将紧紧围绕"产业兴旺，生态宜居，乡风文明，治理有效，生活富裕"的乡村振兴战略目标要求，结合红色资源，传承红色经典，不断完善党群服务中心功能，丰富村居文化生活，依托冯家庄村党史馆提高村庄对外吸引力和知名度，团结和带领广大党员群众，为建设美丽宜居的冯家庄村做出新的更大贡献。

红色，象征光明，凝聚力量，引领未来。

撰文 摄影 摄像／杜敏

静海篇

静海区是天津主城的母县，总人口约61.5万，距离天津市区40公里，素有『津南门户』之称，是国务院批准的沿海开放区之一。目前，团泊湖是整个静海区比较有潜力的区域，市场活跃度比较高。静海区经济基础雄厚，工业优势明显，载体建设初见规模。

亦工亦农好样板

——大邱庄镇津美街别样风情

作为中国农村改革开放的先驱之一，天津大邱庄家喻户晓。

静海区大邱庄镇津美街是如何亦工亦农的呢？我们一起看一看。

随着温室大棚等现代科技在农业领域的应用，农村丰收已从过去的"秋收"变为"四季丰收"。

初冬时节，室外的温度已比较低，而津美蔬菜种植专业合作社的温室蔬菜大棚内却暖意融融，大棚负责人正在组织农户往育苗盘里点播蔬菜种子。

近些年，在工商贸企业蓬勃发展的同时，津美街加快发展现代农业、园林绿化、社区物业，由村集体领办、全街村民入股，建立了蔬菜种植、农机服务、林木绿化等6个合作社，走出了一条壮大集体经济、共同致富、建设美丽乡村的发展之路。

2019年村集体纳税1.8亿元，津美街连续多年蝉联静海区村级纳税第

大邱庄镇津美设施农业园区

一名。

"三区联动"谋发展

在大邱庄镇经济发展中，工业是支柱产业，工业产值占全镇国民经济生产总值的90%。大邱庄镇钢材生产年加工能力达2200万吨，实际钢材产量约占天津市的三分之一，例如焊接钢管产量就达全国的五分之一强。大邱庄镇在中国社会科学联合研究中心主办的"第一届中国百佳产业集群名镇"中，被授予"中国钢管产业集群名镇"称号。

与快速发展的工业相比，地处团泊湖地区的津美街，土地贫瘠、农业用地规模小，常年的盐碱和沥涝导致农作物收成低，农业成为"短板"。

"怎样才能在全面奔小康的路上不让一户一人掉队？破解难题的出路在哪里？"这是津美街党组织书记杜联峰经常思考的问题。

为落实市、区和镇党委、镇政府关于"三区联动发展"、建设"菜篮子工程"的总体要求，津美街"两委"班子结合本街自有耕地少等现实情况，提出："在盐碱地上搞蔬菜大棚，我们不懂不会，但要学习，勇于挑战。"

杜联峰介绍，津美街多次召开街"两委"、村民代表、老干部会议，组织主要干部去山东等地考察，请专家讲解国家政策和种植技术，提出"以发展集体经济不变的思路推动'三区联动'，从而实现津美街共同致富的目标"。

为此，津美街流转邻村土地，发展农业、园林业、社区物业，解决村民就业增收。

在镇党委、镇政府的大力支持下，津美街先后流转邻村土地1万多亩，建立各类合作社，发展设施农业。

设施农业均等化

"我们这儿的黄瓜摘下来就可以直接吃，看我们大棚的黄瓜，现在'顶花带刺'的黄瓜市场上不多见了吧！"正在大棚里忙活的合作社农户张立禄脸上红彤彤的。

走进津美街设施农业园的大棚，不仅有西红柿、黄瓜、茄子等常见蔬菜，紫贝天葵、冰菜、牛心甘蓝、奶白菜等稀有品种也随处可见。

用张立禄的话说："我现在种的一些特色蔬菜，像紫金菜是叶菜，蘸酱吃的，略带一点儿甜味，很嫩。还有其他一些市场上不常见的菜，现在长势特别好，经常有人来这里采摘，津美街设施农业发展到今天，都是因为街'两委'班子领导得好。"

合作社内品种多

"津美街最先成立了蔬菜种植合作社，中国农科院专家作为指导，建设蔬菜大棚700个、育苗棚3个，形成了从蔬菜育苗到各类特色蔬菜瓜果种植、储藏、加工一体化生产和营销网络，成为当时天津地区联片成方最大的蔬菜种植基地。"合作社理事长张凤山说道，津美蔬菜大棚的建设，为静海区蔬菜产业发展树立了样板，发挥了示范作用，带动了周边农户发展，促进了农业增值增效、农民就业增收。通过设施农业建设，津美街蔬菜生产基本可以保障冬（淡）季的市场供应，蔬菜平均季节自给率由 2000 年的 48% 上升到目前的 55%。津美设施农业产值不断提高，直接带动农民增收，与以往种大田或露地菜相比，农民平均每亩增收 1 万元以上，带动了一批农业合作社龙头企业和农户的发展。

最初的津美街设施农业园建于大邱庄镇北尚码头村、巨家庄村，由于当时国家土地流转政策刚刚出台，当地有些村民认识程度不高，有个别村民对津美街流转承包本村土地产生抵触。

2010 年，占地 3000 亩的大邱庄镇津美设施农业园区正式开工。项目分两期建设，园区建成后，又陆续投资 2000 万元，用于完善园区设施，几年来，津美设施农业园区建设总投资达 1.3 亿元。

"促农增收，守住小康路上不变的为民之心"是津美街党员干部坚守的原则。杜联峰说："我们发展设施农业，目的就是给农民提供更多的就业机会，增加收益，让农民把'一碗饭'变成一个'饭碗'。我们的设施农业园区采取两种经营模式，一部分由集体经营，一部分承包给种植户。"

稳定和谐共富裕

本着"立足静海、服务全市"的宗旨，津美街建设"天津市静海区蔬菜育苗中心"，全面提升改造蔬菜育苗种植基地。

为加快发展高效农业，发挥大型农业机械全面配套作业优势，不断扩大小站稻种植面积，精耕细作，提高农机作业率，扩大跨区域农机作业量，增加集体收益。

同时，加快发展林果绿化业，不断引进改造现有果木，创新管理方式，提高科技含量，提高特色水果品种的品质，提高经济效益。

在建设蔬菜大棚的同时，配套建设了果木园，形成了蔬菜、水果配套生产规模优势，加快发展都市观光农业，引进的雪蜜桃、梨等果木，经嫁接改造，成为当地特色水果产品，深受消费者喜爱，成为市民观光采摘的好去处。

津美街"两委"班子从群众最关心、最直接的问题入手，着力提高村民福利，改善民计民生。

津美街村民口粮款由过去的每人每年300元提高到800元；老人退休补贴由过去的每人每年1200元提高到2400元、70周岁以上3600元、80周岁以上4800元、90周岁以上6000元。

每年，津美街村民各项福利人均达到近2000元。津美街"两委"班子每年召开专题会议，对残疾人、困难户给予大力帮扶。几年来，优抚照顾困

合作社大棚

难户 118 户次。2019 年，村集体发放优抚款 36.8 万元，为困难家庭排忧解困。

　　"三区联动"谋发展，"四区两平台"促升级，设施农业靠科技，共同富裕一条心，这就是天津市静海区大邱庄镇津美街发展壮大集体经济，全面奔小康的经验所得。

　　撰文 摄影 摄像 / 李丹凝 丁少亮

帮扶组真帮扶

——独流镇北刘村不孤独

"美丽的独流人杰地灵，不息的运河流淌至今，千年的古镇商贾重地，勤劳的人们啊！代代耕耘……"

冬日暖阳，北刘村村民热络地聚在院子里，兴致很高地唱起了村歌。从远近闻名的困难村到全面小康的"幸福地"，天津师范大学与北刘村结对帮扶以来，这首村歌被传唱得越来越响。

2017年8月，天津师范大学帮扶组进驻静海区独流镇北刘村开展新一轮的驻村帮扶工作。

按照党在十九大提出的实施乡村振兴战略总要求，结合北刘村的实际情况，帮扶组确定了充分发挥高校教育文化优势，以强班子、抓党建为龙头，以抓产业、促文化为两翼，以精准帮扶困难户为重点的工作思路，让北刘村村民在乡村振兴中收获了实实在在的幸福感。

北刘村村口大牌坊

创建"五好党支部"—— 夯实基层工作基础

记者来到北刘村党群服务中心，看到楼顶上方的"听党话、感党恩、跟党走"几个大字光彩夺目、熠熠生辉，这昭示着北刘村人坚决拥护中国共产党、听党话、跟党走的决心。

天津师范大学帮扶组与村党总支形成合力，强班子抓学习，组织村"两委"全体党员开展"两学一做"学习教育，不断深化"不忘初心、牢记使命"主题教育，严格落实"三会一课"、主题党日活动，把党内基本生活、基本制度、基本要求融入党组织和党员日常工作生活当中。

北刘村党总支第二支部书记、村委会副主任高学来介绍，全村共有党员52人，35岁以下青年党员6人。共划分为2个党支部，下辖6个党小组，充分建立健全网格联系服务机制，全体党员联系服务全村364户群众，实现党员联系服务群众全覆盖。

组织党员开展"周六义务清扫"活动，赢得村民一致好评。疫情防控期间，组织党员、入党积极分子成立防疫志愿队，在工作实践中，不断培养党员后备力量充分发挥共产党员先锋模范作用。

"积极协调天津师范大学党委与北刘村建立'校一村'党建共建机制，联合开展党日活动 10 余次，并捐赠慰问品，受益困难群众 70 余人次。"天津师范大学驻北刘村帮扶组组长滕杰说道。

通过开展基层党组织共建，天津师范大学在北刘村建立了"知行书屋""中华优秀传统文化教育基地"，先后捐赠图书 2000 余册，开展了京剧脸谱文化、法治讲座咨询、垃圾分类科普等系列活动，利用天津师范大学提供的 10 余万元帮扶资金完善党群服务中心建设。

2018 年北刘村达到"五好党支部"创建标准，被评为"五星村""天津市文明村镇"。

抓产业，促文化——激发村庄发展原动力

北刘村是蔬菜种植传统村，以种植各种叶菜为主，但蔬菜种植技术、方法、设施比较落后，同时一家一户的生产模式也难以形成规模效应，村民的收入微薄。

"一定要想办法让村民的日子好起来。"这是 2017 年滕杰来到北刘村时说的第一句话。

"天津师范大学发挥学校教育、科技、人才等优势，积极落实帮扶政策，多措并举，在村集体经济、村民技术培训、文化建设等方面竭尽全力地帮助北刘村发展，走出了一条高效精准帮扶新路。"滕杰说道。

2017 年 10 月，天津师范大学推动北刘村成立"天津市静海区盈农蔬菜种植专业合作社"，与大型电商公司实现联合协作，天津市农科院、农学院

专家入村开展农技培训，参加培训 50 余人次，培训农技骨干 3 人。学校积极配合高标准农田建设，投入 7.5 万元购置农业机械，增加村集体经营性收入达 39.27 万元。

同时，发挥高校文化教育资源优势，通过建立大学生志愿者入乡村工作机制，持续助力北刘村乡村文明建设，挖掘村庄文化传统，弘扬时代精神。

从 6 月 2 日起，天津师范大学美术与设计学院的师生们便开始为北刘村绘制"运河文化墙"。将村情与文化相结合，通过墙体绘画的形式展现乡村的发展历史，为北刘村的文化建设贡献力量。长达 30 米的党群服务中心"运河文化墙"深深地吸引着村民们的目光。大家凝神看着墙上的图景，回忆着独流镇与大运河的渊源。

村里经常性开展群众文化活动，组建了"炫年华"健身舞蹈队、北刘村书画社、少林会武术队等。利用村专项文化经费及帮扶资金，为开展群众文化活动提供支持。

完善基础设施 —— 不断提升村民幸福感

如今的北刘村，"脏乱差"不见了，有的是宽敞平坦的路面、鳞次栉比的民房，村内文化活动室、日间照料中心、图书阅览室、健身广场等公共活动空间齐全完善。

实实在在看得见的变化得到了村民的赞扬。"以前天一黑，就不敢出门了，碰上个下雨下雪天更不敢出门，双脚沾满泥巴。现在不怕了，街道干净整洁，晚上出门也有路灯了。"正在广场上晒太阳的刘大爷开心地说道。

"通过自筹资金和协调帮扶资金，新建村中心广场、文化凉亭、长廊、文化墙、宣传栏，增设公共座椅 12 个；安装太阳能路灯 41 盏；维修粉刷村

北刘村的健身广场

庄的牌楼、桥梁；新修建近 200 米雨水管道。"高学来说道，"这些使北刘村真正美起来、亮起来、绿起来了。"

"我学习了五年级语文和英语两门课程，老师讲得特别好，教授的知识我都理解了，课上有疑问，老师还会跟我连线，详细为我解答问题。我们都特别喜欢天津师范大学的老师为我们上课！"北刘村小学生武怡宏激动地说。

受疫情影响，武怡宏报名参加的辅导班取消了，2020 年暑假只能待在家中自己预习功课，遇到的许多问题自己琢磨不通，而家长每天在村内上班，也无法给她很好地解答，好学的她多了一块儿"心病"。

村民纷纷表示："以前孩子放假在家写作业之后，就只有看电视、玩手机这些娱乐活动，很容易让孩子们沉迷游戏。今年多亏了天津师范大学的老师们给孩子们提供了一个这么好的学习机会，孩子们再也不会整天守着电视了。"

天津师范大学帮扶组自 2017 年 8 月驻村开展帮扶工作以来，充分发挥高校教育、组织优势，与帮扶的北刘村建立了"大学生志愿服务长效机制"，并与独流镇中小学建立大学生教育实践基地,当地中小学生近千余人次受益。

各基层党委书记带队持续开展入户走访慰问,结合困难群体的需求做到"一户一策、一户一清单、一户也不漏",持续开展以"四清、五助、六送"为主要内容的联系服务活动,切实帮助困难群体解决生产生活问题,先后慰问建档户和困难边缘户近 100 户次,赠送慰问金、慰问品合计 3.8 万余元。

为行动不便的吕红来老人送助行器,并为其粉刷房间美化生活环境;给大病致困的韩建勇组织众筹捐款捐物,并联系民政部门落实低保政策。

在各基层党委积极推动下,大学生开展关心关爱孤寡老人志愿者服务,成立了"关爱孤寡老人'四季行'"服务队,3 年里坚持每年春节小年与孤寡老人一起过新年,帮助他们打扫卫生、贴窗花、包饺子,志愿服务队不仅把温暖送到老人们的心坎儿上,还与困难户的孩子们也建立起"一帮一"援助关系。

当驻村帮扶组了解到还有因大病等原因临时致困的村民生活困难,便积极协调学校师生党员和校友开展了为"边缘户"送温暖专题活动。

在结对帮扶的路上,天津师范大学驻村帮扶组用实际行动为百姓做实事、解难事。如今的北刘村,村庄环境优美、乡风文明、村民生活安定,展现出一幅文明和谐、美丽幸福的新画卷。

撰文 摄影 摄像 / 李丹凝 丁少亮

微信扫描看视频

团泊镇张家房子村

"我们有个好书记"

——团泊镇张家房子村小康路上的"领头羊"

初冬的清晨，早起锻炼的村民一边享受乡村风光之美，一边畅聊城镇化的便利生活。一张张灿烂的笑脸洋溢着奔小康的喜悦，人们唱响着一曲婉转动听的乡村致富歌。

张家房子村地处团泊新城核心区域，全村现有 126 户、406 人、外来人口 5500 多人，耕地 1201 亩，村"两委"班子成员 5 人，党员 28 人。

张家房子村一直积极探索和完善农村基层社会治理格局，用"摸着石头过河"的方法，走出了一条张家房子村独有的发展道路。

改善人居环境，打造良好氛围

20 世纪 90 年代，张家房子村是一个十分封闭落后的小村庄，人口不多，交通不便，经济不发达，村民以农业种植为主要的生活来源。

而这一切的改变，随着一个人成为村支书而悄然转变。

1996 年，王立福担任张家房子村的党支部书记。

张家房子村实景

之后，村"两委"班子以经济发展、生活富裕、和谐文明的新农村建设为工作目标，带领村民苦干实干，张家房子村由原来的市级困难村逐渐转变为全国文明村，村内道路硬化覆盖率达到100%，房前屋后、街道两旁绿树成荫。

在王立福的带领下，村里出资200万元对村里的路面进行硬化，主路铺上了柏油路，胡同打通了水泥路，结束了村民"晴天一身土、雨天一身泥"的历史。

为集中整治村里脏乱污现象，张家房子村开展生活垃圾大清整活动，广泛发动村民参与其中，形成了"党员＋农户"、志愿服务队主动参与的整治模式，取得明显成效。

2000至2005年，张家房子村先后投资5000万元，兴建了3万多平方米的住宅楼，改善了村民的居住环境。2017年，张家房子村被评为"全国文明村镇"。村党支部更是着力打造"党风进千家"活动，以党风带家风，以家风促民风，以民风塑村风。实现多年来全村村干部"零违纪"，切实树立起党支部在广大村民中的形象，维护了全村的和谐稳定。

发展特色经济，夯实物质基础

"少数人富了不算富，群众富了才真算富。"这是王立福经常挂在口头上的一句话，而他也是这样做的。

1984年，他毅然辞掉政府机关的稳定工作，回乡搞个体经营。

1992年，他创办了华源线材厂。

经过20多年的打拼，华源集团已拥有12家企业，总资产15亿元人民币，员工3000多人，拥有10大类、600余种规格的产品，年生产及加工能力80万吨以上，70%以上的产品销往70多个国家和地区。

王立福通过推动村民创办企业来改变村经济整体发展模式，支持帮助程庆文、王立坚、王立增、王立柱等村民先后创办了纸箱厂、拔丝厂、机加工厂等16家企业，壮大了全村整体经济规模。

张家房子村依托本村企业发展基础和土地等资源优势，全面推进多渠道、多层次的村民增收工程。

截至目前，张家房子村拥有22家企业、4家规上企业，主要以金属加工和机加工为主。60%的村民参与企业股份，本村有效劳动力平均每人每年工资收入在5万元以上。企业退休人员每年享受退休补贴3600元，65岁以上老人每年享受1500元的养老补贴。每年春节，为村民发放包括肉、食用油、醋等在内的生活慰问品。

注重教育引导，筑牢思想根基

每周一的清晨，伴随着嘹亮的国歌声，五星红旗迎着朝阳冉冉升起。

在华源小学的操场上，全体少先队员站在庄严而神圣的国旗下，将手高高地举过头顶，鲜艳的红领巾映着孩子们稚嫩的脸庞。

王立福在带领村民逐渐走上致富路的同时，也不忘改善村里的教育环境。2016 年，王立福开始投资建设华源小学和幼儿园，先后投资上千万元支持小学和幼儿教育，彻底解决本村村民和外来务工人员子女入学问题。

扶贫先扶智。教育扶贫，是扶贫助困的治本之策。2014 年 11 月，王立福创立"立福基金"，目前已资助两名贫困山区的学生，他认为，不仅要在学费、生活费上给予资金的帮助，更需要关心学生们的身心健康，了解他们的成长情况。

王立福不仅注重基础教育，对党员、村民、员工的教育培训也没有松懈。村党支部和企业党支部经常开展党日活动，对党员干部进行党性教育。利用企业年会、职工大会等活动，教育员工要爱党、爱国，要担当作为、干事创业。

在每年"五一""十一"等节日，村里组织开展座谈会、义务劳动、联欢会，组织村民外出参观学习，指导村民和外来务工人员树新风、立新貌，养成健康文明的生活方式。

因此，王立福先后获得"天津市优秀共产党员""天津市劳动模范""天津市特等劳动模范""天津市最具影响力劳动模范""2008 年北京奥运会火炬手""全国劳动模范""天津市道德模范""天津市优秀企业家"等诸多荣誉。

小康路上"领头羊"的作用是毋庸置疑的。"我们有个好书记"，王立福赢得了民心。

撰文 摄影 摄像／李丹凝 丁少亮

当仁不让要属"梨"

——良王庄乡罗阁庄村致富路

每年9月，是梨果飘香的季节，沉甸甸的大梨挂满枝头。在静海区良王庄乡罗阁庄村，几千亩梨果园中一片忙碌景象。村民早早来到园子里采摘，果园里欢声笑语。

罗阁庄村地处天津西南，全村耕地面积3500亩，梨种植面积2800多亩，约占可耕地面积的70%，种植果梨已有40多年的历史，素有"梨乡"的称誉，为天津市面积最大的梨树种植集聚区。

立足资源禀赋，培育特色产业

65岁的王树财种梨已经30多年，因为这里的土地碱性大，最适合种梨树，一种就是几十年。如今，他和弟弟王树奇都是村里的种植大户，栽种了300多亩、6000多棵梨树。谈起收成，王树财说："今年雨水充足，

良王庄乡罗阁庄村果园

温度适宜，加上我们精心的管理，疫情期间产量丝毫没受到影响，2020 年的收入也不比往年差，一亩地能卖 15000 元左右。"

村民的果园里栽种了皇冠梨、雪花梨和"天海"大果型鸭梨，近几年，陆续引进了红香酥、玉露香、鸭梨、新梨七号、状元冰糖梨等新品种。目前，罗阁庄村拥有 10 余个梨品种。

"我们根据市场需求不断更新，玉露香梨就是从山西引进来的新品种，再由村民进行大面积嫁接繁育，现在市场上特别受欢迎的就是玉露香梨。"村党支部书记、村委会主任秦学立介绍，"玉露香梨适宜当地的气候，刮风不爱掉果，而且口感特好，采摘后不用入冷库，存放时间久。"

梨产业让村民尝到了实实在在的甜头，全村梨果采取无公害种植，实现亩产 2500 公斤、总产量达 750 万公斤、年销售收入 1500 万元。

饱满的梨子，早已成为村民爱不释手的"金疙瘩"。

"从以前在路边卖，到现在通过网络平台销售，我们的梨今年已经卖到海南去了。"王树财的侄女高兴地说道。

勤劳的罗阁庄人凭着自己的一套"致富经"，让一株株普通的梨树成了各家各户的"摇钱树"，更让罗阁庄的梨成了"优质梨"的代名词，成为静海区最具代表性的农产品之一。

提升产业品质，打造区域品牌

"打铁还需自身硬。"罗阁庄村梨产业发展依托现有优势，因地制宜，利用土壤中富含硼元素和周边优质水源的优势，种植果树、蔬菜等农作物，定期接受天津林业果树研究所农技专家的指导，施用有机肥料，保证农产品的绿色可持续发展。

2018 年，罗阁庄村成功注册了"良王普丰"商标。自此，罗阁庄村的梨果有了属于自己的名字。梨园经济为罗阁庄村发展注入了源源动力，现已成立了天津市静海区良王庄乡罗阁庄村梨树协会，正在积极准备申请地理性标志产品。罗阁庄梨也因其品质优、品种全、销路好而成为果农致富的"绿色银行"。

罗阁庄村村民王树财的果园

"罗阁庄村自 20 世纪 70 年代开始种植梨树，梨果生产已成为我们村的主导产业。罗阁庄村梨果以产量高、品质优、销路好而名闻京津地区。"秦学立说道。

树立旅游标志，助力乡村振兴

春有花、秋有果，罗阁庄村自然风光优美。

据了解，罗阁庄村及周边共有花卉种植基地 500 亩，是静海区主要的花卉种植基地。村"两委"班子在现代农业区域布局上下功夫，大力发展休闲观光、娱乐体验、养生产业、农村电商产业等新型业态，推动罗阁庄村主要由"卖产品"，向"卖风景""卖文化""卖体验"转变。

为了更好地响应天津市"百村示范、千村整治"工程，未来 10 年的罗阁庄村，将以现有的千亩果园为核心，积极寻找开发旅游合作伙伴，把罗阁庄村千亩梨园打造成文化历史休闲农业观光园，以"望海阁"为千亩梨园标志性建筑之一，建设梨文化长廊，在保证"点上做精品、线上出风景、面上保整洁"的基础上，结合全乡和罗阁庄村景点分布，重点规划打造精品优质旅游线路，串点成线、连线成片、点景成金，把乡村景点变成增收"钱袋子"。

通过发展乡村文化民宿，带动更多的村民致富，打造京津冀历史自然观光游的文化品牌。罗阁庄村的千亩梨园里，朵朵梨花竞相开放，成为赏花游景的一道靓丽风景。从赏梨花到吃香梨，罗阁庄村依靠梨园经济，走出了一条农业可持续发展道路。

撰文 摄影 摄像 / 李丹凝 丁少亮

宁河篇

宁河区围绕乡村振兴战略，规划『一村一品』，激活乡村振兴新动能。天津『五星』村毛毛匠村、板桥镇『中国·甑乡』等多个特色旅游打卡地，串联起宁河区乡村振兴的全域旅游新版图，彰显出新时代新农村的独特魅力。

"两山"理论来引领

——俵口镇兴家坨村迈进小康大门

从浙江安吉余村"不卖石头卖风景"到广西龙胜各族自治县深山中的大寨村"扛着犁耙种田地，唱着山歌搞旅游"的"两栖农民"；从甘肃省武威市古浪县八步沙林场到江苏省宿迁市泗洪县水上生态牧场；从北到南、从东到西，随着"两山"理论日益深入人心，各地加快推进经济转型升级、资源高效利用，实现了环境持续改善、人均收入得到提高、城乡发展更加均衡。

天津市宁河区俵口镇兴家坨村以"两山"理论为引领，保护七里海湿地；以全力打造湿地水乡为目标，发展绿色可持续产业为手段，全面推进村庄经济民生的快速发展。兴家坨村先后被评为"天津市级明星小康村""天津市级基层民主政治建设示范村""天津市文明村镇"，连续多年被评为红旗党组织。

加快美丽乡村建设步伐，持续改善村民居住环境

走进兴家坨村的街道，可以看到，每家每户都栽种了花草树木，旁边

兴家坨村村后凉亭

还设置了"生态车位"。街道干净整洁，村庄后面还设置了凉亭，栽种了大面积绿植，供村民休闲娱乐。

"现在村庄真是太漂亮了！休闲娱乐的地方越来越多，大家没事儿就喜欢带着孩子出来遛弯儿。"村民张大爷说，"原来村里环境特别乱，现在真是大变样了！"兴家坨村打开"美颜"模式，"空气好、景如画、韵味浓"正在成为兴家坨村的宜居"名片"。

兴家坨村依托紧邻七里海湿地的地域特点，以"北国江南，湿地水乡"为发展定位，进行"一轴、一河、一渠、四平台"规划布局，把资金更多用在自然生态和村容村貌上。

"近两年村内投资 50 万元，完成了 50 个垃圾池的新建、改建工程；新安装路灯 30 盏，实现了全村整体亮化；投资 400 万元，完成了村庄主干道路高标准景观绿化工程，沿线栽植树木 1800 余株，有 600 年历史的古树得到有效保护。"兴家坨村党委书记、村委会主任马全胜介绍，"2020 年，我们村又把做好环境整治和拆违工作作为一项硬任务，充分发挥党组织的政治优势、宣传优势，投入30余万元用于环境整治，现在基本实现了不见垃圾、没有死角、道路整洁、坑塘干净。通过高标准、低强度，打造康养和休闲项目，形成高端民宿和康养产业，带动百姓增收致富。"

做好土地水面流转，走生态文明发展之路

"没想到我们这个岁数还能赶上好时候！家里的地流转出去了，想干啥干啥，没事儿了去周边遛遛弯儿，一分钱不用花，家门口就是美景。村里老年人超过60岁每年领1000元，晚年迎来了幸福生活。"兴家坨村村民李良元激动地给我们介绍他的幸福生活。

原来，李良元种着五六亩地的玉米、棉花，一年到头才三四千块钱，不仅受累还不赚钱。当了一辈子农民，最开始土地要流转出去的时候，李良元也有过纠结。他说："没地了，心里没着落。现在，土地流转出去了，一年一亩地流转费1000元，比我原来种地都多。我现在没事儿了，去村里绿化队帮忙，一个半月的工资相当于原来种一年地的收入。"不仅如此，

兴家坨村村民娱乐健身场

兴家坨村道路干净整洁

土地流转出去了，村民的精神面貌也好了，原来种地干活，都不舍得穿好衣服，现在出门都穿得干干净净的。

兴家坨村位于七里海自然保护区核心区，现有住户1751户，村民5811人，目前每年村庄收入可达400万元左右，村民人均可支配收入近3万元。

由于兴家坨村处于七里海自然保护区腹地，其生态环境好坏直接关系到七里海的生态保护质量。近年来，兴家坨村坚持生态立村，做足"农业＋生态"文章，建立健全"龙头企业＋村党支部＋合作社＋农户"的经营模式，全村实施土地和水面流转，逐步形成了2500亩土地转到合作社发展"稻蟹混养"，5000亩七里海核心区土地发展生态林的绿色产业。

坚持生态优先理念，推进特色产业发展

世世代代居住在这里的村民刘大叔说："曾经的兴家坨村，杂乱无章、缺少生机。街道几乎没有绿植，违建、堆放物占道。冬季家家户户烧煤取暖，每天都得掏炉灰、倒炉渣，灰尘严重，空气中的煤烟味儿很大。夏季下雨，

路面排水不畅，外出极为不便，村民意见很大。村内垃圾都是统一倒入水泥垃圾池再进行统一转运，一旦转运不及时，气味也很大。"

如今走进兴家坨村，一切都井井有条、质朴靓丽。

"这三年来，我们村发生了翻天覆地的变化，村美了、树绿了、水清了、民富了，我们村民都说提前迈进了小康社会的大门。"赵大叔激动地说。

据介绍，兴家坨村在发展的过程中，因地制宜、分类施策，着力加强生态保护治理、改善村民生产生活，努力让七里海成为造福人民的幸福海。同时，兴家坨村还积极贯彻落实保护区政策，加快土地流转步伐，秉承生态、绿色发展的理念，建成了占地5000亩的生态林，为今后发展农家乐、采摘园等项目，全面带动农民增收奠定了基础，实现了效益与生态双丰收。

坚持绿色发展定位，促进产业优化升级

中国小康网走访中发现，兴家坨村通过推进美丽乡村建设，把"留白

"大水大绿大美"的生态资源引入村庄

留绿留朴"落实在每个细节,将七里海"大水大绿大美"的生态资源引入村庄、带进百姓生活。环境治理与发展兼顾,让质朴自然的乡村生活成为孕育美丽产业的孵化器,让美丽产业支撑美丽生态、美丽乡村。

借助乡村振兴的大好时机,兴家坨村党委不断拓宽农民增收渠道,利用村内劳动力多的优势,主动走出去跑门路、找市场,依托各方资源招商引资。马全胜介绍道:"在村党委一班人的领导下,管道工程、市政工程、绿化工程公司不断发展壮大。目前,全村成立了管道工程施工队,从业人员达到1700多人,仅此一项年收入达5000多万元。由于资质证书齐全、施工质量一流,在全国享有盛誉,兴家坨村也成为远近闻名的管道之乡。此项目不仅带动了本村及周边村民的就业,也加快了村民致富的脚步。"

依托区位优势,借助七里海环境提升和绿色发展,兴家坨村水库得到了统一规划管理,建成了占地面积5000亩的生态保护区。

梳理兴家坨村的发展脉络,深刻地感受到自然是生命之母,人与自然是生命共同体,人类必须敬畏自然、尊重自然、顺应自然、保护自然。

兴家坨村坚持人与自然和谐共生,牢固树立和切实践行绿水青山就是金山银山的理念,全面推进生态文明建设,共建美丽中国,让人民群众在绿水青山中共享自然之美、生命之美、生活之美,走出一条生产发展、生活富裕、生态良好的文明发展道路。

撰文／侯砚

"两委"班子带来"四个新"

——东棘坨镇毛毛匠村"蝶变"记

走进东棘坨镇毛毛匠村，眼前一亮，顿时感到神清气爽。放眼望去，街巷宽敞明亮，花草覆盖，国旗高悬，一条条平坦、宽阔的通村水泥道路伸向远方。

正在路旁晨练的村民董树余指着不远处的一片桃林说："以前这里是垃圾坑、臭水沟，一到夏天苍蝇蚊子乱飞。你看现在，垃圾坑成了大马路，臭水沟成了桃花园。感谢党的好政策，让村里有了大变化。"

2019 年天津市"五星"村、2020 年宁河区无讼村、2020 年宁河区文明村镇推荐单位、2020 年宁河区先进基层党组织……一面面崭新的锦旗，是新一届毛毛匠村"两委"班子上任两年来交出的喜人答卷。

然而，就在两年前，毛毛匠村还是一个卫生环境差、村民收入低、干群有矛盾的落后村。从村民上访不断到干群齐心，从环境脏乱差到整洁有

序……一度在全区挂上号的软弱涣散村是如何在短短两年内实现华丽"蝶变"？带着疑问，我们走进了毛毛匠村。

夯实党建——展现基层组织"新作为"

2018年，天津市开展村级组织换届，9月14日，张洪伟当选毛毛匠村党支部书记、村委会主任。提起当时的情景，他至今记忆犹新："刚上任第一天，就被村民围了个水泄不通，各种问题纷至沓来。"

人心乱、管理乱、秩序乱，怎么由"乱"变"治"，成为摆在村"两委"班子面前的第一道难题。

"当天晚上，我们就组织全体党员和村民代表召开了动员大会，提出了凡事必开'三会'，凡事主动公开，凡事能办不拖。"

张洪伟根据村内情况，确定了"夯实党建、排异解难、首抓稳定、再谋发展"的工作思路，带领村"两委"班子成员挨家挨户查"病根"、找"药方"。当时，村里的党员学习积极性不高，村"两委"班子成员逐个与党员谈话，并在党员大会上制定了毛毛匠村党支部学习制度,凡是无故不参加会议的,一律进行组织处理,并要求长时间外出的党员必须向党支部请假,回村后报到。

同时,村"两委"班子坚持每天早上开碰头会,无特殊情况全部坐班,每月最少召开一次党员大会、村民代表会议,有问题随时召开"两委"班子会。原本不在本村住的党务工作者李广丞将家搬进村里,白天跟着"两委"班子一道工作,晚上到村民家入户了解情况。

很快,村内党员的觉悟提升了、观念改变了,这为村庄发展夯实了根基,也让村民看到了新班子的新作为。

公平公正——营造和谐稳定"新气象"

毛毛匠村现有 231 户,常住人口 789 人,村里历史遗留问题多,要想让村民信服,就得从大伙儿最关心的问题入手。

村民反映,村内用工不规范,少数人说了算,垄断了"大队工"。针

毛毛匠村规划图

对这一问题，村"两委"班子采取自愿报名、每户限报1人、普通用工轮换、特殊工种指派的原则，制定了村级组织用工管理制度、环境卫生治理规定等规范性制度，解决了少数人垄断"大队工"的问题，新班子的信誉度快速提高。对这一举措，村民非常赞成："以前我们基本都排不上，现在大伙儿都有活儿干了。"

为根除毛毛匠村的历史遗留问题，村"两委"班子按照"公平公正公开、合理合规合法"12字原则，要求重大事项必须开会讨论，做到主动公开、能办不拖，村"两委"班子经常要工作到第二天凌晨。

用时7个月，村"两委"班子累计化解各种纠纷上百件，先后解决了坑塘死鱼遗留问题、养殖小区"粪污治理"招投标问题、全村房屋确权纠纷等问题。村民说，在村"两委"班子的带领下，人心齐了，事好办了。

接下来，把全村带上富裕路，又成了村"两委"班子的工作目标。新任村党支部书记闫新辉说，毛毛匠村有耕地3300亩，主要以种植水稻、玉米为主，主要收入来源是土地流转和卫星河堤的两个养殖小区。明年按照产业发展规划，全村土地继续流转，每亩的收入预计还将提高。与此同时，村里积极帮助没有外出打工的村民寻找就业机会，在周边的用工企业和有打工需求的村民之间架起一座桥梁。闫新辉告诉记者，用工企业都在该村附近，村民上下班路途都不远，工作也都适合村民，只要听说有企业需要招工，村里就会第一时间用大喇叭广播招聘信息。通过这种方式，许多务工村民的收入提高了，有些懂技术的村民每月打工就能赚到四五千元。

移风易俗——倡导婚丧嫁娶"新风气"

借钱办喜事、风光办丧事、份子随风涨……农村的"老例儿"和攀比的"面子"问题让婚丧嫁娶变了味,娶不起、死不起、随不起的现实增加了村民负担,每天对着生活"一脑门子官司"。

为深化移风易俗,倡导婚丧嫁娶新风,该村成立了红白理事会,毛毛匠村设定红白喜事标准,协同村内两个大支宾具体实施。

两年来,设定了席面标准,喜事控制在400元/桌,白事正席控制在300元/桌;婚事提倡减掉"踢门槛""换手绢"等旧俗,部分村民较之前节省约4万元;白事控制了通知人员范围,整体花销由七八万元降到了3万元以下;份子钱也得到了控制,普通乡亲间的白事份子基本消失。

村民杜文仓80岁的老母亲故去,在村"两委"班子的引导下,他简办丧事,不放鞭炮、不搭戏台、压缩通知范围到同族和亲戚,只接受普通乡邻鞠躬吊唁,将整体花费控制在了2.8万元以内。婚事新办、丧事简办的新风得到了群众由衷欢迎。

村民的精神风貌随着人居环境的改善一同发生了"迭代",毛毛匠村适时将开展文体活动、丰富群众文化生活列入党支部职责、村委会职责和

家家户户门口的花池

支部书记岗位职责，组建了村庄秧歌队和广场舞队，每天跳舞的达三四十人，精神风貌有了明显改善。

环境整治——打造生态宜居"新名片"

心齐了，气顺了，大家开始一起着手整治村容村貌。从铺道路到装路灯，再到清坑塘，毛毛匠村焕然一新。

闫新辉带着我们来到村内长约 400 米、宽约 15 米的"荷苑"旁，指着池塘中满满的青绿荷叶，感慨地说："以前，这里就是一个臭坑塘，塘中是一潭死水，堤坡上垃圾遍布，夏天臭气熏天、蚊蝇乱飞。村民除了往这儿倒垃圾外，根本不愿意到这儿来。"53 岁的村民董树太的家就在臭坑塘附近，他说："这臭坑塘已经存在 40 多年了，一直是村里的垃圾坑，一到夏天，我都不敢开窗敞门。"

随着农村人居环境整治工程的开展，臭坑塘的垃圾和淤泥得到彻底清理，连通了村外的卫星河，池塘内栽满了荷花，还放养了几百条锦鲤，堤

毛毛匠村的"荷苑"

坡上栽满了各色花朵，取名"荷苑"，成了村民都爱去的休闲场所。

"荷苑"东侧还建起了占地约两亩的"桃苑"。闫新辉介绍，这里的桃树 2020 年已经结过桃子了，村民可以随意来采摘。记者随后在毛毛匠村总体规划图的宣传板上看到，该村正在加快打造"四苑八景、中街成荫"的新乡村景观，除已建成的"桃苑"与"荷苑"外，"杏苑"和"芦苑"也将在 2020 年底前建成。

闫新辉说，2020 年，毛毛匠村为每户村民发放了分类垃圾桶和垃圾袋，引导村民逐渐改变以往乱扔垃圾的习惯，村环境卫生清整队及时转运垃圾、日产日清，解决了村内垃圾处理等问题。

中国小康网走访时，毛毛匠村第一期村报《大美毛毛匠》刚刚印制完成。闫新辉表示，今后将以每月一期的村报为载体，向村民宣传村内环境整治进程，宣传村内好人好事。村里还将设置文明行为"红黑榜"，表扬和督促村民自觉维护环境，提升文明素质。

此外，在镇委、镇政府和相关部门的大力支持下，毛毛匠村已累计拆除违章建筑 35 处，新修 3 条村内公路 500 延米，更换了 20 吨吃水井罐，完成了 4 个坑塘的治理、全村污水处理管道铺设、路面恢复、燃气改造和户厕改造等工作，种植花草 3000 株、粉刷墙体 1000 平方米，建设村规民约长廊 1 条，为村庄经济绿色发展打下基础。

这一系列的事例和举措，村民看在眼里记在心上。"现在村里环境好了，每天出门心情也就好。"63 岁的杜国菊老人讲出了毛毛匠村老百姓的心声。

"村民需要什么，我们就做什么，村民的追求就是我们工作的方向和目标。"站在村南头的稻田边，闫新辉说，毛毛匠村会坚持绿色发展理念，着力打造生态宜居的新名片，加快产业结构调整及村内养殖业转型升级，真真正正让老百姓富起来，让毛毛匠村变得更美。

撰文／侯砚

图片 视频／天津市宁河区委宣传部提供

微信扫描看视频

廉庄镇木头窝村

"来了就不想走"
——廉庄镇木头窝村的口头禅

朝霞漫天，蓟运河岸，一座被稻田、水系、芦苇环绕的小村庄，又迎来了一个崭新的秋日。这里是宁河区廉庄镇木头窝村。

近年来，木头窝村依托良好的自然生态环境优势，搭乘乡村休闲旅游发展快车，通过发展田园综合体、改善人居环境，从过去的困难村一跃成为远近闻名的富裕村。

"让城里人来了就不想走"

骑马、插秧、摸鱼捉虾，从北京来这里度假的张先生一家逐一体验着木头窝村的游玩项目，没过多久，他们就"嗨"了起来。"感觉很久没有这么开心过了，这些游玩项目，让我们体验到了'农趣'，真是来了就不想走了。"

木头窝村村景

"让城里人来了就不想走！"这是木头窝村"一肩挑"张洪亮常常挂在嘴边的豪言。自 2017 年底，木头窝村被选为天津市首批田园综合体试点村后，张洪亮全身心投入其中。他和村"两委"班子充分挖掘木头窝村水、稻、民居等特色资源优势，逐渐形成了如今以产业为核心、以旅游为引擎，三产融合发展的特色农村休闲度假生态游品牌。

木头窝村南面的蓟运河畔，远远望去，翠绿的芦苇荡犹如碧湖清波，微风一吹在碧波中摇曳生姿，引得游客纷纷前来拍照留念。

对于木头窝村来说，人气带来了财气，随着旅游名片的打开，仅旅游一项，年收入就达到近 80 万元。如今，村民看到了真金白银的效益，全村同心奔小康的浓厚氛围在木头窝村已经形成。

张洪亮介绍，在建设中保持自然本色，结合木头窝村风景秀丽、文化底蕴深厚的特点，在建设过程中明确提出不搞大拆大建，尽量保持自然原貌，将生态资源与文化内涵深度融合，打造生态优美、文化气息浓厚的秀美乡村。同时，遵循"锚固农业根本、延伸农业链条、提升农业价值、坚持三产融合"的发展策略，构建"核心、支撑、配套、衍生"三产融合体系，以水稻、村庄为项目引爆点，全面启动以水稻产业为核心的设施建设，打响区域品牌。

"木头窝村的明天会是个啥样？"记者问。"让城里人来了就不想走！"张洪亮底气十足。

"让大家伙儿的钱袋子鼓起来"

"让大家伙儿的'钱袋子'鼓起来！"这是2015年张洪亮给全体村民许下的承诺，他兑现了。

55岁的村民韩克明对村里的"当家人"很服气。"大家伙儿的日子越过越好，是真真切切的。"韩克明因为身体不好，孩子又有残疾，日子一度过得很艰难，"多亏村里的扶持，日子才有了盼头。"如今，村里搞旅游，当过厨师的韩克明，正筹划着干一个农家院，把小日子过得再红火些。

据悉，为深入挖掘村内文化资源，该村对田园风光、乡村文化等具有开发基础和潜力的资源进行梳理整合，结合端午节、中秋节等传统节日开

木头窝村特色农村休闲度假区

木头窝村生态景观

展休闲旅游活动，吸引京、津等地游客到村感受田园风光，进行骑马、插秧、摸鱼捉虾等"农趣"活动。同时，借助丰富的名特产品、生态景观、美丽田园、民俗风情、蓟运河文化特色村等农业文化资源，充分融合农耕稻作文化、农艺休闲文化、温泉养生文化、聚居民俗文化、运河水文化等，推动文化、旅游与乡村协同发展，不仅壮大了集体经济、增加了村民收入，而且促使一批剩余劳动力进入旅游市场，丰富了村民的致富手段。

　　"现在我们村，吃住游玩一应俱全，游客的反响也都不错。未来，我们还将结合游客的喜好，进一步补齐短板，吸引更多的游客到我们村。让村民的钱袋子更鼓、脸上的笑容更甜，真正走向幸福的小康路。"张洪亮说。

"这就是我要的小康生活"

　　村民说："这么多游客来我们村，使我们的视野更开阔了。我们村不仅环境好了，也看到效益了，周末一天能赚个近千元。我们对未来过上更好的日子充满了信心，在我心里，这就是我想要的小康生活。"

　　眼见如今的木头窝村，很难想象之前村里无序发展、陈旧落后，没有垃圾及污水处理设施的画面。

　　2018年以来，木头窝村结合自身实际，坚持农文旅一体化发展，从过去的困难村一跃成为远近闻名的富裕村。

　　按照区、镇田园综合体建设整体部署，2019年动工建设木头窝村田园综合体，注册木头窝村旅游公司，具体实施村集体经济发展项目，通过发展星级农家乐、果树种植、沟渠养鱼，做强旅游休闲产业村，探索出一条可持续、有特色的乡村发展之路，实现农民增收致富。2020年上半年，木头窝村人均收入为13380元，预计村集体年收入可达到50万元，公司年收入可达到30万元。

　　据了解，在推进农文旅一体化发展的基础上，廉庄镇和木头窝村还在不断拓宽发展思路，以点带面，逐步完成"廉庄稻香文化小镇"的新格局。

　　张洪亮介绍："廉庄稻香文化小镇是天津市第二批特色小镇之一，主要包括菜园村、廉庄村、高坨村、前米厂村、木头窝村，总体规划面积5.87

木头窝村田园风光

平方公里。廉庄稻香文化小镇致力于打造成集水稻种植、研发、生产加工、生态休闲、特色旅游于一体的智慧型特色小镇，通过将一、二、三产业结合起来发展，建成独具特色的水稻产业小镇、慢生活体验乐园。"

撰文／侯砚 李欣

图片 视频／天津市宁河区委宣传部

微信扫描看视频

板桥镇盆罐庄村

小盆罐是个大金碗

——板桥镇盆罐庄村的独门秘籍

宁河区板桥镇的盆罐庄村，是天津市唯一以行业命名的村庄，从600多年前就制作陶制盆罐。据史料记载，在明朝永乐年间，这里约有制陶作坊80多家，鼎盛时期，几乎家家做陶器，出产碗、罐、饭盆、花盆等生活用品。

盆罐庄村虽然世代做陶，但都是实用类生活器具，文化价值和那些名陶还是有很大差距的。该如何把陶艺这条路拓宽，让乡亲们看到通过陶艺致富的希望？

传统制陶、"陶甑"文化普及、"甑乡"产品开发……经过几代匠人的努力，如今，在盆罐庄村，"陶甑"文化正为这个村庄带来新的生机和活力。

匠心传承制陶艺

盆罐庄村是我国著名的手工制陶生产地之一，村子的盆罐陶艺至少可

韩家窑第十八代传承人韩克胜

追溯到两千年前。"技艺古老，家族有序传承"是盆罐制陶的一大特点。

在盆罐庄村有两大制陶家族，分别是韩家窑和李家窑。韩家窑第十八代传承人韩克胜是天津市非遗传承人、工艺美术大师，其作品色泽温润、古朴自然。"想要烧出艺术品就得用柴窑，想要工艺品就用电窑。"韩克胜说。靠着一双手，韩克胜推动着盆罐制陶产业的发展。在他的带动下，盆罐庄村1400余人口近三分之一会制陶艺，同时也带动了村子近100人就业。

"曾经，在北京顺义，河北玉田、丰润，天津蓟州和宁河都有我们韩家的窑口。我小时候就是在蓟州土窑学的制陶。"

揉泥、拉坯、晾晒、压光、雕刻、烧制，这一套活儿韩克胜做了30多年，"瓦碗、瓦裣子、梭巴，这三种工具从老辈儿一直传到现在，用着仍旧得心应手。"1981年高中毕业后，韩克胜正式跟随父亲学习制陶工艺。长达6年的基本功学习，由于长期使用脚蹬木轮的拉坯方法，韩克胜的一条腿落下了静脉曲张的毛病。"现在想想，每一个阶段的经历都有很深刻的意义。"

盆罐庄村的陶制品原本多为生活用具，在几件老韩家祖辈的陶盆上，仅有非常简易的花纹、浮雕。"这些花纹是利用当时的工具——贝壳印出来的。"韩克胜意识到，要想革新和发扬这份手艺必须有所变化，1988年，他到蓟州拜于庆成为师，学习泥塑、雕塑技艺，回来后将此技艺逐渐融入传统制陶工艺中，让原本朴素的盆盆罐罐展现了新的艺术魅力。

韩克胜也是第一个在村里办制陶工艺厂的"新手艺人"，在他的带领下，制陶这个手艺焕发出新生机。好多年轻人都跑来跟他学习陶艺，除了当地板桥小学、板桥中学的孩子们，还有南开大学、天津美术学院等高校的大学生。

2009年，盆罐庄村手工制陶技艺被天津市政府批准进入天津市非物质文化遗产名录。韩克胜被认定为盆罐庄村手工制陶技艺项目代表性传承人。韩克胜的制陶工艺厂鼎盛时期有160多名员工，解决了村子里近100名剩余劳动力的就业问题。

以陶育人兴文化

在这个以种植棉花、稻米为主要收入来源的小村庄，走出宁河、走出国门的陶艺，让乡亲们看到了发展的希望。

2014年，在当地党委、政府的支持下，韩克胜开办了陶趣缘，集陶艺生产、展览、体验于一体，成为展示盆罐庄村陶艺的窗口。从建厂初期，韩克胜就召集村里的剩余劳动力来做工，最多的时候达到180人，很多工人都已熟练掌握制陶技艺，凭手艺增加了收入，创办的洛基特陶瓷制品有限公司，年创利税100万元。

围绕陶艺做发展文章，也是镇、村和驻村帮扶组的共识。2014年起，制陶已经开始走入课堂，进入年轻人和学生的视野，如今，板桥小学、板桥中学成功获批第二批全国中小学中华优秀文化艺术传承学校，在这两所以

盆罐庄村很多人都已熟练掌握制陶技艺

陶艺闻名的特色学校里，教学楼楼梯间有一个用大小各异的陶器拼成的"育"字，"育"字不仅象征教学育人，更象征新时代的文化孕育和精神传承。

2018年，为落实乡村振兴战略，镇党委、镇政府深入挖掘区域陶甀工艺及其饮食，提出打造"甀乡"文化名片，以盆罐庄村为核心，依托悠久的制陶工艺，打通吃、住、游全产业链，建设集经济强镇、生态重镇、旅游名镇于一体的旅游休闲文化特色镇，游客可以体验陶艺、参观博物馆，品尝陶甀制作的宁河特色美食肉焖儿，入住陶艺主题民宿，带动全镇农民增收致富。

按照镇党委、镇政府的要求，韩克胜率先投入到研发甀系列陶艺品及特色饮食文化中，先后推出多种陶制炊具、餐具，打造"全甀宴"，力求培育板桥镇独有的陶甀餐饮特色。目前，韩克胜的公司正在与津利华大酒店及天津市餐饮协会开展合作，实现陶甀器具端上酒店高档餐桌；天津海关驻盆罐庄村帮扶组把村里的陶土和陶器拿到海关商检部门检测，测出了微量元素锶。适量的锶对皮肤和心脑血管都有好处，市面上含锶的矿泉水价格不菲，而盆罐庄村陶土的锶含量刚好在有益范围内，这让镇、村的干部喜出望外，开发实用性的陶器炊具、餐具，从健康理念挖掘新卖点。

创新发展村振兴

经过不懈努力，盆罐庄村1997年被命名为天津市宽裕型小康村；2003至2010年，被评为天津市生态村、天津市卫生村、天津市文明村；2006年，被确定为全国新农村试点；2019年，盆罐庄村列入天津市文化旅游村创建名单；2020年，板桥镇成为天津市第四批特色小镇。

据介绍，盆罐庄村将规划打造综合度假核心区、乡村产业集聚区、水岸轻奢度假区、亲子自然教育区、北岸田园康养区、陶甑文化体验区、村口商贸预留发展区等7个功能区。未来，宁河区政府也将以发掘盆罐庄村"陶甑"技艺为抓手，开展"甑乡"创建工程，推进文旅融合，为发展这项文化遗产注入新的内涵与动力。

宁河区板桥镇党委书记任绍辉表示，2020年，结合陶艺特色乡建设，

盆罐庄村的荷花池

盆罐庄村将投入 550 万元进行人居环境提升改造工程，包括村庄立面美化改造提升、环境整治等，开发"陶甑"系列产品，打造陶艺特色旅游。"以后，陶甑不止是观赏品，还会成为使用的器皿，比如我们想要打造'全甑宴'，深入挖掘特色陶甑工艺及饮食文化，推动文化旅游村快速建设。"任绍辉说。

盆罐庄村 600 多年的制陶技艺，在今天仍然发挥着它的重要作用。老祖宗留下的不光是手艺，更是一笔宝贵的财富，等着子孙后代去挖掘、受益，把这陶盆陶罐，变成金罐银罐，让更多的村民走向富裕之路。

撰文／侯砚

图片 视频／天津市宁河区委宣传部提供

宁河篇

微信扫描看视频

板桥镇东双庄村

农村富不富　关键看支部

——板桥镇东双庄村"两委"班子的堡垒作用

"岁月静好，国泰民安"是何模样？初冬时节，走进宁河区板桥镇东双庄村你便会知道。

干净整洁的街道、郁郁葱葱的林木……

东双庄村按照宁河区农村人居环境整治要求，着力改善村容村貌，在违建拆除、清脏治乱、绿化美化等方面下足绣花功，成功将东双庄村打造成了"树木林立、环境优美、道路整洁、民风朴实，村民积极向上"的美丽乡村。

幸福新生活，今昔变化大

说起村里的变化，村委会委员刘志勇感受颇深："原来村里到处是私搭乱盖，村庄道路烂泥淤积，村头巷尾垃圾随处可见，畜禽养殖污水乱排乱倒，晴天满村都是灰尘，雨天到处都是泥。特别是到了收秋的时候，往家里拉东

环境优美的东双庄村

西东一脚、西一脚的，特别费劲。现在路平了，村里树多了，路边有花有草了，我们休闲娱乐的地方也多了……"

村会计刘树弟指着村委会外面的村民活动广场说："以前这里就是村里的垃圾场，成堆的垃圾散发着刺鼻的气味，苍蝇蚊子满天飞，夏天都不敢开窗户。现在广场干净宽敞，走到哪儿都干干净净，看着心里就舒坦。"

村民提起如今的生活，脸上洋溢着满满的幸福，他们说："以前我们村人心不齐，干啥啥费劲，村里脏乱差。现在大伙儿心往一处想、劲儿往一处使，村里干净整洁、环境优美，家家有水厕、有集体供热，生活一点儿不比城里差……"

东双庄村秉持"留白留绿留璞"理念，将绿色作为发展底色，精雕细刻村庄环境，见缝插绿。在村主街种植观赏海棠、榆叶梅等观赏林木550棵，在村循环道两侧种植桃树、杏树、李子树等经济林木2300余棵，种植冬青等灌木1500多平方米、百日草1000多平方米。铺设红砖覆盖裸露土地500平方米。做到了村庄绿化错落有致、整体协调统一。

据了解，如今，东双庄村村内没有一个30岁以上的单身汉，在城区居住多年的本村退休干部也回村定居，每年考入区内重点高中、名牌大学的人数均是全镇最多。2019年，东双庄村在星级评定考核中被评为五星级村。没有大改大建，通过垃圾治理、拆除违建、清理河道、美化环境等一系列专项整治，一个"乐享田园、质朴向上、如诗如画"的新农村跃然呈现，在推进乡村振兴的进程中，东双庄村村民开启了幸福新生活。

选好带头人，凝聚群众心

俗话说，"农村富不富、关键看支部"。而支部强不强，党支部书记起到关键作用。村党组织书记是农村各项工作的直接领导者、组织者、指挥者，只有选优配强村党组织书记，才能保证带正道路，带准方向。

"自从党支部书记于则坤上任后，村里变化太大了，大家心气儿都顺了！"

"咱村的'两委'班子为了群众，跑前跑后，领先带头，顾全大局！"

"书记带领大伙儿发展村庄特色产业，在村庄周边种植核桃、桃树等经济林120多亩，引领大伙增收致富，我们的日子越过越好了……"

记者在东双庄村走访时，每到一处都能听到村里的党员群众对村党支部书记于则坤及村"两委"班子的赞美声，都能感受到群众对他们的认可和支持。

在2012年以前，拥有160余户、500余人的东双庄村派性严重，百余亩土地被有的村民强占，甚至出现村民画圈抢地的行为，是全镇有名的软弱涣散村，各项工作开展困难，直接影响村里公共事务推进，也影响了村民的自身利益。2012年换届，板桥镇党委下决心整治东双庄村，以选准人、选好人为原则，将一直在外做生意的于则坤请回来任村党支部书记，组建了新一届村"两委"班子。

据了解，村"两委"班子在于泽坤带领下，坚持公平、公正、公开的原则，要求群众做到的，自家及亲戚先做到；想给群众做工作，先从自家及亲戚开始。通过这种以身作则、不计较个人得失的工作方法，将违法占用土地、土地条块划分、危房改造、环境卫生整治等棘手问题顺利解决，得到了老百姓对党组织的充分信任和支持。也正是由于这份信任和支持，形成了东双庄村干部群众攻坚克难、不断前进的合力；也正是由于这份信任和支持，给了村"两委"班子超前谋划、干事创业的信心和力量。

从细节入手，下足绣花功

长期以来形成的各种生活习惯，使村民对环境卫生不重视。要想将环境卫生整治成果保持下去，必须从细节入手，将工作做实做细。在走访过程中，我们从两个小细节看到了东双庄村"两委"班子下的绣花功。

细节一：垃圾不落地

村"两委"班子先是通过大喇叭循环广播、发放环保明白纸等方式，不断向村民宣传"垃圾不落地"理念，并要求村干部、党员以身作则，每天挨家挨户地指导检查，帮助村民打扫，确保每一户家庭的环境卫生都不能有死角，让村民养成每天打扫自家卫生的习惯。

村"两委"班子将老党员李志臣家设为卫生标杆，倡导各户村民要以李志臣家为标准，各自维护门前卫生。

为了保持村庄环境长久整洁，村"两委"班子制定了《东双庄村爱卫奖励制度》，以排为单位，按月由党员代表、村民代表评选爱卫家庭，每月每排第一名将得到 100 元的物质奖励和大喇叭通报表扬，以此激励村民比学赶超，并收到很好效果。

据介绍，很多村民白天外出打工，晚上回家第一件事就是打扫卫生。村"两委"班子成员坚持每天沿街挨户转2~3圈，不允许任何一户人家有卫生死角。正是因为村"两委"班子下足绣花功，村里面貌很快发生了大变样，收上来的柴火必进院、倒出来的垃圾必进桶，成了东双庄村的特色。

细节二：户厕大改造

农村厕所绝大多数是旱厕，卫生状况极差，推进农村户厕改造是改善人居环境的重中之重，而实现户厕改造的难点在于没有资金支持。

为解决该难题，村"两委"班子从自身入手，先改造自家厕所。村委刘志勇利用自己干过工程的专业优势，主动承担重任。为了节省资金和人力，很多村干部亲自上手。在施工过程中，刘志勇把每一个步骤具体的费用都列了清单，方便村民选择适合自己的改造方案。针对村里的十几户低保户和五保户，村"两委"班子提早准备了"温馨套餐"：家里没劳动能力的，村干部开自家车为其拉料，主动搭桥为其请人施工；家里没收入的，村"两委"

东双庄村郁郁葱葱的林木

班子自筹资金，或从民政部门申请困难补助，帮助其改造。

村内 70 岁的五保户于长厚，虽然独自居住，每月仅靠 1500 元的政府救助金生活，但仍然拿出 1000 元钱主动找到村"两委"班子要求改造厕所。目前东双庄村户厕改造 100% 完成，100% 投入使用，100% 群众满意。

东双庄村正是从细节抓起，下足绣花功，才会不断复制成功经验，顺利完成全村拆违、燃气改造等重大工程，实现全区第一个村集体供暖；才会实现收回非法占地 200 余亩，调整耕地形态 1200 余亩，拆除违建 163 处，绿化面积 30000 余平方米；才会做到煤改清洁能源、户厕改造等一系列重大民心工程完成率 100%。

东双庄村"两委"班子向我们描绘了今后的发展蓝图：他们将以打造良好村庄环境为契机，发展乡村旅游产业，规划建设果蔬采摘园和独特韵味的农家院，引进优质鹅苗搞林下养殖，努力构建集休闲、采摘、餐饮、民宿于一体的田园旅游综合体。打造新业态示范村，以良好的村域风光吸引游客、以良好的生态发展模式聚集相关产业、以可复制的模式向全市推广。

撰文／侯砚

图片 视频／天津市宁河区委宣传部

蓟州篇

蓟州区坚持以生态红线为根本，以环境质量为核心，以新发展理念为引领，以改革创新为动力，深刻把握人与自然和谐共生、『绿水青山就是金山银山』的重要内涵，竭力保护生态环境。同时，不断提升农家院品质，加速文旅、商旅产业融合，集聚文化旅游大项目，助力乡村振兴。

"谁不说俺家乡好"

——驻足马伸桥镇西葛岑村

来到蓟州区马伸桥镇西葛岑村，人们第一眼就会看到，在村口矗立着一座高大的红旗造型铁艺雕塑，上面"共产党好"四个大字光彩夺目、熠熠生辉，昭示着西葛岑人坚决拥护共产党，听党话、跟党走的决心。

近年来，在村"两委"班子的带领下，2019 年 3 月，西葛岑村以阵地建设为基础，以群众需求为导向，高标准建成了新时代文明实践站，打造凝聚人心的"精神家园"。西葛岑村被列为天津市新时代文明实践中心建设试点村。

西葛岑村距蓟州城东约 20 公里，是个半山区村，交通不便等问题一直困扰着村民。如今的西葛岑村街道整洁有序、花草掩映，人居环境优美，一幅美丽的乡村画卷正向我们徐徐展开。

西葛岑村公示栏

党建引领——打造文明实践平台

走进西葛岑村，只见三面环山、双溪绕村、山清水秀，可谓环境优美，着实让人眼前一亮。然而在过去，西葛岑村垃圾遍地，村民只能靠天吃饭，靠一家两三亩地过日子。自 2015 年马国庆担任党支部书记、村委会主任以来，西葛岑村从一个落后村转变成了村集体年经营性收入 30 万元，年人均可支配收入达到 2.7 万元的富裕村。

据介绍，西葛岑村以阵地建设为基础，以群众需求为导向，高标准建成了新时代文明实践站。村里对村委会办公场所、活动广场和入村路口进行统一设计，充分整合现有的农家书屋、村民学校、文化活动室、健身广场等场所，规范悬挂相应标识牌，配齐活动设施，对上墙内容进行重新布置。

"在村庄主要道路两侧、健身广场周边均设置了以社会主义核心价值观、中国梦、乡村振兴、讲文明树新风为主要内容的广告牌、宣传栏。"马国庆说道。

同时，依托党群服务中心建成 1 个科普体验馆，在活动广场建成一条

西葛岑村新时代文明实践站

16 米长的科普画廊，让村民时时看到文化、处处感知文明、事事想到和谐，用耳濡目染的教育与影响，引领积极健康向上的社会文明新风尚。

丰富载体——增强文明实践生命力

立足于倡导移风易俗，村"两委"班子从本村实际出发，结合贯彻《天津市文明行为促进条例》，重新修订了《西葛岑村村规民约》，把践行社会主义核心价值观、遵守公共秩序、提倡移风易俗、禁止私搭乱建等纳入重要内容。

"娶儿媳，嫁女儿，破旧俗，立新意。""丧事简，不挑剔，不攀比。"……村委会在修订村规民约时，还增添了针对婚丧陋习、天价彩礼、老无所养等问题的规定。村民反映，曾经红白喜事盲目攀比、大操大办的现象得到有效遏制，"不比厚葬比厚养，不比彩礼比家风"的风气逐渐形成。

同时，西葛岑村成立了村民议事会、红白理事会等群众组织，明确了职责任务，专门制定了《关于制止婚丧事宜大操大办的规定》，规定村民在婚丧嫁娶事宜中一切从俭，禁止披麻戴孝、搭设灵棚等封建迷信活动，宴席标准不得超过300元/桌等等，并制定了相应的处罚措施，让村民时时受到熏陶，规范行为，提升文明素养。

锻造队伍——发挥志愿者主体力量

"作为一名老党员，为村里做贡献义不容辞。别看我今年60岁了，身子骨硬朗着呢！"党员老刘拍了拍自己的胸脯。

西葛岑村组建新时代文明实践站志愿服务队，由村党支部书记任队长，以志愿者为主要力量，以志愿服务和文明养成为工作载体，积极招募村中党员、青年、学生等，志愿者已由过去的30人增加到80多人。

"活动开展中，志愿服务队根据阶段性工作重点，提前拟定工作计划，每月初召开1次工作例会，对本月活动进行具体部署，做到月月有安排、月月有活动、月月有总结。"马国庆说道。

西葛岑村先后开展街道卫生清整、义务植树、扶助贫困家庭、宣传文明行为条例、文艺演出保障、巡山防火等志愿服务活动38次，参与志愿者500余人次。

发展产业——为文明实践提供有力支撑

说起蓟州，你能想到什么？美景？美食？还是各色农产品？几乎每一个到过蓟州的游客都忘不了老乡自家的鲜果，看着诱人，口感鲜甜！

63岁的蔡井义是西葛岑村的老人了，在他的果园里栽种着当地特有的品种"中华寿桃"。据他介绍："这种桃子成熟晚，属极晚熟品种，收获期从10月初到11月，可自然存放1个月，若不碰不压没伤痕，又有冷藏设备，到春节时仍能保持果面鲜红艳丽，不变质。"

每年的重阳节，村里会把 80 岁以上的老人聚集到一起，把果园里最好的寿桃献给村里的老人，寿桃"健康长寿"的寓意特别能讨老年人的欢心，是晚辈孝敬长辈的佳品。

西葛岑村地处半山区，主导产业为林果业，村集体经济薄弱。为了实现兴村富民的目标，2018 年以来，西葛岑村充分利用结对帮扶工作的契机，借助驻村帮扶组之力，谋发展、定规划、实举措，坚持"输血"与"造血"相结合，积极协调各方资金，推动产业发展。

一是培育主导产业，打造精品桃园。西葛岑村投入 120 余万元，整修桃园道路和环境、修建生态停车场、安装路灯等，配齐相关基础设施。同时，为了提高果品附加值，增加村民收入，及时做好果品绿色认证工作，使果品质量向高质高端迈进。

二是打造电商平台，助力农品销售。在结对帮扶组的协调促成下，西葛岑村与天津众智孵化器公司洽谈合作，尝试探索建立西葛岑特色农产品网上

西葛岑村的"中华寿桃"

销售平台。

　　"富口袋"先要"富脑袋"，为此西葛岺村多次邀请天津林果研究所、区绿食中心专技人员开展林果技术专场培训，累计培训500余人次，有效提高了村民技术水平和致富能力，增加了村集体收入和村民收入。

　　在不久的将来，西葛岺村将依托林果产业，打造集乡村旅游、高端民宿、健康养生于一体的特色文旅村。在乡村振兴的大潮中，西葛岺村将展现出更加广阔、更加美好的发展前景。

　　"谁不说俺家乡好"是首歌，更是西葛岺村百姓的心声。

撰文 / 李丹凝

图片 视频 / 由天津市蓟州区委宣传部提供

微信扫描看视频

穿芳峪镇小穿芳峪村

风景这边独好

——在穿芳峪镇徜徉小穿芳峪村

位于天津市蓟州区的小穿芳峪村依山傍水、环境优雅，一条条干净平整的乡村公路蜿蜒穿行，一幢幢清新典雅的民居掩映在青山之间，处处展现着生机与活力，是人们心目中"向往的生活"的样子。

近几年，小穿芳峪"写好"集体经济"大文章"，通过整村规划，发展高品质乡村旅游，村民人均年收入突破 3.5 万元，村集体收入也从零跃升到百万元，成为远近闻名的旅游村、小康村。

而在 10 年前，小穿芳峪村甚至都没有一条像样的水泥路，村里又穷又脏，村民无奈感叹，"村里窄得连兔子都进不去"。

10 年间，从"穷山村"到"向往的生活"，小穿芳峪村到底发生了什么？中国小康网近日来到小穿芳峪村，探寻这里发展的点滴。

依山傍水的小穿芳峪村

十年耕耘苦，换得今朝甜

早在 2016 年中国美丽休闲乡村名单中，蓟州区穿芳峪镇小穿芳峪村就榜上有名。

"整个村庄就像一座公园，环境非常好。如果时间充裕，可以换着住不同风格的农家院。"刚刚过去的金秋十月，从北京来的刘芯正一家人，租住在一座中式仿古庭院里。

平整的道路、乡野的木桥、静谧的河道，小穿芳峪村中一座座农家小院错落有致地掩映在青山绿水之间。仿清代建筑，青砖碧瓦，配上一抹幽远的红色木门，一座充满历史厚重感的小院映入游客眼帘。这家农家院名为乐贤玉宅，庭院内的山楂树迎风矗立，宫灯、秋千架等布置都能带给游客放松惬意的休闲体验。这只是小穿芳峪村多家农家院的剪影。每逢假日，村头绿荫下，三三两两的游客，或围坐在一起悠闲地聊天，或用手中的相机拍下周边靓丽的景色，感受到的是无处不在的田园美景和乡情野趣。

"东北三十里，有峪曰穿芳。入山不见村，惟有树苍苍。山山有流泉，流水源并长……这是清代举人王晋之在诗文《家山吟》中对我们小穿芳峪村的生动描述。"村党支部书记孟凡全随口就背起这首诗来，"为什么叫'穿芳峪'？'穿芳峪'就是穿过芬芳的山谷的意思，这说明我们这一带风光优美、景色秀丽。历史上这里也是文人墨客云集的地方，自明清以来，多有朝廷官员和文人隐士在我们村修建园林，怡情山水。有山、有水、有文化，这是我们村发展农家旅游最大的本钱。"

10 年的时间里，小穿芳峪村发生了翻天覆地的变化。村内街道绿了，环境美了，夜晚亮了。这里有古色古香、庭院似花园的农家小院；有集"乡野小屋"、帐篷野营基地、农耕园、花卉种植园等园林景观的乡野公园；有正在建设中的卧牛山景区，景区内将打造响泉园、问清园、习静园、井田庐等园中园和 3 公里曲径通幽的健身步道。

在这里，游客白天可远眺群山远景，享受天然氧吧。绝佳的生态环境，怡人的乡野径庭，闲人野趣的采摘、垂钓，激情四射。

曾经最穷村，推开致富门

"10 年前，村里垃圾遍地，破旧脏乱，村民靠种粮种果维持生计，人均年收入只有 8000 多元，是蓟州最穷的村子之一。"小穿芳峪村党支部书记孟凡全说。

村民说，"村里窄得连个兔子都进不来""别说游客，连本村人都不愿意多待""在外面工作的都不好意思说自己是小穿芳峪人"。

穷则思变。2012 年，小穿芳峪村两委换届，几名老党员不约而同想到在外创业的孟凡全，纷纷出面请他回村。

那时，孟凡全的园林绿化生意正红火，但他没犹豫，爽快地答应了。"小穿芳峪要富起来，就要想办法发展村集体经济，充分发挥集约化经营的优势，建设美丽乡村。"走遍村里的角角落落，发展思路在孟凡全头脑中日益清晰。

上任伊始，摆在老孟面前的现实是，周边村庄农家旅游已雨后春笋般崛起，13个旅游专业村、230个农家院如火如荼。老孟如何带领村民找到自己的出路？"小穿芳峪的新农村建设要看得见山水、留得住乡愁，让游客体验不一样的乡村生活。"老孟的这句话点醒了当时尚在迷茫中的村民。

老孟介绍说："结合全县'全景式乡村旅游'发展理念，我们村确定了以'乡野公园'为主题的发展定位，打造全景式特色旅游村，突出体现了'厚厚的乡情，浓浓的野趣'，做到村中有景，景中有村。"

通过流转土地，全村在统一规划、整治村容村貌的同时，设计建造不同风格、容量的农家院；建设餐饮中心，实现住宿与餐饮分离。同时，成立旅游公司统一经营，统一配送客房用品和餐厅食材，让农家院经营走向

小穿芳峪村民宿

专业化、标准化。

起初，搞村容村貌整治，拆猪圈、拆旱厕，有的村民不配合……为了做通大家的工作，孟凡全自掏腰包垫资 200 余万元，硬化和绿化了村里道路。农家院如何改造？按照园林式景观设计，配备茶室、娱乐空间，建观景平台。整院出租，客人有了安静独立的休闲空间，旅游品质大大提升，订单纷至沓来，农家院的示范效果立现。

小穿芳峪特色农家院建设顺利推进。小木屋、大窑洞、中式厅堂、会议中心、农家餐饮……每一户宅院都进行定制设计，一座座独具特色的农家院错落有致。2016 年，小穿芳峪村入选"中国美丽休闲乡村"。

目前，小穿芳峪村的农家院发展到 25 家，入股村集体经营的农户从 70% 发展到了 100%。村集体的"钱袋子"鼓了，年收入超百万元。村民们不仅领薪金，还分股金。村里孤寡老人生活都有了保障，大伙儿一起奔小康。

青年人搭台，实现振兴梦

随着规划的农家院相关产业越来越红火，小穿芳峪的村民现在可以获得 5 笔收入：土地增值保值收益、苗木销售分红、农家院出租租金、村旅游公司收入分红，以及在村内打工的收入。

2018 年，小穿芳峪村集体收入已经突破了百万。通过全村的努力，小穿芳峪村丢掉了贫困帽，评上了"全国美丽宜居示范村庄"，更让村民过上了幸福生活。

孟凡全说："只有小穿在发展当中，我们投资的股份有限公司成立了，将来慢慢会用高薪把他们请回来……"

小穿芳峪村党群服务中心

孟凡全所说的要请回来的，是从村里考出去的大学生。

青年兴则小穿兴，对于孟凡全来说，如何让家乡的大学生回村做些有意义的事，成了他当前最想做的事。小伙子王涛刚大学毕业不久，曾是巡警的他刚开始并没有意识到家乡的发展前景。在孟书记的鼓励下，他回到村里，主动承担起了旅游接待的工作。现在的王涛，已经是一个优秀的向导了。

王涛："那时候我也没想回来，我想这么年轻回来干啥，在村里当村干部基本都是年龄比较大点儿的，挺犹豫。然后当我再一回头想嘛，村子这几年发展也确实挺好，感觉有前景，犹豫了几天我就回来了。"

让农民成为有吸引力的职业，让农村成为安居乐业的美丽家园。孟凡全说，作为村支书，他要为村里的青年人搭建一个干事创业的舞台，让他们可以施展各自的才华，一起唱好一台乡村振兴戏，共同实现乡村振兴梦。

孟凡全："小穿给在外就读的大学生一个就业的平台，毕业后面对同等的工资，谁都想回报家乡！"

旅游"明星村"，喜迎八方客

目前，小穿芳峪村已成为远近闻名的旅游"明星村"，获得了众多荣誉，仅国家级称号就包括"国家 AAA 级旅游景区""全国休闲农业与乡村旅游示范点""全国美丽宜居示范村庄""中国美丽休闲乡村""全国生态文化村""全国乡村旅游重点村"以及"国家森林乡村创建工作样板村"等。

"产业兴旺、生态宜居、乡风文明、治理有效、生活富裕"的社会主义新农村发展要求正在小穿芳峪村一一落地。

小穿芳峪村的集体经营从无到有，并发展壮大，苗木园林和乡村文旅产业成为两大支柱。村集体收入由 2012 年的 0 元增长到 2019 年的 90 万元。截至 2020 年前，村子累计完成投资超过 3600 万元，建成占地 600 亩的乡野公园和房车基地，打造集餐饮、住宿、会议、婚庆等服务于一体的乡村文旅全产业链。建成精品农家院 15 户，还有 6 座精品农家院正在改造之中。节假日到访的游客可达 1000~1500 人，年接待游客超 6 万人。通过参与经

小穿芳峪村特色民宿

依山傍水的小穿芳峪村

营、劳务输出及产品销售等方式，村里 90% 以上的村民都能从乡村文旅产业中获得直接收益。

村民对于发展乡村文旅产业信心十足，村民张素兰表示："我们这跟大酒店一样，他们有的我们基本都有。过节那几天，我这个小院儿连住带吃一天的收入就有好几千元。"

产业兴旺，环境变美，生活富足，看着村庄一天天变好，小穿芳峪的村民最有体会，村里的老人徐金荣用一段自编的顺口溜儿唱起了心中的喜悦："你笑我也笑，环境大变貌；你美我也美，花钱有人给；你富我也富，旅游走新路；你好我也好，全靠党领导；心情好没烦恼，高高兴兴活到老！"

撰文／侯砚

地质　古文化　民俗　旅游　生态

——渔阳镇西井峪村的"五张牌"

　　蓟州区渔阳镇西井峪村的 51 岁村民周志华从 18 岁时开始学着砌石头，做了半辈子的石匠，村里的精细活儿一定要交给他来完成。当这个砌石手艺被列入蓟州区第二批非物质文化遗产名录后，老周的心里乐开了花，没想到垒石头也能垒出个名堂。

　　"现在，大家出门有柏油路，喝上了安全水，购物有超市，在家有Wi-Fi。当上了民宿老板，日子越过越红火。"村民说，"原来提起自己是农村人总有点儿不好意思，现在我们说一口家乡话，感觉特自豪。"

　　党的十八大以来，在"创新、协调、绿色、开放、共享"五大新发展理念的指引下，西井峪村立足天津、面向全国、放眼世界，下好先手棋，打好地质、古文化、民俗、旅游、生态"五张牌"，实现了从开山采矿、农耕种植到高端民宿旅游业迅速发展的历史性跨越。而西井峪人在乡村振兴进程中

西井峪村精品民宿

也拥有了更多自信的笑脸和获得感、幸福感，焕发出昂扬向上的精神风貌。

改造与保护并行

世世代代在这里生活的村民周大爷说："过去，西井峪村民大量拆除石头民居，改盖砖房，村里也是道路泥泞、垃圾乱扔、污水横流、车辆乱停，可没有现在的西井峪村漂亮。"

改革开放以来，西井峪村开始进行基础设施建设，开展农村人居环境整治，对村庄主干道路进行硬化、美化，安装太阳能路灯，修建了石砌景观墙，开展自来水管网入地工程，还在村庄的主路路边新建了两座石头材质的星级旅游厕所。

"在采取水管铺设、电路改造、道路整修、污水处理、垃圾分类等基础设施改造措施的同时，我们更重视建筑规划和保护'石头村'原貌，如今的西井峪村处处彰显新农村的新气象。"西井峪村党支部书记兼村委会主任周维东介绍。

"改革开放以来，西井峪村实现了历史性的跨越式发展。产业结构加快转型升级，第一产业稳步发展，第二产业起步发展，第三产业快速发展，形成三产带动一产二产发展的产业格局。"蓟州区文化和旅游局产业科科长唐彬说，"2020年，新建精品民宿15户，服务聚焦京津冀'一小时生活圈'，其中专业旅游有限公司打造6户，优选农舍5户提升改造成精品民宿，拟新建精品民宿4户，年接待量增加4800人次，增加村民收入240万元。"

"新村民"激发活力

周云龙是一名"90后"的小伙子，目前在西井峪村经营"两棵银杏树"民宿。他大学毕业后在外打工，2016年回到西井峪村入职九略公司，2018年自主创业从事精品民宿经营，2019年营业额超过19万元。

周云龙的父亲是西井峪村传统的老石匠，谈到自己的父亲，他说："从父辈老村民身上学到最多的就是做人质朴，自己要沉下心来踏踏实实地摸索闯荡，其他的就交给时间来证明。"

2015年以来，由于西井峪村以高端民宿为特色的乡村旅游业迅速发展，以周云龙为代表的一批西井峪村年轻人从外地回到家乡，参与新农村建设。作为西井峪村村民，他们能够了解老村民的乡风乡俗；作为新时代的大学生，他们更懂得与新村民相互学习、共同提升，他们是实现"新村民+老村民"和谐与共的黏合剂。

新村民为西井峪村注入了发展活力，带来美团网、大众点评网、携程网、途牛网等OTA（在线旅行社）平台运营风潮，同时带领老村民学习利用抖音、快手等短视频平台，在拓宽自身旅游产品营销渠道的同时，打造西井峪村旅游品牌，增添乡村振兴的发展魅力。

保护石头村原貌

蓟州史料中记载："府君山的后面，有一个小小的石头村，依山而建，石青色的房子高低起伏，散落在山涧的边缘。石头房、石头墙、石头街巷、石头碾、石头磨、石头洞藏，抬头是石，低头是石。"西井峪村空间环境主要以岩层片石堆砌而成，形成了特色鲜明的石头村落。这些石头元素在300多年的风雨洗礼中饱经岁月沧桑，古朴、厚重，带着西井峪村最独特的印记和乡愁。

中国小康网走访西井峪村时处处可见别具特色的，由页岩、白云岩等形成上亿年的石头垒砌的房屋、墙壁和石路。院落依山而建，街巷就势而成，走在其中仿佛穿行在石头阵中，古朴的石头村风貌和淳厚的民俗民风相互交融。

采取措施打好生态牌，保护石头村的原貌是西井峪村乡村治理的重中之

西井峪村石头村原貌

重。蓟州区、渔阳镇、西井峪村和村民"四级联动",切实打好生态牌,保护西井峪的石头村落和山水林田,建设地质文化村。

"我们采取政府引导、村民充分利用现有土地资源,边保护边发展的办法。2016年,蓟州区和渔阳镇政府组织实施《西井峪村庄建设导则》,西井峪村传统建筑为原石建造墙体,小青瓦坡屋顶。防止村民拆盖新房破坏西井峪村的村庄原貌和传统生活氛围。另外,确定了'山—田—村—路'的景观格局。在馆馆山和府君山之间建立起历史遗产廊道,同时也作为景观和生态廊道,形成'山—田—村—山'的轴线。西井峪保护区位于廊道的中间,自北至东均为农田环绕,形成'路'的轴线,并与'山—田—村'的轴线垂直,共同组成"T"字形的基本规划结构。"蓟州区渔阳镇副镇长王海霞介绍。

建设智慧西井峪

创新催生发展新动能,西井峪村对接蓟州旅游大数据中心,赋能智慧旅游新时代。2018年12月,蓟州区旅游大数据中心上线运行,逐步实现"一个中心、六个平台"的监测管理。

"一个中心"是旅游大数据指挥中心,可实现全区重要交通卡口实时视频监控,对全区所有景区、旅游村进行720度全景展示,并对相关数据进行分析。"六个平台"包括应急指挥平台、大数据分析管理平台、一站式官方微信公众平台和旅游官网平台、全景营销平台、电子分销平台、乡村旅游入住管理平台。

2019年9月,蓟州区被文化和旅游部评选为"首批国家全域旅游示范区",智慧旅游建设项目是蓟州区全域旅游创建的重要组成部分。

蓟州区文化和旅游局副局长李淑伶介绍:"近年来,西井峪村加强信息化建设，完成弱电入地和重点区域监控安装，并逐步深层次对接大数据中心，把西井峪村的民宿与旅游路线接入蓟州区旅游大数据中心，增强节假日旅游高峰期的指挥调度效率和管理能力，促进旅游产品营销。"

据介绍，西井峪村充分服务游客，使游客通过平台掌握西井峪整体旅游信息，包括吃、住、行、游、购、娱全角度，满足游客方便快捷出游，赋能智慧旅游新时代。

传承"十坊"手艺

99 岁的朴敬珍老奶奶是西井峪村的一位长寿老人，在近一个世纪的光阴岁月里，她坚持自己手工缝绣布鞋，既是为了生计，也是为了让这份传统手艺流传下去。2017 年，村里的年轻人周云龙通过公益众筹的方式为她举办了"老奶奶的布鞋展"，展览中，精美的"猫鞋""猪鞋"与古朴的石头房子交相辉映。西井峪老奶奶自力更生的精神和精湛的传统手艺值得代代相传。

据介绍，西井峪村逐步恢复"十坊"传统手艺，弘扬本土文化，在乡村生态旅游中融入民俗元素，通过线上和线下的展示、展卖、手工教学等活动，让游客充分参与和体验民俗文化的魅力。

在全面建成小康社会决胜期，西井峪村根据自身特点和历史遗存，发展生态旅游业，定位"五景十坊"布局，形成乡村振兴的核心吸引力和竞争力，为京津冀协同发展注入活力，倾力打造中国民俗熠熠生辉和"空间开放、产业鲜明、生态宜居、文化丰富"的地质文化村。

撰文／侯砚

微信扫描看视频

下营镇郭家沟村

好一派塞上水乡

——赛江南的下营镇郭家沟村

乾隆皇帝 32 次到盘山，留下了"早知有盘山，何必下江南"的美谈。但是，他去过相近几十里的郭家沟吗？留给后人考证吧。

提起江南水乡，人们总是流连忘返，而北国风光却往往被冠以"豪迈"的标签，被大家忽略掉其柔美的一面。在津城后花园蓟州，除了享誉京津冀的盘山之外，还有一处号称"塞上水乡"的好地方——郭家沟。

近年来，下营镇郭家沟村依托周边景区的辐射带动作用，深入挖掘独特的山水资源优势，大力发展乡村旅游。2012 至 2019 年，郭家沟村先后被国家相关部门授予"美丽乡村""中国人居环境范例奖""全国最美休闲乡村""全国最宜居村庄""全国乡村旅游重点村""国家森林乡村"等荣誉。

深挖山水资源，发展乡村旅游

"久闻郭家沟大名，节日期间特意来看看。这里不仅环境宜人，饭菜可

"塞上水乡"之称的郭家沟村

口还实惠，确实值得一游！"入住郭家沟村金波农家院的北京游客李先生说。

刚刚过去的 2020 年国庆中秋假期，郭家沟村热闹非凡，不仅有"玉米黄金屋"、银杏大道、乡菜园等田园景观小品，村里的文化展厅还举办了"津门书画名家作品展暨走进中国最美休闲乡村——郭家沟村送文化下基层"活动，多位知名书画家现场泼墨，为假日增添了几分文化韵味。

"我当年用了 50 万元贷款改造农家院，也带动周边村民改造建设农家院。后来我们还贷款的时候，银行的工作人员都说'你们还得太快了'。"郭家沟村村民，也是天津市塞上水乡旅游开发中心农业部部长张金波说。

据郭家沟村党支部书记、村委会主任胡金领介绍，郭家沟村生态环境良好、旅游资源独特，周边有黄崖关长城、梨木台、八仙山、九龙山、九山顶等多个景区，全村 51 户 180 口人通过发展乡村旅游，家家户户生活富裕。

其实早在 2011 年，郭家沟村年接待游客就已达近万人次，实现人均纯收入 1.5 万元，并且由于环境优美，被誉为"塞上水乡"。2012 年，为了进一步挖掘当地旅游资源和特色，打造"以旅游为特色、可复制、可推广"的新农村建设示范点，郭家沟村进行了为期 9 个月的整体提升改造工程。改造后，该村农家院由原来的 11 户增加到 43 户，旅游接待床位达到 1000 张。

经过几年的发展，郭家沟村村民成为有产业、有组织、有岗位、有资产的"四有"新农民，实现了全村劳动力的充分就业。2018 年，郭家沟村年旅游综合收入 2700 万元，人均纯收入 7.5 万元。2020 年，农家院旅游旺季受疫情影响不大，日均客流量保持较高水平，在做好疫情防控的前提下，旅游收入未出现大幅波动。

实现公司运营，集约高效管理

"看似寻常最奇崛，成如容易却艰辛。"回顾郭家沟村的发展历程，胡金领直言过程不易，但好在经过一系列的试错、纠错后，终于探索出一条务实管用的乡村振兴之路，"归纳来说，郭家沟村得以成功转型，主要是做对了两件事。"

第一件事是实现公司化运营，集约高效管理。虽然农家院个体经营模式

如今的郭家沟村成为"全国最美休闲乡村"之一

已经让不少村民改善了生活，但从长远来看，农家院经营多属散兵游勇，客源不稳定，整体服务水平不到位，不利于做大做强。

为此，郭家沟村党支部决定实行公司化运营管理。起初，几乎所有的农家乐经营户都不同意统一管理，担心会失去已有的客源，也怕条条框框限制自身发展。围绕村民担心的问题，胡金领耐心解释、一一回应，终于消除了大家的疑虑。为了帮助村民顺利转型，村支部还专门聘请蓟州区高级营养师对各农家院的饭菜进行指导，提升餐饮水平；聘请渔阳宾馆的专业人员给村民进行接待礼仪等方面的培训，提升服务接待水平；还组织村民前往其他精品乡村旅游点参观学习，吸收先进经验。

2015 年 4 月 1 日起，郭家沟村正式实行统一管理——天津市首个公司化运营管理的村子诞生了。

"统一管理的好处非常多，可以打响品牌、保障服务品质、维护消费者权益、避免低价竞争等。管理规范、服务优质，游客才会满意，大家的收入才会增加。"胡金领说，为了严格推行统一管理制度，郭家沟村成立了天津市塞上水乡旅游开发中心（服务公司）。公司不以营利为目的，采用乡村度假酒店的管理模式，对全村农家院实行企业化管理，统一营销推广、统一服务质量、统一采购支出、统一分配客源、统一收费结算等，保证农家院安全、卫生、舒适。

升级旅游体验，发展永不止步

郭家沟村做对的第二件事是持续发力，不断打造乡村旅游升级版。为进一步满足游客需求，郭家沟村持续从软硬件设施和服务两个方面进行突破。

"2015 年，郭家沟村与天津广播电视网络有限公司合作，引入了'智慧

假期里络绎不绝的游客

乡村旅游'系统，让游客在郭家沟实现'一卡通'消费，同时有效解决了游客管理问题；通过高清互动数字电视，构建了咨询服务、社会治理智慧平台，解决了游客和村民的生活服务问题。"胡金领说。

2016年初，郭家沟村又与北京中联富民公司、五谷昌公司等合作，进一步优化村内功能布局，引入高端民宿，全力打造4A级旅游景区，突出田园风情，以吸引高端客群，进一步拓展市场。

此外，郭家沟村还用3年时间完成了集地方特色餐饮、传统手工作坊、地方文化特产、乡村农副产品于一体的郭家沟水岸商街项目及儿童乐园项目，建设集滑翔翼体验、空中观光游览于一体的飞行营地项目，不断创新理念、丰富业态，增加吸引力。

强基础重环境，提升旅游体验

以富裕山村百姓为使命，大力发展农家旅游，郭家沟让山村百姓端上了旅游的"金饭碗"。

近年来，郭家沟村新建旅游接待中心 175 平方米、文化娱乐中心 615 平方米、停车场 7110 平方米，新建垃圾转运站 2 处、公共厕所 3 处。改造主干道 2134 米、乡间小路 1980 米、入户道路及游园路 3750 米；建设污水处理站 1 座，铺设污水管道 2550 米，新设变压器 3 台，增容 350KVA；铺设 10 千伏高压线 1500 米，地埋 380 伏电缆 6000 米，布置路灯、景观灯 218 座。自然景观打造工程改造沟渠 2700 米，新挖沟渠 520 米、人工湖 1500 平方米，建拦水坝 10 处、木桥 3 座，水库大坝外坡加固美化 13743 平方米，新建、改造绿廊 2034 米，改造宅间绿地 7500 平方米，进行零星绿化 2000 平方米。

2018 年，新栽植银杏树、玉兰树、榕树等名贵树木，栽植波斯菊 6 亩、向日葵 30 亩、油菜花 15 亩、荞麦 10 亩；村入口修缮护墙、景观石、凉亭等基础设施，进一步打造微景观、标识牌、防护栏。

改造、提升后的郭家沟村面貌一新：群山环抱、清溪绕村，青砖碧瓦、绿树掩映、千米绿廊、藤蔓缠绕，遍地金银花异彩纷呈，令人目不暇接。葱郁的采摘园、静谧的垂钓园、芬芳的漂花溪、百年的古井、古老的水车，形成一幅小桥、流水、人家的清新画卷。

经过近几年的发展，郭家沟村村民成了"有产业、有组织、有岗位、有资产"的"四有"新农民，生活发生了翻天覆地的改变。不过，郭家沟村乡村旅游发展的步伐并未就此停止。"我们酝酿了许多新项目，比如启动路灯亮化工程，为'夜游'做准备；合理利用闲置土地打造网红木栈道，吸引年轻客群；实施农村垃圾分类和污水改造工程，推行环保理念；2020 年起，加速实施农家院向民宿转型等。我相信，通过广大干部群众的共同努力，郭家沟村乡村旅游的未来会越来越好。"胡金领说。

撰文／侯砚

从"脏乱差穷"到"洁净美富"
——东施古镇韩家筏村的"蝶变"之路

红绿相间的环保塑胶篮球场、笼式足球场、大舞台、美丽的手绘文化墙、标准的垃圾分类系统……从漂亮的牌楼走进蓟州区东施古镇韩家筏村，映入眼帘的这些色彩缤纷的元素向人们展示着一幅美丽的乡村画卷。

"自从韩书记来了，我们村子变化非常大。你看，现在街道干净了，花草也多了，空气都好了。""我感觉我们村变化太大了，新修了水泥路，现在全村没有不亮的地方。"村民"抢着"讲述着村庄的变化，脸上挂着满满的幸福感。

然而，就是这么一个令人心旷神怡的美丽村庄，两年前，还是畜粪遍地的"脏乱差穷"村，是什么让这个村庄发生了"化茧成蝶"般的变化呢？

火车跑得快，全靠车头带

党的十九大提出产业兴旺、生态宜居、乡风文明、治理有效、生活富裕

韩家筏村环境整治成果显著

的"二十字"乡村振兴战略总要求,明确了决胜全面建成小康社会的战略安排。蓟州区东施古镇韩家筏村,在村"两委"班子的带领下,通过全村村民的共同努力,让曾经的"脏乱差穷"村,大跨步迈进了美丽乡村的"致富新时代"。

韩家筏村位于蓟州区南部,距离城区约20公里,地处平原,多年来,村民多以务农、畜禽养殖为生。以前,村"两委"班子组织结构不合理、发展思路不清晰,党建引领、创新意识不强,限制了村庄的发展。

2018年6月,韩家筏村完成了村换届选举,成为东施古镇首个实现村支部书记、村委会主任"一肩挑"的村。作为退休老干部,曾任原蓟州区供销社禽蛋公司经理的村党支部书记兼村委会主任韩德新深知,农村要发展、农民要致富,关键靠支部。

韩德新把加强党组织对农村各项事务的全面领导和自身建设放在重要位置,全体班子成员着正装上班,周一到周五全员上岗,周六、周日固定三人值班,负责处理解决村务和村民反映的实际问题;严格落实村务公开、民主管理制度，村内各项重大事项试行"六步三要"决策法，大事小情都要通过召开党员会、群众代表会、群众大会集体讨论决定，实行民主决策。党支部班子从组建前的软、散、差到实现"一肩挑"之后的严、实、硬，释放了党建强、人心齐的强烈信号。2019 年 4 月，韩家筏村成立了志愿服务队，坚持日常开展街道清整志愿服务活动，得到广大村民的认可和赞赏。"现在，我们村里人心特别齐，支部威信很高，大伙儿非常支持支部的工作。"韩家筏村的村民笑着说道。

要想生活好，先把环境搞

韩家筏村的"两委"班子把村民最关注、最迫切要求解决的"硬事"放在了前面，环境改变就是其中之一。

"我们村养猪的有 30 多户，过去一直没人管，到处都是临街猪圈，满街都是猪粪污水，夏天全村臭气熏天，嗡嗡的苍蝇蚊子都能撞脸上。"说到过去的村容村貌，村民老陈一脸嫌弃，"赶上下雨的时候，雨水把猪粪冲得满街都是，蛆都在路上爬。村里臭得连窗户都不敢开。"

韩家筏村曾是生猪养殖专业村，猪粪、渣土乱堆等"四堆"问题积重难返。韩德新说："蓟州是天津市的'后花园'，那些搞旅游的村子不仅干净漂亮，村集体也收入富裕，我们也想变成那样，让村民不再觉得自己村寒酸。"

在充分调研的基础上，村"两委"班子立足韩家筏村环境现状，研究制定了环境整治"两步走"实施方案。他们先从清除畜禽粪便入手，一方面，利用村村通广播、入户宣传等形式，广泛宣传人居环境整治的重大意义，使广大村民切实认识到环境整治是关系到每个人切身利益的民心工程，从而赢得村民对环境整治工作的理解和支持，形成全村共同改善村容村貌的强大合力；另一方面，为畜禽养殖户做防渗污水井 3600 立方米，建化粪井 32 座，对全村 4 纵 13 横街道逐一清整。用了 60 多天，共拆除临街猪舍 120 间、彩钢棚 5 间、墙外厕所 80 座、"四堆"及渣土 8000 余方，家畜粪便临街堆放问题得到了根除。

在此基础上，为了保留村庄原有的红墙风貌，并融入现代花园村元素，韩德新两次请到区规划局的专家进行科学规划，设计村庄风格。拓宽主干道，统一栽植绿化苗木 2000 株。填平臭水坑塘，建了健身广场、党群活动中心、乡村大舞台、笼式足球场、旅游厕所、村牌楼。2020 年，韩家筏村又启动了农村人居环境整治示范村工程和建设美丽村庄项目，修建了 3 座花园，栽植景观树 500 株，主干街道拓宽并铺装了彩砖，新安路灯 122 盏，粉饰了主干街道房屋外和墙面，在街道空地栽植花草 5891 平方米，按照 3A 级旅游景区标准打造了美丽宜居的新村庄。

曾经"不愿意回村"的村民老陈说："现在村子的变化简直就是'翻天覆地'。你看，现在月季还开着呢，每天都有专人打扫卫生，晚上村民也到

村干部带头在村里搞卫生

健身广场、足球场锻炼身体，生活过得舒服！"

产业组合拳，村民富起来

环境宜居了，下一步就是利用好土地，让村民过上小康生活，这是村"两委"班子的进一步追求。"发展产业才是富民强村的根本，必须始终坚持在产业发展上谋好篇布好局，打好产业组合拳。"韩德新坚定地说。

以前，韩家筏村村民经济收入主要靠外出务工、种植大田作物和个体养殖经营，村集体收入甚微，村"两委"办公场所还是从村卫生所借来的 20 平方米小屋，村子发展受到了制约。为此，韩家筏村在现有的区农委蔬菜大棚产业基础上，建造了自己的产业园区。2019 年 1 月，村"两委"完成土地流转工作，结合蓟州区新一轮结对帮扶困难村工作，与天津绿德鑫丰农作物种植专业合作社合作，启动设施农业建设，通过"企业＋合作社＋农户"方式，发展蔬菜种植。2020 年 2 月项目投产，种植了球形生菜、黄瓜、豆角、西红柿、茄子、辣椒等品种，打造了集温室种植、晾棚种植、露天种植三种模式于一体的示范园区。今后，该园区还将与北京市朝阳区大洋路蔬菜批发市场合作，由批发市场全部包销。截至 2020 年，该项目已经安排本村 28 名村民就业，为村集体增加收入 6.5 万元。

韩家筏村通过产业发展，增加村集体收入，带动村民增收致富。2020 年，村集体经营性收入预计可达 20 万元以上，村民人均可支配收入达到全市平均水平。

让村子富起来，让村民钱袋子鼓起来，把"输血"转变为"造血"，一直是村"两委"班子最惦记的事。他们以蓟州区打造全域旅游示范区为契机，充分利用两个设施农业园区以及村内闲置用房，推进旅游和现代农业相融合。

引进实力强的公司，高起点高标准对韩家筏村发展民宿、采摘、生态种植等产业进行规划建设，带动广大农户参与进来，形成"公司＋农户"模式，让生态休闲旅游产业成为韩家筏村推进乡村振兴的新路径。同时，充分挖掘村历史，挖掘手工艺品文化底蕴，打造居民彩绘文化墙4000平方米，悬挂村规民约，将实施乡村振兴战略、社会主义核心价值观等融入其间，在传承和弘扬中华传统文化的同时，为村内产业发展注入文化血液，还将建设王麻子剪刀展示中心，树立特色文化旅游品牌。

从"脏乱差穷"到"洁净美富"，韩家筏村"化茧成蝶"。脚踏实地，展望未来，韩家筏村村民的日子必将越来越红火，奔向小康的路也必将越来越宽阔。

撰文 摄影 摄像／吉宝刚 王晓华

农家第一院

——下营镇常州村客常来

蓟州区下营镇常州村风景秀美、山高林密，雄奇险秀的九山顶就坐落于此，最高峰海拔 1078.5 米，森林覆盖率达 90% 以上，被称为净化北京市、天津市空气的绿色"肺叶"。

曾经的常州村只有一条崎岖的山间小路与村外相通，交通不便、信息闭塞，几乎与世隔绝，是远近闻名的"穷山沟"。

1994 年，常州村党支部依托环境资源优势，建起了蓟州区（原蓟县）第一家农村集体经济旅游景区——九山顶自然风景区。

常州村以发展旅游业作为主要产业，经过多年努力，2014 年 10 月常州村被农业部评为"中国最美休闲乡村"。2019 年全村接待游客 45 万人次，旅游综合收入 1.2 亿元，人均纯收入达到了 12 万元。

从闭塞落后到四通八达，从基本温饱到追逐梦想，常州村生动诠释了"绿水青山就是金山银山"的理念，展示了实现全面建成高质量小康社会的胜利

常州村村口

成果。

探索产业发展新路径

"马上入冬了，晚上是零下二三摄氏度，但仍有游客前来。今天我家接了一个旅游团，都是奔着常州村来的，村里环境好、住宿条件好，游客都喜欢来呢。"村民高翠莲边说边收拾着客房。

57岁的高翠莲是常州村第一个"吃螃蟹"的人。1994年她率先开办了全村第一家农家院，不仅给村民树立了榜样，而且第一年就赚了1万多元。

高翠莲抽空带着我们参观她家的农家院，两栋米黄色的6层别墅，外形大气美观。别墅内安装有电梯，客房宽敞，空调、沙发、电视机一应俱全。

"因为我这儿环境好，一到周末或者节假日，游客们蜂拥而至，一年接待游客收入近百万元。"高翠莲面露微笑地说道。

"常州村紧跟景区发展需求，建立天津市第一个农家旅店专业旅游村，在全国首创游人水果采摘参与性体验项目。靠着创新开发农村旅游景区、农民休闲农家乐、农业水果采摘这三件'法宝'，常州村村民走上了绿色发展之路。"村党支部书记、村委会主任王宝义说道。

有时，王宝义会在早晨5点登上九山顶景区看一看。他还说道："为了进一步发展旅游业，村民退耕还林，将村内几千亩的阔叶原始次生林和周边的国家森林公园连成一片，汇成万亩'绿色海洋'，实现了生态保护与经济效益的协调发展。"

为让乡亲们尽快脱贫致富，1993年，王宝义带领村民开辟九山顶景区，开发了古栈道、一线天、国画岭、步云桥等50多个新景点，彻底让九山顶景区成为"金山银山"。

常州村从初建景区开始，经历了二十多年的发展变迁，实现了从村集体无产业到办成受游客欢迎的景区，从无人问津的小山沟到京津冀知名旅游小镇的转变。

开展守山护水新实践

常州村立足于保护自然风景区的景观地貌和森林多样性，主动放弃传统养殖优势产业，推动常州村变得山更绿、水更清。

王宝义介绍道，为了保护自然环境，常州村成立了全区第一支农村专业护林防火队伍，还成立了全区第一支农村专业垃圾清运队伍。2008年一次性投入600余万元，铺设管网5000余米，率先在全区农村建成覆盖整个村的生活污水无害化处理系统。

目前，常州村生活垃圾全部实现统一收集、统一处理，生活污水统一由污水管道收集进入污水处理站处理，全部达到国家二级排放标准，做到了山上林木繁茂无火灾、山间清泉洁净无污染、村容整洁无垃圾。

2015 年，常州村建立爱鸟护鸟基地，冬季鸟类缺食时村内的党员就带领青少年进行定点喂鸟，每年冬天在常州村栖息的鸟类多达几十种、上万只，真正实现了人与自然和谐共生。

"不砍一棵树，不挖一块石。"这是常州村始终遵循的一个原则。

构建乡风文明新风尚

近年来，常州村紧紧围绕乡风文明建设理念，在党建引领经济发展的基础上，不断丰富村民精神文化生活，切实提高村民自身素质，村民幸福感、获得感十足。

2019 年以来，常州村主动适应新时代精神文明建设要求，发动全村党员群众参与讨论，研究制定《常州村遵纪守法文明户考评办法》，按思想政治、精神文明、遵守法律法规、庭院环境、家庭和睦五个方面制定了 30 条具体细则，对每户村民全年的具体表现进行严格考评。

考评办法实施近半年来常州村面貌发生了巨大改变，干部包片、党员包户、群众代表包段的措施得到了充分落实。

同时，在森林防火、防汛抗旱等各项重点工作中，常州村村民主动履行村民义务，以实际行动积极响应精神文明建设要求。

撰文／李丹凝

图片 视频／天津市蓟州区委宣传部提供

调研篇

天津市社科界开展的『千名学者服务基层』活动，旨在组织引导广大社会科学工作者向实践学习、拜人民为师，不断增强脚力、眼力、脑力、笔力，自觉承担起『举旗帜、聚民心、育新人、兴文化、展形象』的光荣使命。社会科学工作者们上炕头、下地头，走进『我的村』进行调查研究，完成了卓有成效的调研报告。

党建引领乡村振兴的生动实践

——天津市北辰区双街村党建引领惠民生专题调研报告

党的十八大以来，习近平总书记多次为乡村振兴战略谋篇布局。他强调：我们要加深对这一重大战略的理解，始终把解决好"三农"问题作为全党工作重中之重，明确思路，深化认识，切实把工作做好，促进农业全面升级、农村全面进步、农民全面发展。

天津市北辰区双街村位于北辰区北部的双街镇，地处京津黄金走廊、北运河畔。双街村历史悠久，区位优势非凡。全村总面积 1.73 平方公里，共有村民 616 户，人口 1717 人，党员 114 名。2019 年，村销售收入为 1.14 亿元，利税 2000 万元，人均可支配收入 6 万元，净资产为 20 亿元。

本次调研旨在了解和探究双街村党委以党建为引领，综合推动各项工作扎实稳步前进，以高质量发展惠及民生的具体做法和经验。调研团队通过与村"两委"班子和村民代表座谈、访学党建园、入户走访村民和居民、参观科技工业园和生态农品园区、观摩乡风文明建设实践基地、了解体验智慧城镇防控中心、集中观看专题介绍片等方式，实实在在感受到双街村党委认真学习贯彻习近平总书记乡村振兴战略重要指示精神的成果。村党委坚持"党建引领助推乡村振兴"工作总思路，健全完善以村党委为核心的村级组织体系，团结带领全村广大党员干部和村民所取得的一系列骄人成绩，是习近平新时代中国特色社会主义思想关于乡村振兴战略布局，在津沽大地春风化雨般的对标诠释和生动实践。

一、党建引领壮大集体经济

（一）"支部建在连上"的启示

农村基层党组织建设是党在基层的执政根基和"神经末梢"。早在1927年，毛泽东同志就提出"支部建在连上"，指明了基层党组织建设的重要性。双街村党委下设有 7 个党支部，其中 4 个党支部分别设在经济组织，即双街农业科技有限公司、双街置业集团有限公司、双盈地产有限公司和双盈物业公司。双街村的党组织建设生动诠释了"支部建在连上"这一党建思想的内在机制和实践伟力。产业发展到哪里，党组织就建到哪里；哪里有群众，哪里就有党的工作；哪里有党员，哪里就有党的组织；哪里有党组织，哪里就有健全的组织生活和坚强的战斗力。党支部不仅发挥引领作用，更重要的是发挥"服务型管理"职能，切实为企业和个人发展提供便利。双街工业园下设三个园区，总占地面积 66.67 公顷，地理位置优越。每个园区的水、电、路、气等基础设施实现"九通一平"，引进总装 110 千伏安的变电站，为企业生产提供必要的电力资源；规划污水处理厂建设，为企业的快速、健康、环保生产提供了保障，降低了生产成本，打造了绿色环境；规划供热天然气配套设施；规划通信、邮政、宽带等现代办公设施。同时，园区内有住房、配餐中心等生活场地和基础设施，可为园区职工提供每月租金400元的宿舍。配套齐全、服务上乘的工业园区吸引了大量的各类企业和各层级人才。

（二）工业园发展形成产业集群

双街村工业园共有三个区：第一工业园区于1998至1999年建成，吸纳了多家内外资企业入驻，吸引外资1000余万美元、内资1500余万元，年租金达580万元，为发展村集体经济打下基础；第二工业园区于2004年建成，吸引了多家食品公司入驻，年租金2200多万元，村集体每年增收3000余万元；第三工业园区于2005年建成，是民营中小企业创业园。三个工业园区形成了以机电、冶金深加工、设备制造、汽车零部件、生物制药等为主导的产业集群。

与此同时，双街村主动融入京津冀协同发展，借力首都资源，积极承接北京的非首都功能，促进京津优势互补，推动区域协同发展。中关村（天津）可信产业园于2014年8月落户于此。该产业园的定位是高科技产业园区，由临街旺铺、商务别墅及商务写字楼构成，共有楼宇87栋，引进日本、韩国、意大利等国家以及国内知名企业50余家。首批签约的10家企业是中关村国际孵化软件协会的杰出代表，涉及系统研发、网络平台、软件设计、服务包装等多个领域，科技水平领先，为双街工业园提升注入了新动力。2016年双街村工业园的销售收入高达13亿元，利税1.3亿元。工业园为双街村的发展奠定了坚实的基础，安置双街村及周边地区剩余劳动力2000余人。

（三）现代农业种植和养殖业保村民安居乐业

习近平总书记强调，产业是乡村发展的根基，选择适合自身发展的特色优势产业，把产业融合发展作为农村创新创业的热点和亮点。双街村因地制宜发展了以先进技术和高新科技为支撑，以发展农业生产力、增加农民收入为目的的精品农业、旅游观光农业、养殖农业和种源农业。

1. 农业种植前景广阔

双街村党委和村委会始终倡导"村民要保持劳动者本色，通过自己的劳动实现增收"的理念，指引村民发展葡萄种植业。2007 年双街村实施旧村改造，545 户村民搬进楼房，双街村委会鼓励村民回到田里，于 2012 年建设占地 1300 亩的葡萄大棚，195 个连栋大棚，10 个二代温室大棚，引进维多利亚、夏黑、无核白鸡心等高产优质的欧亚葡萄品种。起初，村民对村委会的动意不够理解，回田劳作的积极性不高，随着村里党员的带头引领和合作社的运行保障机制不断完善，葡萄种植业开始显现出良好的产业发展前景，村民的积极性也逐渐提高。

种植地由合作社采取统一的资源管理、技术规范、服务标准、品牌形象等措施，鼓励村民种植葡萄，并拓展市场，解决了村民担心葡萄产品销路不畅的后顾之忧。以村民入股的方式调动积极性，为合作社注入活力，集规模化、集约化、标准化、产业化为一体，用现代科学技术改造农业，用现代产业经营形式推进农业，用现代发展观念引领农业。培育新型农民发展农业，每个村民只需缴纳 1 万元股金就可享有 7 分种植地，村民进行掐尖、除草等日常管理工作，每位村民年末可收回 1 万元股金并且每半年享受 5000 元分红。这一举措既给村民带来实惠，又培育了一代掌握现代农业科技知识的新型农民。村民管树成是个热爱土地的种田能手，半年下来，他除去领取全家三口人 1.5 万元的入股红利外，还一次性获得合作社 12 万元补贴。他说，这一年种葡萄的村民脸上都洋溢着灿烂的笑容，下地劳作，实现增收，还能做些力所能及的事情，永葆劳动者本色。党员项子囍说，我们种地不仅是丰收了农作物，还锻炼了身体，最重要的是要以身体力行方式，传递给下一代"劳动最光荣"的精神内涵。

"洪范八政，食为政首"。我国是人口众多的大国，解决好吃饭问题，始终是治国理政的头等大事。当今的"农二代"已经适应不了农村生活，不去掌握农业劳作的技能。离开故土，到其他地方寻求发展，已经成为当今农村青年生活景况的常态。许多乡村的留守人群自然而然地变成以老幼病残为主，有效劳动力大幅减少。双街村为什么没有成为那种事实上的"空壳村"？这固然与村"两委"班子重视青年队伍建设和青年人才培养，重视年轻人全面发展分不开。而建立和完善党支部，发挥党组织的战斗堡垒作用，使党的领导实现全覆盖，才是根本原因。双街村党委一系列党建引领的有效举措，保证了党最有效地凝聚起最广大的人民群众，依靠农村党支部带领广大农民建设自己的家乡，使自己的生活走向富足。

双街村农业发展壮大，种植业让村民腰包"鼓起来"，养殖业让村民笑起来。

2. 生态养殖效益倍增

除葡萄种植，现代农业养殖业和乡村旅游也是双街村发展农业产业的重点。双街村结合域内现代都市农业的发展特点，引进国际先进技术，建成我国首个蚯蚓工厂化养殖车间，成为北辰区发展绿色农业的一大亮点。与传统蚯蚓养殖不同，工厂化养殖车间让蚯蚓养殖更规范、产量更高；同时，人工成本也相对降低。投喂蚯蚓的物料较为普通、价格低廉，主要以秸秆、蘑菇菌渣以及人们生产生活中产生的部分废弃物为主。蚯蚓养殖系统的引进，既填补了国内工厂化养殖蚯蚓的技术空白，又能带动相关产业的发展，年收益可达 2600 万元。发展乡村旅游是双街村打造的特色农业产业的一部分。双街村充分利用地理位置优势，于 2019 年从荷兰引进郁金香种球，包括太阳爱人、圣象、微笑等 200 多个品种，累计 800 多万株，种植面积达 230 多亩，几乎包揽荷兰郁金香全部的优质品种。在种植上，采用荷兰传统的稻草覆盖保温模式，经过一个冬季的培植，出苗率达到原产地 95% 以上的水平，2019 年接待游客 10 万余人。

（四）村办企业稳住了"菜篮子"和"米袋子"

农村土地集体所有制，是共产党领导中国革命取得的最伟大的制度性财富。巩固农村集体所有制和加强党支部在农村中的领导作用，是当前农村改革中关系全局的两件大事，涉及亿万农民的利益。双街村党委的系列举措，从根本上杜绝了放任资本大搞圈地运动，把习惯于农耕文化并拥有伦理自主性的几亿农民逐出土地所导致的不良社会政治后果。

村办企业是村集体经济的重要组成部分。20 世纪 80 年代，双街村的村办企业以生产铜、铁等有色金属和初级加工工业为主。90 年代以后，村办企业迅速发展壮大，并且逐步走向成熟，开始上规模、上水平、增效益，先后成立了养鱼池、果园、养鸡场、饲料厂、仔猪繁育厂等村办企业，不仅带动了村民就业，而且增加了村民的经济收入，为后来双街村集体经济壮大，发展工业、农业奠定了良好的基础。双街村走的是一条集体发展，实现共同富裕、按劳分配的正路。

双街村的乡村振兴重视的是乡村原住居民的主体地位和乡村的已有资源，重视自身价值。长期单门独户的劳作方式，一盘散沙般的小农经济样式，是导致农村经济发展缓慢的重要原因。重新组织起来，这不仅是形式的变化，而且是初心的回归。保护农民生产积极性就是保住民生源头。毋庸置疑，维护农民的利益，保护农民农业生产积极性，就是保护"菜篮子""米袋子"的源头。

二、党建引领保障改善民生

（一）想村民所想，全力惠民生

双街村党委设有村民股金、薪金、租金、养老金、补助金、保障金的"六金"保障制度，健全村民收入逐年增长机制。双街村征收村民的宅基地后，导致村民收入有不同程度的减少，村党委立足保障村民的基本生活需求，对符合双街村补贴范围的人员，按村里开发的商品房小区双街新村的供暖费和物业费收费标准，每人每年可享受每平方米30元供暖费补贴和30平方米物业费补贴，从宅基地入住楼房的村民每户可享受4万元的装修费用补贴。这样既减轻了村民的基本生活支出压力，又提高了村民的生活质量。为了让村内老年人老有所养、老有所依，双街村规定村民凡达到法定退休年龄，即男子年满60周岁，女子年满50周岁，没有参加过社会统筹养老保险的，村集体每月发放1900元退休金。2005年双街村实施养老保障，从2006至2019年双街村月平均养老金额呈现的是整体上升的态势，2006年为最低值457.5元，从2006至2014年增长最为显著。这期间双街村月平均养老金额从457.5元增长到1500元，8年间增长3倍。此后，2014至2017年双街村月平均养老金以每年 5%~6% 的涨幅逐年增加，2018 年维持 2017 年养老金数额水平 1800 元，2019 年达到增长最高值 1900 元。2006 至 2019 年，13 年间双街村月平均养老金数额增长 4 倍。双街村养老金的增长保障了老年劳动者的基本生活，等于保障了双街村相当部分人口的基本生活，也在一定程度上反映了双街村经济不断发展壮大，村民享受着村集体的发展成果，意味着双街村老年人对将来年老后的生活有了预期，免除了后顾之忧，从社会心态来说，人们多了些稳定、少了些浮躁，这有利于社会的稳定。双街村党委每月还为村内特殊困难家庭发放 500 元的生活补助金。由此可见，在惠民生、保障村民基本生活方面，双街村制定的政策真真切切解决了村民的基本生活需要。

（二）给村民家一样的关怀

在保障村民基本民生基础上，双街村党委还注重对村民的人文关怀。凡具有双街村户籍的村民子女在高中毕业后继续深造的，可获得 2000~5000 元的奖励金。村民冯长珍说道，孩子们听说了奖励金，学习的劲头更足了。为了让村里老年人老有所乐、老有所安，双街村党委每季度派工作人员上门为老人量体裁衣，按照老人的喜好购置服装；给 70 周岁及以上老人送生日蛋糕，这些事情体现了村党委对村民的浓浓亲情。为保障村民安全且兼顾村内经济建设，双街村组建了治安、消防、道路巡查、志愿服务等联防队伍，建设线上线下相结合的一体化综治平台，定期进行消防检查，配备专业的消防团队，24 小时无死角视频监控，24 小时值班室轮岗，机防人也防，在治安上下力度，让村民放心居住。即使出现治安纠纷，也能够本着群防群治宗旨，上下联动，有效化解，"小事不出村，大事区统筹"。这也是双街村内所有住户都没有安装护栏的原因。另外，双街村设有自己的物业公司，一方面可以吸纳一部分村民就业，另一方面方便让村民管理自己的家。双街村的适龄劳动村民实现 100% 就业，人均年收入 4 万多元。

三、党建引领精神文明建设

（一）场地和物资：村里解决

为满足村民对美好生活的向往，双街村逐步完善社区功能，目前建有满足各个年龄层村民开展活动和各类文艺活动的场地。双街村党群服务中心配套齐全，内设有书画室、儿童之家、党代表联络室、未成年人工作站、村民学校、道德讲堂等，双街新村社区农家书屋投资达 20 余万元，建筑面积 150 平方米，配套书屋设施完备。藏书既包括农业实用技术和农村致富经验图书，又包括政治法律、教育卫生、文学艺术和少儿读物以及农村医疗卫生和生活百科等图书，极大地满足了村民爱书、读书、渴求知识的需要。为方便借阅，书屋对图书进行了分类，天天免费开放。双街村还创建了书画室，书画室内设施齐全，窗明几净，空气中还飘散着淡淡的墨香和颜料香味，配套的笔墨纸砚，硬木桌椅古香古色，村民们挥毫泼墨，兴趣盎然。墙上悬挂着书法作品和山水花鸟画作等，使得书画室成为提升村民文化素质、弘扬传统文化艺术的平台。儿童之家为孩子们提供了游乐的设施，既保护了孩子的安全，又呵护了儿童的童真。双街村的服务设施延伸到生活的方方面面，也充分满足了各个年龄段居民的生活需求，提升了居民的生活质量，使居民对社区产生出较强的社区依存感和认同意识。有的村民自发组建队伍参加比赛演出或者学习，社区不仅聘请专业老师给社区居民培训，还为群众参加活动提供服装、道具等物资，充足的文化娱乐生活充实着双街村村民的休闲时光。

（二）文化生活：丰富多彩

双街村以村民的文化需求为导向，大力支持村民开展文化娱乐活动，鼓励村民成立兴趣小组，力所能及地组织活动。目前，村里成立了合唱队、模特队、形体队，还有剪纸社、书画协会等，这些形式多样、内容丰富的文化活动提高了村民的文化素养，使村民的空闲生活既充实有趣、又能使村民拥有良好的精神面貌。双街村党委组织各类培训班，如手工编织，让村民不仅能培养自己的兴趣爱好，还能掌握一技之长，满足村民广泛参与社会活动的需要。这样做不但不会让世代居住平房的村民们觉得住进了楼房的生活枯燥、孤单，而且拉近了村民之间的距离，保留着浓浓的乡土气息。双街村党委还经常组织各类比赛、活动，让村民和明星大腕同台演出，鼓励村民积极参加活动，丰富自己、展示自己。双街村每年举行双街葡萄文化节，村民可现场感受中国特色社会主义新农村的葡萄文化盛宴。双街村靓丽文艺团文艺骨干有 100 余人，文艺项目有秧歌、舞蹈、小品、音乐多个门类，曾多次参加文艺汇演。2010 至 2014 年，双街村为了更加丰富村民们的业余文化生活，协同双街置业集团连续五年邀请市级及全国著名艺术家、演员到村，与村民同台献艺，为乡亲们献上文化大餐。

（三）志愿服务：人人为我，我为人人

热爱居住社区是遵守社会公德和践行社会主义核心价值观的基础，不爱社区共有的家怎么可能爱国家？为满足志愿者开展社会互助的需要，双街村开展志愿服务，志愿服务是现代文明社会不可缺少的一部分，

在不计物质报酬的前提下，为推动社会文明进步和社会福利事业提供服务。志愿服务不仅可以为社会进步创造更多财富，还是对精神文明建设所需要的实践锻炼环节的有益补充，对于营造和谐稳定的社会环境具有巨大的促进作用。双街村党群服务中心有志愿者为老年人定期理发，施展自己技能的同时还能帮助他人，友爱邻里；定期组织志愿者培训活动；定期开展社区公共卫生区域督查、清理活动。乡风文明原本包含的邻里互助、相互照顾传统，不能让楼房和防盗门隔断，双街村党委就是遵循这个原则。"小事"就是民心，为村民奉献爱心搭建各类平台，积极传播正能量。基层党组织是为人民服务的主体，党员的高尚、光荣就体现在服务于所在的社区居民们，同时把党费和党员在自己居住社区里的带头作用紧密联系起来，一旦入党，终生是人民义工循环往复无穷尽。志愿服务善举有利于村民树立正确的世界观、人生观和价值观，推动社会主义核心价值观融入村规民约，协调社区各种利益关系，缓解社区各种矛盾与冲突，这样做不仅弘扬了优秀的中国传统文化，而且促进了社会主义精神文明建设，营造了"我为人人，人人为我"的高尚和谐的人际关系。党员在提高农民综合素质、帮助农民转变观念、培养农民良好习惯等方面发挥了重要的道德示范作用。

（四）继往开来：留住乡愁不忘根

古村镇衰落，其实是传统文化衰落。古镇、古村、古街的振兴也只能依赖传统文化的振兴。形成于明代早期的双街古村镇远近闻名，是华北地区知名的历史文化地标。随着600年来的时代与社会多元化发展，双街的经济社会发展在逐步推进，直至繁兴，但其由于历史原因形成的著名村镇属性正渐渐褪去亮色。古村镇淡漠于人们的记忆之中，其实是对传统文化遗迹的漫漶与磨蚀。古镇、古村、古街的振兴，需要传统文化的振兴。具有雄厚的经济基础之后，如何延续"双街子"根脉，弘扬地方传统文化，又摆上了村"两委"班子的议事日程。经多方筹措、精准发力，双街村文化历史展览馆建成。非止本村民众观展受益，外来观光、考察者也可通过展览馆脉络清晰的展线，领略实物、书刊、照片、投影等展物风采，回顾双街历史，展望未来愿景。

天津财经大学马克思主义学院

调研项目组成员：李强　范志莹　张浩　庄旭崴　丛屹

打好"地质、古文化、民俗、旅游、生态"五张牌

——打造天津西井峪地质文化村

党的十八大以来，在习近平总书记"创新、协调、绿色、开放、共享"五大发展理念的指引下，西井峪村立足天津、面向全国、放眼世界，下好先手棋，打好"地质、古文化、民俗、旅游、生态"五张牌，实现了从开山采矿、农耕种植到高端民宿旅游业迅速发展的历史性跨越。在全面建成小康社会决胜期，西井峪村根据自身特点和历史遗存，发展生态旅游业，定位"五景十坊"布局，形成乡村振兴的核心吸引力和竞争力，为京津冀协同发展注入活力，奋力打造熠熠生辉的中国民俗和"空间开放、产业鲜明、生态宜居、文化丰富"的地质文化村。

一、基本情况

西井峪村位于天津市蓟州区渔阳镇，明末清初成村，因坐落于府君山之中，四面环山似在井中，冠以方位而得名。全村共有 282 户、776

口人，周姓村民占 90% 以上。西井峪村占地面积 303 公顷，耕地面积约 51.4 公顷，分上庄、下庄和后寺三个居住点。这里绿树蔽舍、景色别致，空气宜人，南眺烟波浩渺的翠屏湖，北望悠悠长城，东临九龙山国家森林公园，西接巍峨的盘山。

村中处处可见由别具特色的页岩、白云岩等形成上亿年的石头垒砌的房屋、墙壁和石路，院落依山而建，街巷就势而成，走在其中仿佛穿行在石头阵中，古朴的石村风貌和淳厚的民俗民风交融，因此又称"石头村"。西井峪民居大多为石木、砖石结构，青石灰瓦，以石头作为院墙。除了传统民居之外，整个村落坐落于石山之上，拥有 8 亿年历史地质石岩，处于中上元古纪地质构造带中。这里西距首都 90 公里、南距天津市区 115 公里、东到河北唐山 80 公里，处在京津冀一小时生活圈的中心地带。

西井峪村果品种类丰富，有柿子、苹果、核桃、栗子等品种。近年来西井峪以发展旅游业为主，2015 年建成农家院 30 余家。2019 年打造民宿 14 户，年接待游客 7200 人次，增加村民收入 280 万元。

在发展的过程中，村民们逐渐认识到自身存在的问题和不足，主要是思想不解放、发展定位不高、生态保护意识不强、对古文化重视不够。为此，西井峪村主动找差距，下好先手棋，坚持"绿水青山就是金山银山"，打好"地质、古文化、民俗、旅游、生态"五张牌，在全面建成小康社会和打造地质文化村的进程中迈出坚实步伐。

二、主要成效

改革开放以后，西井峪村实现了三方面的历史性跨越。

第一，产业结构转型升级。第一产业稳步发展，第二产业起步发展，第三产业快速发展，形成三产带动一产二产发展的产业格局。改革开放以前，西井峪是个农业村，主要种植玉米及杂粮，村民大部分为农民，以手工艺和种植为生，还以采矿业为支柱产业，大量开山取石，造成山体和地质破坏，严重威胁生态环境和人民生命财产安全。1978 年后，西井峪村重视发展农业，在山体梯面种植果树和小米，发展农产品深加工业，产出核桃油、峪栗等特色产品，大大提高了农产品附加值，促进农民增产增收。2005 年，西井峪村开始发展旅游业，2015 至 2020 年，西井峪村乡村振兴进入加速期，实现产业结构转型升级。近年为增加农民收入，引进了阳丰甜柿子新品种，栽植新树种 3000 棵，嫁接柿子树 1000 棵，占地 200 亩，每年可为村民增加收入 15 万元；栽植优种核桃树 4000 棵，占地 200 亩，每年可为村民增加收入 30 万元。2020 年新建精品民宿 15 户，服务聚焦京津冀一小时生活圈，其中专业旅游有限公司打造 6 户，优选农舍 5 户提升改造成精品民宿，拟新建精品民宿 4 户，年接待量增加 4800 人次，增加村民收入 240 万元。

第二，村容村貌焕然一新。过去西井峪村民大量拆除石头民居，改盖砖房，村里由于道路泥泞、垃圾乱放、污水横流、车辆乱停，破坏了乡村整体风貌。改革开放以来，西井峪村开始进行基础设施建设，开展农村人居环境整治，采取以下措施：对村庄 25300 平方米主干道路进行硬化、美化，安装 180 盏太阳能路灯，在主路的两侧修建了石砌景观墙 3500 米，并适当点缀花树、花草。对村委会前 2000 平方米的停车场进行沥青路面的铺设，在主村望龙亭北侧新建占地面积 1600 平方米石头材质的停车场。铺设污水管网 8318 米，新建三格化粪池 1 座、3 立方米用户三格化粪池 185 座、污水处理站 1 座，修建现有氧化塘防洪墙，开展自来水管网入地工程，并在主村庄的主路路边修建两座石头材质的星级旅游厕所。在采取水管铺设、电路改造、道路整修、污水处理、垃圾分类等基础设施改造措施的同时，更重视建筑规划和保护"石头村"原貌，如今的西井峪村处处彰显出新农村的新气象。

第三，村民精神风貌显著提升。西井峪村党支部切实发挥组织群众、宣传群众、凝聚群众、服务群众的作用，带领村民外出调研学习，解放思想、振奋精神，学好种植果树、农品加工、民宿运营等致富技能和本领。51 岁的村民周志华从 18 岁开始学着砌石头，做了半辈子的石匠工人，村里精细的活儿一定要交给他来完成。当这项砌石手艺被列为蓟州区第二批非物质文化遗产名录后，老周的心里乐开了花，没想到垒石头也能垒出个名堂。大家出门有油路、喝上安全水、购物有超市、在家有 Wi-Fi、当上民宿老板，日子越过越红火。村民们说，原来提起自己是农村人总有点儿不好意思，现在我们说一口家乡话，感觉特自豪。西井峪人在乡村振兴进程中拥有了更多自信的笑脸和获得感、幸福感，焕发昂扬向上的精神风貌。

2005 年，冯骥才先生亲题"西井峪民俗摄影村"，西井峪村成为京津地区第一个民俗摄影村。2010 年 7 月，西井峪村被国家住建部、国家文物局正式列入第五批"中国历史文化名村"，成为天津市唯一的"国字号"历史文化名村。2012 年 12 月，被国家住建部、文化和旅游部、国家文物局、财政部列入"首批中国传统村落"，成为天津市唯一获此殊荣的自然村。2017 年 9 月，被农业农村部列入"中国美丽休闲乡村"。2019 年 7 月，被国家文化旅游部列为第一批"全国乡村旅游重点村"。2019 年 12 月，入选国家林业和草原局公布的第一批"国家森林乡村"。

2019 年，国家自然资源部印发《推进地质文化村（镇）建设总体工作方案（2019 — 2021 年）》，这是落实乡村振兴和脱贫攻坚目标、建设美丽乡村、促进经济高质量发展的重要举措，也将为普及地球科学知识、提高全民文化素质提供重要动力和途径。西井峪村的自然和人文条件具备打造地质文化村的基础，并会有力推动地质科学文化与乡村振兴有机融合。

三、特色做法

（一）打好地质牌

1. 树立"石头村"价值

西井峪村群山环抱，处于中上元古界地质公园范围内。中上元古界地层剖面并非仅此一处，还有现俄罗斯西伯利亚的里菲—文德剖面和美国亚历桑纳州的科罗拉多大峡谷剖面，总共三处，而中国的蓟州剖面以地层齐全、出露连续、保存完好、顶底清楚、构造简单、变质轻微和古生物化石丰富等得天独厚的七大特点居世界三处剖面之首位，记录着地球形成距今约 18 亿年至 8 亿年间的地质演化史，反映着 10 亿年间的古地理、古气候、古环境、古地磁、古构造的重要指标和地质信息，被海内外地质学家认定为世界同一地质时期的标准剖面，誉为罕见的"地质瑰宝"和"大地的史书"。著名地质学家李四光教授在《中国地质学》一书中称道："在欧亚大陆同时代地层中，蓟县剖面之佳，恐无出其右者。"

2. 宣传"石头村"品牌

2016 年，"废墟·重生"乡村景观国际设计竞赛在东井峪村举办，以乡土共生为主题，通过广泛征集对东井峪文化内涵挖掘以及乡土智慧的设计作品，用一系列设计与文化的力量为乡村注入新活力。该设计活动在设计师行业内为"石头村"品牌起到很好的宣传效果，活动主题具有鲜明的可持续性和生态性，通过新设计技术的运用，实现生态发展与古村落旅游开发相结合。

（二）打好民俗牌

1. 唱响庆丰宴

举办庆丰宴，与全国农民丰收节活动相结合，宣传西井峪旅游品牌。西井峪村庆丰宴以原汁原味的乡间美食、新鲜饱满的山货和精彩的传统民俗表演为亮点，自 2016 年 9 月至 2020 年，已举办四届专题活动。

2019 年，西井峪村第四届庆丰宴活动被国家农业农村部纳入"2019年中国农民丰收节·全国 70 地丰收全媒体直播活动"中，设置石头广场盛宴、民俗演出、"十坊"工艺展卖、农产品市集、老手艺展卖、新农村建设主题摄影展、惠农咨询服务站等内容。通过中央电视台直播展示和全国百家电视媒体、网红达人团队采访直播，在最终活动评比中西井峪村获得华北第一、全国第九，为打响西井峪村旅游品牌知名度奠定了基础。由于庆丰宴的文化弘扬，从 2019 年十一黄金周开始，西井峪村的游客大增，2020 年新增民宿 15 户。

2. 传承"十坊"手艺

党的十九大将"加强文物保护利用和文化遗产保护传承"作为坚定文化自信的重要组成部分，西井峪村传统的皮影、草编、缝绣、根雕、泥塑、石艺、豆腐、煎饼、菜干、漏粉手艺是与村民生产生活密切相关、时代相承的文化财富，突出反映了西井峪村村民精湛的技艺和自力更生的精神。

西井峪村逐步恢复"十坊"传统手艺，弘扬本土文化习俗，在乡村生态旅游中融入民俗元素，通过线上和线下的展示、展卖、手工教学等活动，让游客充分参与和体验民俗文化的魅力。

3.打造网红载体

西井峪村培育网红村民、网红农事体验载体，让民俗文化宣传更接地气。驴，作为西井峪最具代表性的家畜，一直融于传统农耕的生活生产方式。在西井峪，与和蔼可亲的大爷大娘一起，在牵驴磨磨中体验农事活动背后的乐趣。西井峪村有一头"网红驴"被村民和游客亲切地称为"西井峪村荣誉村民"。驴子拉磨为人们带来丰收的喜悦，也成为西井峪村民俗文化的重要组成部分。

西井峪村的大爷周继德被称为"猫大爷"，他常年自费收养和照顾村中的流浪猫，游客来到西井峪村，与"猫大爷"来一次不期的偶遇，听他用最淳朴的语言讲述那些难忘的乡村故事。村里还推出了公益性质的"喵爷奶茶"，为"猫大爷"减轻生活负担。

4.做好民俗摄影

西井峪村发挥民俗摄影村优势，举办影视活动，实现多媒介立体化宣传。著名导演谢晋和著名作家、画家、民俗专家冯骥才曾慕名来村为电影《石头说话》采选拍摄外景，中央电视台七套致富经、天津电视台"四季风"栏目在这里拍摄了《摄影家进山村》等多部专题片，中央电视台于2005年春节前在这里为著名歌唱家阎维文拍摄了音乐电视《为祖国守岁》，并于春节期间在多个频道滚动播出。2013年张一白导演的贺岁大片《越来越好》在这里取景。西井峪村使人充分体验到山区百姓古朴归真、克勤克俭的农村生活，更能感受到自强不息、艰苦创业的时代精神。

（三）打好古文化牌

第一，古石文化；因石而生、因石而居、因石而乐，古石才是西井峪的根基血脉。西井峪的古石随处可见，地处中上元古界最南端的西井峪，藏有一处八亿年的深达三十多米的石臼，裸露的岩层或淡青或暗红，层层叠叠，就像一册册图书，因而得名"万卷石书"。站在它脚下会感受到大自然的鬼斧神工，直接触摸积压在山底十多亿年前的石头。如果说肥沃的土地是造物者给予西井峪的骨肉，那么这些石层一定是让西井峪气韵生动的灵魂。古石是这里靓丽的风景，民居院墙层层垒砌的结构如同这里中上元古界的古石层。村民对古石也有着特殊的情感表达方式，有锱铢必较的工匠精神，也有古老的砌墙手艺。独特的古石文化继承了亿万年的山川带给人的雄厚淳朴、与世无争和乐观积极。

第二，忠孝文化；西井峪明末清初成村，周姓的祖先是明末镇守山海关的忠将，在与清军打仗时战死，族人把他从山海关运回蓟州，世代守孝。忠孝文化成为西井峪的象征，这里父慈子孝、兄友弟恭、婆媳和睦、邻里礼让，村民在其中居住、在其中生活，世世代代，将忠孝文化绵延永续。西井峪人传承忠孝文化，不忘初心、牢记使命，进一步激发敢闯敢突、担当作为、共建共享美好蓟州的责任感和使命感。

第三；古诗文化；古诗文化深刻、生动地体现着中国文化的基本精神。相传唐代李白来到蓟州，查找安禄山意欲起兵作乱的证据。为了安全起见，他没有到驿馆安歇，而是悄悄地躲在了府君山"太白仙居"这个冬暖夏凉的天然石洞内。李白在此山洞内安歇数月之久，不仅观察到了安禄山谋反的实证，还写下了有"燕山雪花大如席"等名句的诗作。唐代诗人陈子昂在《轩辕台》中提及"北登蓟丘望，求古轩辕台。应龙已不见，牧马空黄埃。尚想广成子，遗迹白云隈"……古诗文化是语言的艺术，是民族的精神与心灵史，也是中华文化的主要形态之一。

（四）打好旅游牌

1. 民宿旅游

主人文化是民宿的内核，能够吸引相同属性的消费群体，这是形成民宿忠诚用户的基础。精品民宿要具有真、善、美的设计和体现价值观的情怀，一句句家训映衬了民宿主人的文化风格，为建筑赋予匠心和故事。西井峪村不仅保护了绿水青山和建筑风貌，更保护了民俗文化与风土人情。西井峪村"两棵银杏树"民宿的家训选自《弟子规》"冬则温，夏则清。晨则省，昏则定"，反映了中国传统孝道文化；"忆味轩"民宿的家训是"以实待人，非惟益人，益己尤人"，彰显了中华儿女以诚待人的美德。民宿的家训作为游客对民宿的第一印象，体现了民宿主人对传统文化的挖掘，给民宿赋予性格元素。

2. 古道旅游

打造"西磨道—西井峪—西崖晚眺—东井峪古道"旅游动线。西磨道是西井峪村的标志性打卡地，全部由石板古道铺设，无声地诉说着西井峪村百年基因。站在西井峪村西边最开阔的望龙亭，抬眼望去便是蜿蜒曲折的古道，在西崖晚眺尽揽山水蓟州美景。之后在东井峪参观石砌古民居，古道贯穿了其中一座座原汁原味的石头院落。这一特色景观动线围绕西井峪村内外的古道而成，经过文化元素挖掘和旅游业态匹配，浑然一体，别有洞天。

3. 文化旅游

坚持城乡融合发展，提高旅游的互动性和参与度，打造乡村文化旅游动线。西井峪村紧邻渔阳镇，渔阳镇旅游业态和旅游产品丰富，独乐寺作为著名的千年古刹，其建筑文化、壁画文化等源远流长，漫步其中，感悟中华文化璀璨基因。蓟州渔阳古街片区通过保护更新，和西井峪村串联成"西井峪—古街—独乐寺—蓟州地质博物馆"旅游动线。蓟州启动渔阳古街保护性修缮，古街宽度将恢复到明清时期的 6 米，建筑本体修旧如旧，最大程度恢复原貌。引入文创小店，围绕独乐寺和渔阳古街的悠久历史开发文创产品，同时还将引入非遗展示聚拢人气，引入休闲餐饮让游客驻足休息。

4. 休闲旅游

挖掘"西井峪—飞来峰—鹰嘴崖—太白仙居"特色休闲动线。作为中上元古界的外延区，府君山的侧山——飞来峰规划 1500 亩土地打造精品景区。飞来峰的构造为沉积岩，结构为反地质结构，新生代在下，古生代在上，是板块漂移的产物，也是中上元古界的分割线。飞来峰的主峰适合山地运动，如滑伞、徒步等。鹰嘴崖位于府君山北侧，构造是叠层岩，崖体酷似鹰嘴而得名，登上鹰嘴崖，感受一览众山小的气魄。太白仙居洞位于西井峪村后侧的断崖绝壁之上，具有很强的攀登和观赏价值。相传，唐代李太白奉召来到蓟州地方，写下壮丽诗篇——《北风行》。通过这条山地休闲主题线路串联，引导游客体验"山水蓟州"的美景。

5. 体验式旅游

打造"化石王国—地质科考体验"旅游动线。化石王国以地质研学为主题，聘请专业老师讲解 18 亿年前至 8 亿年前的地质构造和化石成因。针对亲子游、休闲游等不同旅游目的，根据儿童、青少年、成年人、老人等不同群体，设计形式各异的体验项目，提供更丰富的旅游产品，使各层次游客无缝参与化石王国、地质科考挖矿等室内室外的互动体验活动。为满足城市居民深度融入乡村生活的需求，西井峪村还开设了农耕体验、放羊体验、传统手艺体验等旅游项目，带领游客播种粮食、"放牧"以及亲自制作皮影、漏粉，打造差异化的体验式旅游动线。

6. 政策支持

蓟州区和渔阳镇坚持因地制宜、循序渐进，重点支持西井峪村旅游业发展，体现政策支持的精准性和科学性。一是出台《蓟州区民宿示范项目建设专项资金使用办法》，鼓励民宿多元化设计。2018年起，蓟州区设立民宿示范项目建设专项资金，重点支持民宿业通过专业团队规划设计，改造成主题突出、风格各异、示范作用明显的蓟州精品民宿项目。二是按照《关于加快西井峪村旅游健康发展意见》，部署西井峪村旅游健康发展工作。2018至2020年，蓟州区和渔阳镇重点推进西井峪村项目规划立项、实施协调筹备、村庄管理治理、工作机制建立等工作。积极探索企业与政府、村民共建新模式，努力把西井峪村打造成"绿水青山就是金山银山"理念落地生根的"蓟州作品"。

（五）打好生态牌

1. 保护石头村落

政府引导村民充分利用现有土地资源，边保护边发展。2016年，蓟州区和渔阳镇政府组织实施《西井峪村庄建设导则》，西井峪村传统建筑为原石建造墙体，小青瓦坡屋顶。为了防止村民拆盖新房破坏西井峪村的村庄原貌和传统生活氛围，《导则》从整体风格、墙体、屋顶、门窗、卫浴等方面提出的修缮改造方法可以使村庄的整体感觉变得更为质朴，拉近与游客之间的距离。同时，整个村庄采用统一建筑外观，同一色系和同种外立面材料。如果村庄建筑需要采用特殊建筑材料或其他建筑设计，其建筑图纸必须获得村委会批准。

2. 保护山水林田

西井峪村坐落于府君山中，占地面积 303 公顷，其中林地 203 公顷，耕地 51.4 公顷，水域 0.2 公顷。西井峪村坚持高质量发展、高标准推进，努力打造山水蓟州中的生态西井峪。第一，保护青山；西井峪村修复曾因开矿导致的山体创面，为了保持地质稳定，加快推进山体复绿步伐，当地在废弃矿山上形成多层次、立体化的景观林带；第二，保护绿水，在西井峪和东井峪之间曾有一条小溪，泉眼曾经因保护不到位被堵塞，西井峪村把泉眼疏通，恢复绿水，依山势形成清澈的叠层山涧水景观；第三，保护山林，西井峪村位于蓟州北部山区，在天津市生态保护红线中，保护森林责任重大。蓟州区是京津生态屏障，在京津冀协同发展大局中被定位为生态涵养发展功能区。蓟州全面实施"山长制"等一系列森林资源保护机制，积极构建和实施区、镇、村三级管理模式，将森林资源管理工作逐步纳入规范化、法制化轨道。在保护山林的同时，引进和种植经济果树，实现农民增产增收。

南开大学区域国别研究中心项目组

调研项目组成员：焦艳婷 王泽璞 冯紫薇 张宁 艾泽明 王继文 袁鸿峻 余丹妮

执笔人：王泽璞

"三区联动"谋发展 共同致富奔小康

——大邱庄镇津美街壮大集体经济、走共同富裕之路案例

津美街坚持以习近平新时代中国特色社会主义思想为指导，以党建为统领，依托大邱庄镇工业发展优势，"以工带农""以工贸连农"。当地充分发挥工业园区、农业产业园区、农村居住社区相互推动、相互促进、相互提高、统筹发展的"三区联动"政策优势，大力发展设施农业，培育高科技农业龙头企业，充分释放农民合作社的组织优势，解决了村民增收，实现了村民充分就业，走出了一条壮大集体经济、共同致富奔小康之路。

一、以党建为统领，"三区联动"谋发展

（一）以党建为统领，锐意改革、夯实发展之基

作为中国农村改革开放的先驱之一，天津大邱庄家喻户晓。在大邱庄经济发展过程中，工业是支柱产业，工业产值占全镇国民经济总量的

90%，辖区涉及钢铁加工行业的生产性企业多达 141 家，逐渐形成了以焊管产业为主要支撑、黑色金属轧延加工业为主的工业产业布局。大邱庄镇钢材生产年加工能力达 2200 万吨，实际钢材（带材、管材、板材、型材等）产量约占天津市的三分之一，部分钢材产品在全国市场也占有较大份额，例如焊接钢管产量就达全国的五分之一强。大邱庄镇在中国社会科学联合研究中心主办的"第一届中国百佳产业集群名镇"中被授予"中国钢管产业集群名镇"称号。

津美街坚持服务企业发展与鼓励村民创业同步，实现了集体经济、民营经济、个体经济的共同发展。至 2020 年，街内共有企业、公司、个体商户等 200 多家。企业的发展有力地带动了村民增收致富，但是一些老弱病残村民由于各种原因仍无法依托企业实现就业。与快速发展的工业相比，津美街土地贫瘠、农业用地规模小，常年的盐碱和沥涝导致农作物收成低，农业成为"短板"。

（二）借"三区联动"政策东风，发展设施农业

为落实市、区、镇党委、政府关于"三区联动发展"、建设"菜篮子工程"的总体要求，津美街"两委"结合本街自有耕地少等现实情况提出："在盐碱地上搞蔬菜大棚，我们不懂不会，但要学习，勇于挑战。"津美街多次召开"两委"、村民代表、老干部会议，组织主要干部去山东等地考察，请专家讲解国家政策和种植技术，统一思想认识，提出"以发展集体经济不变的思路推动'三区联动'，从而实现津美街共同致富的目标"。为此，津美街流转邻村土地，发展农业、园林业、社区物业，解决村民就业增收，特别是老弱病残者就业增收。在镇党委、政府的大力支持下，津美街先后流转邻村土地 1 万多亩，建立各类合作社，发展

设施农业。

（三）以党建为统领、实施民主管理

津美街以党建为统领，成立新时代文明服务站，由街党委书记亲自挂帅担任站长，充分发挥基层服务作用，结合实际抓落实，组织志愿服务队常态化开展活动。服务站深入开展学习实践科学理论、宣传宣讲党的政策、培育践行主流价值、丰富活跃文化生活、持续深入移风易俗五大行动，切实提高人民群众的思想觉悟、道德水平和文明素养。当地还积极推进落实《天津市文明行为促进条例》，大力弘扬共筑美好生活、践行社会主义核心价值观、实现中国梦的时代新风。

二、设施农业实现农民增收、村民就业均等化

（一）统一思路建大棚，发展设施农业

津美蔬菜大棚的建设，为静海区蔬菜产业发展树立了样板，发挥了示范作用，促进了农业增值增效、农民就业增收。通过设施建设，津美街蔬菜生产基本可以保障冬（淡）季的市场供应，蔬菜平均季节自给率由 2000 年的 48% 上升到目前的 55%。津美设施农业产值不断提高，直接带动农民增收。与以往种大田或露地菜相比，农民平均每亩增收 1 万元以上，带动了一批农业合作社龙头企业和农户的发展。

（二）流转邻村土地，学习外省经验，做强设施农业

承包流转邻村土地成为津美街突破土地瓶颈的关键。最初的津美街设施农业园建于大邱庄镇北尚码头村、巨家庄村，由于当时国家土地流转政策刚刚出台，当地有些农民对其不甚了解，有个别村民对津美街流转承包本村土地有抵触。在镇政府的大力帮助下，两村干部深入村民家

中调研、做工作。由于津美街土地承包费高于标准，顺利地完成了土地流转。在镇党委和政府大力支持下，津美街先后承包流转邻村土地11000亩，加快发展设施大棚、园林绿化、社区物业。

（三）科技支撑，提高效益、打造放心菜基地

津美街设施农业园完成建设后，聘请山东等地的农业种植技术专家与能手到园区进行技术指导。津美街与中国农科院、郑州果蔬研究中心、天津农科院合作，引进津优35号、36号黄瓜、园丰一号茄子、金蜜龙甜瓜、日本101西红柿等优质品种，科研院校的技术人员常年为津美街提供技术指导。在市区农业局的大力支持下，津美街成立了蔬菜种植网络管理系统、农药残留快速检测系统和"二维码"查询系统，使蔬菜生产质量标准化。津美街还积极引入并开展"测土配方施肥""渤海粮仓""高标准农田"等项目，大力发展高效农业。

（四）促农增收，坚守小康路上"为民之心"不变

走进津美街设施农业园的大棚，西红柿、黄瓜、茄子等常见蔬菜，紫贝天葵、冰菜、牛心甘蓝、奶白菜等稀有品种随处可见。用津美街蔬菜种植农民的话说："我现在种的一些特色蔬菜，像紫金菜是叶菜，蘸酱吃的，略带一点儿甜味，很嫩。还有其他一些市场上不常见的菜，现在长势特别好，经常有人来这里采摘，津美街设施农业发展到今天，都是因为党领导得好。"

（五）实现村民充分就业，提升周边就业环境

津美街设施农业园区形成产业化后需要大批的劳动力，这给本地区和外地的农民提供了就业机会，也可以让各个年龄段的农民除了从事工业生产以外，有了更多的选择。巨家庄村一位村民已经69岁，身体硬朗，

闲不住的他在津美街的设施蔬菜园找到了用武之地，老人在基地的大棚里当种菜工人，用他自己的话说："大棚里的活儿劳动强度不大，正好适合我这个年纪的人干，每个月还有两千多元的工资收入，挺好！"

三、壮大集体经济，稳定和谐走向共同富裕

（一）调整农业结构、规划先导

津美街"两委"制定了三年发展规划和五年发展目标：加快发展设施农业，做大做强，全面完成提升改造，发挥津美蔬菜基地在全区示范种植和带动引领作用。本着"立足静海，服务全市"的宗旨，津美街建设"天津市静海区蔬菜育苗中心"，全面提升改造蔬菜育苗种植基地；同时，加快发展高效农业，发挥大型农业机械全面配套作业优势，不断扩大小站稻种植面积，精耕细作，提高农机作业率，提高单产效益，扩大跨区域农机作业量，增加集体收益。此外，当地加快发展林果绿化业，不断引进并改造现有果树，创新管理方式，提高科技含量，增加特色水果品种并提升水果品质，促进经济效益增长。

（二）提升改造农机，跨区服务

津美街先后投资 2800 多万元，引进成套国外现代化农业机械设备，建设办公楼、农机库、晾晒场等配套设施。引进的意大利制造的翻转犁，解决了拖拉机耕地转大圈、出墒沟、生产效率低等问题；引进的精播机，种子用量少，播种精度高，提高了播种效率；引进的秸秆粉碎旋耕一体机，减少了机械碾压土地的次数，创新了耕作方式，提高了耕作效率，降低了生产成本。试验性种植小站稻 300 亩，摸索管理种植经验。津美农机合作社现有拖拉机、收割机等农业机械 98 台套，已具备了大型农机规模配套

优势，在种好自有和流转土地的同时，为周边乡镇和其他区、市大规模开展农机耕作服务，每年外地农机作业服务土地 10 万亩以上。

（三）美化社区环境、物业管理

津美街"两委"推行物业管理模式，既满足了村民的生活需求，又美化了社区环境，取得了良好社会效果。2006 年津美街在大邱庄镇率先建立物业公司，先后投资 1800 万元，配合"天然气入邱"和"引滦入邱"自来水工程，使居民用上了方便经济的清洁能源，结束了喝高氟机井水的历史。架空全部供暖管道，解决"八户联网"供暖效果差的问题，在小区安装了治安摄像系统，人防、物防、技防相结合，增强了治安防控能力，社区环境得到改善提升，被评为"天津市绿色社区"。按照市、区、镇"美丽天津·一号工程"建设的总体要求，2019 年津美街配合镇政府将老区民丰里道路、排水管道进行重建，同时正在规划落实民祥、民和里老区的重建工程。

津美街本着"取之于民，用之于民"的原则发展壮大集体经济，推行物业管理，使社区环境水平得到显著提升。

（四）强化村街治理、和谐发展

津美街"两委"以党建为引领，强化村街治理，发挥全体党员、村民代表、退役军人等各方面的积极作用，严格党务、村务、财务公开，以及民主决策程序，接受村务监督委员会和广大村民监督。十几年来，津美街实现零上访，未发生重大刑事案件，创造了农村和谐稳定发展的局面，被评为"天津市文明村街""天津市民主法治示范村街"和"全国民主法治示范村"。

（五）创办农家书屋、提升素养

从 2009 年开始，大邱庄镇将全民阅读活动与农村基层文化建设结合起来，大力实施农家书屋的提升工程，使农家书屋成为人们学习充电、增强自身修养的重要文化阵地。津美街村政府专门成立了村民活动场所，不仅有津美街图书馆，还包括乒乓球等体育活动室、棋牌室、退役军人活动室，丰富了群众的文化生活，提高了村民的文化素养。

（六）提高村民福利、改善民生

津美街"两委"从群众最关心、最直接的问题入手，着力提高村民福利，改善民计民生。本街村民口粮款由过去的每人每年300元提高到800元；老人退休补贴由过去的每人每年1200元提高到70周岁以下2400元、70周岁以上3600元、80周岁以上4800元、90周岁以上6000元。每年津美街村民各项福利人均达到近2000元。津美街"两委"每年召开专题会议，对残疾人、困难户给予大力帮扶。几年来优抚照顾困难户118户次，2019年村集体发放优抚款36.8万元，尽快为困难家庭排忧解困。

四、"集体投资领办"合作社，助力农民奔小康

（一）蔬菜种植合作社带动静海区蔬菜产业健康发展

津美蔬菜种植专业合作社是津美街6个专业合作社中规模最大、影响力最强的农民合作经济组织，位于大邱庄镇西南部巨家庄村、北尚码头村，津沧高速公路东侧、京沪高铁西侧。津美蔬菜种植合作社拥有设施农业面积3000亩，共建设寿光五代六代日光温室700栋，育苗温室3栋，育苗温室10000米，建设蔬菜加工、冷藏中心建筑面积1986平方米，总投资1.3亿元。

津美蔬菜种植合作社与中国农科院、郑州果蔬研究中心、天津农科

院合作，引进开发新品种、新技术、新设施、新工艺，推进蔬菜工厂化育苗技术、有机肥工厂化生产。该合作社已建成"四个中心"：科技开发中心、教育培训中心、技术服务中心、加工储藏物流中心；已建设"五大系统"：种植网络管理、农药残留速检、产品"二维码"查询、物联网营销和天气预报系统。蔬菜种植合作社聘请技术人员常驻基地，指导农户种植，及时解决生产中的技术问题。当地实行"五个统一"：种植品种、农资供应、技术服务、品牌商标、产品销售，实现了生产、科研、培训、营销"四结合"。同时按照市场需求，实行有组织、有计划、有订单的设施蔬菜生产基地。合作社每年解决农民 500 余人就业，辐射带动园区周边合作社蔬菜种植 5000 亩，并带动相关产业发展。

（二）"合作社 + 农户"实现绿色发展

合作社对优质、抗病、抗逆、耐贮运的蔬菜品种实施严格的生产技术管理。春茬以番茄、豆角、甜瓜等果菜类为主，秋茬以黄瓜、苦瓜等瓜类为主，间作套种香菜、菠菜、芹菜等速生叶菜。为改良土壤，降低地下水位，采取挖沟排盐，施用充分腐熟的有机肥，合理轮作，土壤消毒等措施，对土壤进行检测，控制土壤污染的发生。合理使用化肥，增施有机肥，对灌溉水进行检测，控制水污染的发生，定植前施有机肥，定植后 20 天内不追肥，以后每 10~15 天追施一次有机水溶肥，灌水采用滴灌设备和技术，实行指标化管理。同时，合作社做到合理使用农药，积极使用生物农药，并应用防虫网、杀虫灯、黄板、蓝板诱杀等物理防治害虫，最终对产品进行农药残余检测。

（三）林木合作社将林木种植与社区物业相结合

2014 年成立的津美林木种植专业合作社，是津美街集体投资领办、全体村民入股的 6 个合作社之一，按照市、区、镇"菜果篮子工程"建设的总体要求，投资 700 万元，与中国农科院、郑州蔬菜果木研究中心、天津林果研究所合作，在专家的亲自指导下，已建成园林苗圃 800 亩，种植桃：春雪、北京 14、九保、金宝、金辉；杏：荷兰香、珍珠油杏，引进江苏品种；梨：黄冠、新梨 7 号、王户香、红香酥；苹果：宫崎富士；冬枣：盘枣等果木树 800 亩，目前各类水果年产 100 万斤；养管镇区道路绿化 40.5 万平方米，为大邱庄镇区、津美社区绿化、美化服务，津美居民区被评为"天津市绿色社区"，取得了经济效益与社会效益的"双赢"。

（四）农机合作社促进农业高效、带动邻村发展

津美农机合作社与天津市农科院和市、区种子公司合作，市、区农业服务中心专家亲临指导农业种植和农作物田间管理，调整种植结构，种植中药材、青饲、玉米、小麦、大豆等高附加值农作物。2020 年试验性种植小站稻 300 亩，精耕细作，科学管理，提高经济收益。农机合作社在种好本街土地和流转土地的同时，发挥大型农机设备全面配套优势，服务周边乡镇和其他区、市农户，完成土地深松、秸秆还田、播种、收割等农田作业每年 10 万亩以上，带动周边村发展高效农业，解决村民就业增收。2015 年津美农机合作社被评为"天津市级合作社"。

五、建设"四区两平台"，谱写设施农业升级新篇章

（一）"四区两平台"：天津现代都市农业再出发

"天津地处世界级城市群，在推进京津冀协同发展的重大国家战略背景下，农业发展具有优势、占据先机，得之如宝、失之不再，必须百

倍珍惜，加倍努力。"天津市委书记李鸿忠指出，要扎实推进习近平总书记"三农"思想在天津落地生根，打造现代都市型农业升级版，变历史性窗口期为农业创新竞进、大有作为的发展繁荣期。天津现代都市型农业再出发，是对客观环境、发展阶段以及现代都市型农业发展规律的准确认知，是对新时代发展机遇的倍加珍惜，更是对天津乡村振兴的政治责任、使命担当。

2018年3月，农业农村部与天津市签署合作框架协议，全面落实《京津冀现代农业协同发展规划（2016—2020年）》（以下简称《协议》），提出天津市建设"国家级现代都市型农业示范区、农业高新技术产业园区、农产品物流中心区、国家农业农村改革试验区、农业信息化平台、农业对外合作平台"的"四区两平台"目标，进一步提升天津市现代都市型农业发展水平，促进京津冀农业协同发展取得新进展。《协议》提出，到2020年，推动天津农业产业结构进一步优化，"菜篮子"产品有效供给能力明显提升，农业绿色发展水平显著提高，在都市型农业创新发展、一二三产业融合发展、城乡协同发展方面走在全国前列，率先实现农业现代化。

（二）"津美基地"：现代化、集约化发展面临挑战

随着静海区和周边地区蔬菜种植产业的发展，津美蔬菜种植合作社现有的育苗面积和供苗量，已满足不了广大农户的需求。为静海区乃至天津市的广大菜农提供优质蔬菜种苗，逐步实现统一良种、统一供苗、统一管理、统一品牌、统一流通，发展集约化、工厂化、规模化育苗，是解决家家种菜、户户育苗、种杂不优，特别是冬季土法采暖、烧煤冒烟、环境污染突出问题的唯一出路。所以，提升改造津美蔬菜育苗基地，

建设天津市静海区蔬菜育苗中心，发展潜力大，前景广阔，建设现代化种苗中心是大势所趋、市场所需。

津美蔬菜大棚建棚十年来，虽有小修小改，但整体设备设施陈旧、老化，需要更新设施、提升改造，整体提升改造工作量大、投资大，仅靠津美蔬菜种植合作社自身以及津美街的经济能力，是很难做到的。同时，受大邱庄工业企业发展，职工工资大幅提升的影响，蔬菜种植用工成本加大，也给津美蔬菜合作社经营和承包大棚的农户带来经营压力。为解决蔬菜大棚整体改造提升，提高机械化、智能化生产效率，减少劳动密集化程度，发挥规模配套发展优势，津美街"两委"做出全面提升规划，积极与镇、区政府反映汇报现实情况，希望能得到政府支持与扶持。津美街与多家大企业洽谈，引资合作，努力探索多元化经营方式，走出新时期、新形势下津美蔬菜园区发展的新路子。

（三）发挥区位优势，谱写设施农业升级版新篇章

津美街位于滨海新区与雄安新区之间，具备得天独厚的地理优势，设施农业发展快，在静海区起到引领作用。"四区两平台"建设是对设施农业改造的升级，为津美街以菜、渔、花、果四大领域为重点，以设施化、集约化为主要内容，建设现代化的绿色、高档、精品菜篮子产品生产高地提出了挑战。

推进津美街基地产品在京津冀都市圈准出准入一体化步伐，健全产销一体化服务体系也是津美街提升设施农业服务质量的一个关键环节。依托便利的地理环境和良好的设施农业发展基础，津美街下一步的发展目标是进一步打造集循环农业、创意农业、农事体验为一体的国家级农业公园和田园综合体，创建津美街农业特色村，为全国都市型现代农业

建设创造新经验、新模式。

南开大学日本研究院

调研项目组成员：郑蔚 张玉来 杜连峰 王彦龄 于丽艳 毛丽华

探索生态屏障管控区内的高质量发展之路

——天津市津南区前进村的绿色蜕变

一、前进村的基本情况

前进村位于天津市津南区北闸口镇西南端，东至津港高速，西靠津港公路，北邻唐津高速，交通便利；东邻月桥村，北至光明村，地势低洼平坦，村落呈长条形，东西走向。全村共 350 户、896 人，村域面积 1800 亩，其中耕地面积近 1000 亩，村"两委"班子 4 人，其中 2 人交叉任职，全村党员 29 名，其中包含帮扶组 3 位同志，村民代表 16 人。

（一）区域位置

为强化天津市滨海新区和中心城区之间绿色生态屏障功能，优化城市空间格局，2018 年 3 月 28 日，天津市发布重要规划，对中心城区与滨海新区之间，东至滨海新区西外环线高速公路，南至独流减河，西至宁静高速公路，北至永定新河围合的 700 余平方公里的区域进行规划管控，实施分级管理，建设展现后现代生态文明理念，呈现"大水、大绿、成林、成片"景观的"双城生态屏障、津沽绿色之洲"。

生态屏障区划分为三级管控区，实施分级管理。一级管控区内现有的村庄应实行分类指导，针对每类村庄确立各自不同的发展路径。保留村庄应当按照《国家生态文明建设示范村镇指标（试行）》（环发［2014］12号）制定村庄规划，创建生态文明示范村。同时，鼓励有条件的乡村发展集循环农业、创意农业和农事体验于一体的田园综合体。其他尚未实施迁并的村庄应以维持现有村庄规模不变为原则，制定村庄整治规划，开展农村人居环境整治，创建美丽乡村。前进村所处区域正好位于绿色生态屏障一级管控区内。

（二）今昔变化

2012年以前，前进村是津南区典型的落后村，村小地偏，是北闸口镇最小的村，地处北闸口镇的最边缘，远离镇发展核心区域。村容环境脏乱差，道路坑洼不平，"下雨天两脚泥，晴天一身土"。村级经济发展是自由生长型，27家传统小型机械加工企业分散在村各处，后来也被列入了需要关停的"散乱污"范围。由于未纳入拆迁整合范围，村民情绪低落，干劲不足，对村未来发展失去信心和希望，"等、靠、要"思想在村民中蔓延，是天津市结对帮扶困难村。

近年来，前进村在上级党委政府的大力支持下，村"两委"和驻村帮扶组紧密配合，抢抓乡村振兴、绿色生态屏障建设等重要机遇，坚持经济效益、生态效益和社会效益的有机统一，坚定不移走绿色高质量发展道路。2015年建成美丽乡村，其中户厕改造的成功经验被国家卫健委（爱卫办）拍成专题片，用于在全国推广，并作为我国在世界卫生组织举办的相关议题的交流材料。2017年，获批国家住建部农村人居环境示范村第一批试点。2019年，全力推动村综合提升改造工程，目前已经初步形成亲切自然、富有乡土田园特色的村容村貌和人居环境。2020年，被天津市委组织部评为"五星村"。绿色生态循环农业基本成型，村集体经营性收入较三年前增长7.16万元；农民人均可支配收入较三年前增长4810元。

（三）发展道路

前进村把改善农村人居环境作为实施乡村振兴战略和走绿色高质量发展道路的重要内容，大力实施清脏治乱、户厕改造和道路硬化工程，下"绣花功夫"扮靓村庄，提升绿色颜值，大幅改善人居环境，提升村民幸福感。同时，转变农业发展方式，积极探索"社会资本＋村合作社＋农户"的模式，发展绿色生态循环农业，不断调整优化农业产业结构，促进各类农业生产要素合理配置和良性循环，规模化种养殖和乡村生态文化游共同发力，取得了显著的经济效益和社会效益。

在以绿色方式提升硬件的同时，前进村坚持生态文明和精神文明两手抓、两手硬，以让社会主义核心价值观入脑入心为目标，以建设高标准新时代文明实践站为载体，通过组织开展一系列文明实践活动引领文明村风，通过引导党员群众广泛开展绿色生态大讨论活动，鼓励村民为绿色生态发展代言，建言献策，把生态文明理念融入行动中，营造生态文明建设的浓厚氛围，为绿色高质量发展营造良好软环境，筑牢全面小康和乡村振兴的"绿色"根基。

今昔对比的变化可以说明，前进村已经开辟出了一条生态屏障管控区内未整合村绿色发展、高质量发展的"华山之路"，一条可以由"困难村"变成"示范村"的发展之路。

二、前进村绿色高质量发展的实际成效

（一）人居环境质量大幅改善，生态福祉有效增强

2014年，前进村被纳入美丽乡村建设范围，在上级部门的大力支持下，启动了农村户厕改造工作。前进村采取"三格化粪池＋集中管网＋生态沉淀池"组合的工艺模式，经过近一年的不懈努力，先后铺设了5400余米地下污水管网，兴建污水观察井330座、三格化粪池230座、生态沉淀池1座。同时，把村民的户外旱厕改为室内抽水马桶，厕所改造一步到位，让村里人用上了和城里人一样的卫生间，彻底改变了过去农村厕所脏乱差的状况，大大减少了疾病传播和发病率。清澈的自来水入户后，家居环境大为改善。

完成了清脏治乱，垃圾坑塘变身成为休闲花园。以前的前进村，走在街上，乱堆乱放的废弃物品随处可见。针对这种情况，党支部和村委会组织力量，大力开展清脏治乱，每家每户门口都放置不同颜色的垃圾箱，把原先村民乱倒垃圾的地块整理出来，建成健身广场和小花园，有效美化了村庄环境，成为村民在家门口休闲健身的好去处。前进村下大力气治理臭水坑塘，引入源头活水，种上荷花、睡莲，建设水车、栈道等配套景观，并利用绿色长廊种植葡萄、葫芦、蔷薇等藤蔓植物，将河堤土坡全部绿化，形成藤条萦绕、鲜花盛开、荷香四溢的乡村特色景观。

实施了道路硬化工程，泥泞小路变身平坦大道。以前的前进村，道路没有硬化、路面坑洼不平，下雨天两脚泥，晴天一身土。在人居环境提升改造中，前进村对主干道路和街巷胡同进行统一硬化，装上路灯，对破损道路进行重新铺装，并在主干道路口设置限高杆和警示牌，保障人员通行

安全。

（二）绿色生态产业融合发展，村民生活蒸蒸日上

绿色生态循环农业大力发展。2015 年以前，前进村的耕地主要由外地人租种棉花，种植结构单一，村民收益低。2015 年，前进村成为较早成立合作社的一个村庄，村里的所有耕地都流转到合作社集体经营。前进村村民入股的呈坎农业种植专业合作社转变农业发展方式，积极探索绿色生态循环农业，不断调整优化农业产业结构，促进各类农业生产要素合理配置和良性循环，与社会资本合作，打造千亩生态园。村民先是种植了高品质水稻 500 亩，后又拿出 150 多亩地进行稻蟹混养，通过 200 亩林地发展林下经济，散养鸡鸭鹅等家禽，还在 30 亩荷花塘里生态养殖河蟹，40 多亩鱼塘养鱼，形成绿色循环，减少农药化肥使用。绿色农产品已成为前进村的一张名片，取得了显著的经济效益和社会效益。

乡村生态文化游精品点位打造成型。前进村与天津旅游商会实行战略合作，与携程网、欢乐假期旅行社、碧桂园凤凰假日酒店等多家旅游单位联手，聚焦周末亲子游和学生户外教学两类客户群体，线上线下同步发力，打造乡村生态文化旅游精品点位，推出周末亲子游——"向往的旅行"品牌活动。在端午、中秋、国庆等重要时间节点，推出田野拾蛋、荷塘垂钓、荷塘月色旗袍秀等系列活动和稻田插秧、水田捕鱼、樱桃采摘等农事体验项目，逐步开发一分田、一畦地认种和小动物认养项目，丰富乡村生态旅游品类。当地高峰时期年接待游客达到 2 万人，村集体经营性收入和农民人均可支配收入逐年增加，村民的获得感不断增强。

（三）乡风淳朴，自觉践行生态文明氛围浓厚

村里设有阅览室、科普室及多种活动室，通过组织开展一系列文明实

践活动引领文明村风，为生态发展营造了良好的人文环境。举办的"新时代乡村阅读季"全国主题出版物阅读示范活动，使更多的村民参与阅读、喜爱阅读，村民的精神文化生活不断得到丰富。精心设计的家风广场中竖立起的高3米、一笔写成的"家"字雕塑、体现家风的文字牌，挂在墙壁上的"二十四孝"故事和花园里"社会主义核心价值观"标牌，都在提醒着村民孝老爱亲是做人的本分，都在潜移默化地引导着村民注重家庭和睦，维护村庄和谐。同时，全村还广泛开展了"家风大家谈"活动，以淳朴家风孕育文明村风。

党员群众广泛开展绿色生态大讨论活动，村民主动把生态文明理念融入行动中，有效带动并提升了前进村整体文明程度。"人居环境整治'百日大会战'攻坚行动"启动后，全村干部群众总动员，集中开展环境卫生整治，清除卫生死角，大家积极参与，一起用实际行动扮靓自己的家园。前进村深入开展"千村美院"创建活动，2019年共上报56户美丽庭院，其中11户被津南区评选为"千村美院"家庭。在提升村庄"颜值"的同时，村民们也自觉改掉陈规陋习，前进中的村子的精神"内涵"也不断丰富起来。

三、前进村绿色高质量发展的经验举措

（一）以党建为引领

党建引领强队伍。一是选好领头雁。村"两委"班子是贯彻党中央决策部署的"最后一公里"，是距离农民群众最近的人。村"两委"班子是否坚强有力，直接决定着脱贫攻坚和乡村发展的实际成效。因此，选出忠诚、干净、担当的村"两委"班子，特别是农村带头人至关重要。区、镇领导对前进村基层党组织建设非常重视，选取年富力强、熟悉村情的镇干部下

派到前进村，党政一肩挑，带领前进村共谋发展。二是配备强助力。由担任过村领导工作，对经济发展颇有招法的老党员助力村党支部书记，谋划发展思路，专职管理经济发展工作，做支部书记的好搭档。三是党建强基础。党支部注重党员队伍的整体建设，坚持"三会一课"学习，严格制度建设，致力阵地打造，注重新老传承，助力前进村的党支部活动，让党员充分发挥作用。

党建引领定思路。一是认真反思转方向。随着习近平生态文明思想的深入人心引领发展，天津市推出"绿色生态屏障建设"作为顶层设计，谋划天津整体发展。前进村划入绿色生态屏障一级管控区域，过去的发展模式彻底走到了尽头。顺应农村发展的时代要求，村党组织认真反思，多方学习，以壮士断腕的决心，告别过去的发展模式，转换思路寻找新突破。二是绿色屏障寻机遇。通过市、区、镇党组织的引领帮助，村党组织确立绿色高质量发展的方向，向生态农业转型。三是审时度势定目标。村党组织始终牢记党的初心使命，发展是为了人民，从"大美"前进到"小美"前进，目标务实，一心一意谋发展，带领村民奔小康。

（二）以改革为依托

2017 年以来，前进村严格按照上级党委要求，紧密结合村情实际，扎实推进农村集体产权制度改革，有效激发广大村民走绿色高质量发展道路的积极性、主动性、创造性，带动这个困难村"弱鸟先飞"，争做乡村振兴的示范村。

认真梳理，全面摸清村庄家底。摸清家底是推动农村集体产权制度改革的基础性工作。为确保数据全面准确，前进村率先启动清产核资工作，并请来镇上的专业会计师事务所，全面清理核查集体所有的土地等资源性资产、用于经营的房屋、建筑物、机械设备等经营性资产和用于教育、文化、卫生、管理服务等非经营性资产。

量化股权，确保权益清晰明确。经集体成员民主商议决定，前进村股份合作社将可量化资产作为总股本，平均量化为股权份额，不明确股值。在统筹考虑户籍关系、土地承包关系、对集体积累的贡献和发展的需要等因素，初始成员享受成员股和集体股若干。成员股包括人口股和普通股，普通股包括农籍股和权益股。在改革进程中，前进村还制定股份经济合作社章程，召开成员代表大会选举产生股东代表，给股民颁发股权证书，制定民主管理、制度化管理举措办法，为改革长期平稳运行和发挥长期作用提供保障。

（三）以帮扶为助力

借助帮扶力量，谋划发展出路。驻村帮扶组基于前进村位于绿色生态屏障一级管控区的村情实际，帮助村里明确党建引领乡村振兴，向生态农业转型，坚定不移走绿色高质量发展道路的工作思路。全面加强农村党建、村庄建设、产业发展、乡风文明、困难救助等各方面帮扶力度，为推动前进村转型发展提供了巨大助力。

借助帮扶力量，探索发展新模式。在天津市帮扶组的帮助协调下，多方联系筹划，确立"社会资本＋村合作社＋农户"的资金筹集、产业运作模式，发展绿色生态乡村旅游；以绿色生态屏障建设为转型契机，以津南小站稻家乡为特色优势，确立小站稻种植、稻田蟹养殖，生态循环的绿色生态农业，打造田园综合体，努力扭住经济发展的"牛鼻子"，寻找突破口，为村民增收开新路。

借助帮扶力量，打造党群服务阵地。2017年刚驻村帮扶时，前进村党群服务中心总面积仅有 240 平方米，未达到不低于 300 平方米的规定标准。在帮扶组的努力和津南区委组织部、区农业农村委和北闸口镇党委政府的大力支持下，2019 年前进村建成高标准的新党群服务中心，集党员教育、群众活动、旅游接待等多功能于一体。整体建设面积 1000 余平方米，各功能室配套齐全，成为津南区乃至天津市村级党群服务中心的标杆。

借助帮扶力量，打造过硬党组织。2019 年初，前进村被确定为学习河北正定塔元庄试点村。帮扶组帮助村党支部认真梳理塔元庄村的先进经验，制定前进村"抓党建、促发展"工作方案，把试点工作作为加强支部建设，推进绿色高质量发展的重要内容，明确村"两委"职责分工，完善了组织架构，整理印刷了前进村组织制度汇编，健全了党组织全面领导隶属本村的各类组织和各项工作的组织体系，为党员家庭悬挂标识牌，进一步压实党员责任，激发干事创业、担当作为的工作热情，为前进村各项工作的开展奠定了坚实基础。

（四）以增强人民群众的获得感、幸福感为方向

聚焦村容村貌之"变"，切实提高人居环境质量。把整治农村人居环境作为重要抓手，加大治理力度，着力解决群众关心的生活环境问题，建设美丽乡村，留住乡情乡愁。一是在前几年农村户厕改造的基础上，把过去的户外旱厕改为室内抽水马桶，打造农村户厕升级版。二是全力推动村庄综合提升改造工程。几年来，全村累计改造村庄道路 2 万平方米，200多套村民院落周边环境得到提升，村容村貌焕然一新。三是为每户村民免费加装保温墙，统一房屋立面颜色，在提高农户冬季室温的同时，使村庄外貌也更加整齐美观。

聚焦产业转型之"变"，带动农民就业增收。大力发展都市型休闲农业，促进绿色转型发展，实现经济效益、生态效益、社会效益的有机融合。一是发展绿色生态农业。村党组织与社会资本方务实合作，精心打造千亩生态园，改变过去大量使用化肥农药的传统种植方式，采用绿色生态方式进行种养殖，让绿色农产品成为吸引市民前来消费的一大卖点。二是发展乡村旅游。与多家公司积极合作，充分利用社会资本，聚焦特色，不断开发新的旅游产品，丰富乡村旅游品类。三是促进文旅融合。挖掘乡村文化资源，带动相关产业发展。

（五）以广大群众积极参与为关键

以思想工作推动村民认识转变。村党支部书记带领全村党员挨家挨户解疑释惑，讲道理、说想法、谈思路，用通俗易懂的语言把"绿水青山就是金山银山"的理念浸入村民思想深处。一系列宣传引导使越来越多的村民认识到，过去占耕地、建厂房、铺摊子的粗放发展模式已经走入"死胡同"，绿色才是发展的底色，生态才是发展的方向。面对绿色生态屏障一级管控的现实背景，面对"散乱污"企业的持续治理和产业转型升级的迫切要求，传统的发展模式已经无路可走，未来要想更好发展，只能是转变思想观念，走出一条生态优先、绿色高质量发展之路。

四、前进村的发展启示

（一）坚持农村土地集体所有制，小康路上不落一人一户

习近平总书记明确提出，"农村改革不论怎么改，都不能把农村土地集体所有制改垮了"。前进村坚持绿色高质量发展道路，牢牢把握这一基本原则，不断充实壮大农村集体所有制经济。前进村把所有耕地都流转到合作社集体经营，在提升人居环境的同时，转变农业发展方式，采用绿色

生态方式种植优质水稻，养殖鱼虾蟹等水产品，实现稻蟹共养，水系循环，经济效益明显，合作社村民"股东"每年每亩收益 450 元。

正是依托农村土地集体所有制经济的发展，保障了小康路上不落一人一户。村"两委"和驻村帮扶组严格按照精准扶贫的要求，结合民政系统"筑基"工程试点工作，明确了 6 名建档立卡的低收入困难群体。目前，建档立卡困难群体全部享受教育资助、医疗救助、住房安全、社会兜底保障政策，小康路上不落一人一户。

（二）坚持市场决定性作用，更好发挥政府作用

习近平总书记指出，实施乡村振兴战略，要注意处理"充分发挥市场决定性作用和更好发挥政府作用的关系"。前进村坚持绿色高质量发展道路，注重贯彻落实习近平总书记的这一要求，村"两委"在规划引导、政策支持、市场监管等方面保障，而社会资本按照市场化原则参与，确立了"社会资本＋村合作社＋农户"的绿色高质量发展模式。

这一模式开辟了广泛的市场前景，保障了绿色高质量发展道路的可持续性。这一模式不仅吸引社会资本方参与了发展绿色生态农业、乡村旅游、文旅融合，而且吸引众多企业家与村里洽谈合作。如种植艾草等中草药，打造中医养生馆；打造乡村酒馆，开拓定制酒市场；非遗传承人开办绘画工作室，制陶工艺师建立茶器工作室，还有崖柏展览馆等。

（三）坚持集美前进，做乡村振兴的典范

在发展规划之中，前进村将自己的发展目标定位为"振兴乡村、集美前进"：集农业旅游、文化旅游、教育旅游于一体，打造前进村生态美、环境美、人文美、科技美。生态美包括田园风光美、和谐共生美；环境美包括生活环境美、自然环境美；人文美包括风土人情美、文化传承美；科

技美包括农业科技美、现代科技美等。

由最初的"大美"前进到现实的"小美"前进，再到规划中的"集美"前进。接下来，前进村将继续在习近平新时代中国特色社会主义思想的指引下，抢抓乡村振兴、绿色生态屏障建设、国家会展中心建设等重要历史性机遇，认真落实市、区、镇各级党委、政府提出的重要要求，坚持以创新驱动发展，坚定不移沿着绿色高质量发展道路不断前进，以实际成效争做乡村振兴的示范村。

中共天津市委党校哲学教研部课题组

课题项目组成员：张维真 范玉秋 白燕妮 康德颜 王鸿雷 熊玮瑛

执笔人：范玉秋